AF234724

Brigitte Sandberg

Sanftes Kratzen

Bibliografische Information der Deutschen Nationalbibliothek: Die Deutsche Nationalbibliothek verzeichnet diese Publikation in der Deutschen Nationalbibliografie; detaillierte bibliografische Daten sind im Internet über dnb.dnb.de abrufbar.

© 2021 Brigitte Sandberg

Malerei, Fotos und Umschlag: Brigitte Sandberg

Herstellung und Verlag: BoD – Books on Demand, Norderstedt

ISBN: 9783752899092

Sanftes Kratzen

Es war danach, dass sie ein Bild zuließ oder tauchte es einfach so (ohne Verantwortung) auf? Sie stellte sich vor, ein Haus zu malen, etwas Konkretes im Gegensatz zu ihrer abstrakten Malerei. Doch es tauchte ein Haus auf mit verschlossenen Fenstern, einer verschlossenen Tür. Schwarze Löcher. Wenn die grauen Rollläden nicht heruntergezogen waren, die mit den Mauersteinen eine hermetisch abgeriegelte Wand bildeten, so waren es die eng beieinander liegenden Falten der Gardinen, die eine Einsicht verschlossen. Auf dem zu malenden Bild waren die Fenster schwarz und das gemauerte (alte) (Kriegs)Haus grau. Tatsächlich erinnerte sie sich jetzt an eine Malerei auf Papier, einer großen Papierrolle, auf dem sie mit Gouache ein graues Haus mit verschlossenen Fenstern gemalt hatte, auf das ein grauer Weg zulief. Es war bedrohlich. Unheimlich. Weshalb sie die Papierrolle zerschnitt und wegtat. Sie war an dieses unheimliche Haus nicht herangekommen, hatte nicht eintreten können, die Angst war zu massiv.

War Nikolaj weniger verschlossen gewesen als sie selbst?

Ein Fenster öffnete sich. Sie sah eine Familie, die sich zeigte. Die Mutter hielt das Kind im Arm, die

Erstgeborene, hinter ihnen stand der Vater. Die Mutter lächelte. Sie war stolz. Der Vater auch. Die Erstgeborene geborgen.

Sie war die zweite, die Unsichtbare. Ungeborgen.

Sie wollte sich nicht wieder mit dem Haus befassen, das sie in Depressionen gestürzt hatte, den Rückzug von ihr verlangte. Aber das bedeutete, dass sie als Unsichtbare im Haus herumgeisterte, die anderen still in sich aufnahm, was sie taten und sagten.

In der Radiosendung Play Jazz mit Sarah Seidel spielten sie Songs des Albums „Joni" des schottischen Trompeters Colin Steele und seinem Quartett. Es gefiel ihr sehr, denn sie hatte auch das unvergessliche Album „Blue" von Joni Mitchell sehr gemocht, und wie Colin Steele in der Sendung sagte, waren es die traurigsten Songs überhaupt, die er kannte. Diese Songs hatte Colin Steele, der Joni verehrte, auf seine Weise mit seinem Quartett interpretiert. Sie mochte sein Trompetenspiel, sie hatte das Gefühl, als wenn er sprach, Jonis Worte Wort für Wort auf seiner Trompete nachspielte, das war einmalig, es ging ihr sehr nah.

Ihre Schwester hatte ein Paket von ihrer Freundin aus Mecklenburg bekommen. Diese Freundin war mit ihren Eltern damals nicht geflüchtet, aber dem Mann wurde auch nicht mit Gefängnis gedroht wie ihrem Vater. Und das hätten 10 Jahre Internierung sein können. Er hätte seine Selbstständigkeit verloren und wer weiß, was aus den Kindern geworden wäre, sie wären seiner Frau vielleicht weggenommen worden. Das Paket der Freundin, das diese ihrer Schwester schickte, die an Krebs erkrankt war, sich jedoch im Heilungsprozess befand, enthielt Erde aus der Heimat, in der Erde lagen Kartoffeln. Ihre Schwester war sehr glücklich darüber. Sie machte sich sofort daran, „die leckeren, gelben Kartoffeln" zuzubereiten und „mit Scholle und Salat" zu servieren. Sie schrieb ihrer Schwester, dass das von ihrer Freundin eine liebe Herzensgeste gewesen sei. „Genau so!", antwortete sie.

Im Museum für Arbeit zeigten sie die Ausstellung „Grenzenlos. Kolonialismus, Industrie und Widerstand". Auch das hörte sie in einer Radiosendung. Es sollte deutlich werden, wie die Kolonialzeit Hamburgs Wohlstand bis heute prägt; zeigen, dass die hamburgische Kaufmanns-Industrie eine koloniale Industrie war und auch heute noch immer ist. Hamburgs „Tor zur Welt" war ein Tor in die koloniale Welt, die sich durch Gewaltregime, Zwangsarbeit, Versklavung, unmenschliche Arbeitsbedingungen und Kriege auszeichnete, aber auch durch den Widerstand der Menschen gegen die Ausbeutung.

Sie hatte ein Foto von Nikolaj, von dem sie glaubte, es mit allen anderen Fotos von ihm

7

gelöscht zu haben, zufällig wiederentdeckt. Ein schönes Foto. Er im rosa Polohemd. Aber als sie es gerade nochmal aufrufen wollte, um es zu beschreiben, war es verschwunden. Stattdessen fand sie ein Foto, auf dem er etwa 50 Jahre alt war, einen Mittelscheitel im leicht ergrauten Haar trug, eine typisch französische Männer Frisur. Sympathisch.

„Wir, das ist der Strand", sagte er, und das hatte sie schwer verletzt. Auch sie wäre gerne mit ihm am Strand gesessen, gelegen, spazieren gegangen, geschwommen. Aber dieser Satz hatte ihm und seiner Frau gegolten. Jeder Kontakt war bei ihm, so erschien es ihr, in eine Schublade einsortiert. Auf der Schublade von ihm und seiner Frau stand: „Wir, das ist der Strand." Aber es war eine ganze Kommode und ihnen galten alle Schubladen, so empfand sie es in ihrer Verzweiflung.

Es war „drollig", traurig und bittersüß, denn sie stieß allenthalben auf Spuren der Beziehung zu Nikolaj. So hielt sie plötzlich einen in einem transparenten Täschchen verpackten, mit Stoff überzogenen Knopf in Händen, als sie in dem Beutel, in dem sie Knöpfe und Bänder aufbewahrte, ein Lederband suchte, denn sie hatte an der Elbe einen Stein mit zwei Löchern gefunden, durch die sie das dünne Lederband ziehen wollte. Dieser schöne Knopf gehörte zu einem langen, engen Rock mit Seitenschlitz, rosa mit weißen Punkten, den sie sich für Nikolaj gekauft hatte, aber als es soweit war, „entsorgte". Sie hatte damals eine Touristin gebeten, sie in diesem Rock zu fotografieren, während sie sich an das Geländer der Binnenalster lehnte, wozu Nikolaj schrieb, dass es eine schöne Silhouette sei.

Es kamen peu à peu Erinnerungen hoch. Ein Stück weiter, an der Binnenalster ohne Geländer, erschrak sie sich, als sie dem Baum begegnete, an dem sie das erste Bein-Foto für ihn gemacht hatte. Sie war auf die Idee gekommen und hatte von ihrer Taille abwärts ihre Beine in Jeans fotografiert. Weil Nikolaj das Foto begeisterte, nahm sie von da an immer mal wieder ihre langen Beine in Jeans oder Rock oder Kleid auf. Zur Freude von Nikolaj. Ja, was hatte sie nicht alles getan, um ihn zu erfreuen. Sie mochte es einfach, wenn er sich freute. Wer liebte es nicht, dem anderen eine Freude zu bereiten. Es war ja, als hätte sie sich selbst damit eine Freude bereitet.

Als sie in den Nachrichten von den Überschwemmungen im Hinterland von Nice hörte, kam sie in Versuchung, ihm zu schreiben, wenngleich er nicht in Nice, sondern in Villefranche wohnte, aber das lag ja einen Katzensprung entfernt, Gott sei Dank schrieb sie ihm nicht. Er hätte ja gar nicht reagiert, und sie wusste auch nicht, ob er überhaupt noch ihre letzten Mails gelesen hatte.

Sie traf Lei., die nun auch ihr Hotel storniert hatte ohne Verluste zu tragen, Eurowings hatte ihr schon nach einer Woche die Flugkosten erstattet. Ganz Frankreich war inzwischen Risiko Gebiet bis auf die Region zur deutschen Grenze. Sie würden auf ein deutsches Weingut ausweichen.

Lei. ist in Brandenburg geboren, zur Wende war sie 2 Jahre alt. Ihre Eltern sind jedoch nicht rübergemacht, denn bei ihnen lief alles, ohne dass sie Mangel gelitten hätten. Ihre Mutter starb durch einen Unfall, als sie 9 war, der Vater heiratete kurz darauf eine Frau, mit der er ein neues Haus baute. Lei. verstand sich mit ihrer Stiefmutter nur am Anfang gut und suchte das Weite, als sie zu studieren begann. Obwohl die Familie irritiert war, dass sie nicht in Brandenburg studieren wollte, ging sie nach Westdeutschland, wo sie online ihren Mann kennenlernte. Sie blieben zusammen. Der Vater hatte sich dann auch von der zweiten Frau getrennt, aber pflegte zu ihr ein freundschaftliches Verhältnis, half, wenn etwas im Haus oder Garten zu tun war. Er hatte sich eine eigene, kleine Wohnung genommen und nach seiner Entlassung mit Ende 50 - er wurde durch einen Jüngeren ersetzt - im sozialen Bereich eine ihn sehr befriedigende Arbeit gefunden, die ihn mehr mit

Menschen zusammenbrachte und über die er seine neue Freundin kennenlernte.

Sie hatte überlegt, bei den drei kleineren Bildern das Hellblau mit Schwarz zu tilgen, um sich zurückzuziehen, sich zu verschließen wie die enttäuschte Liebende aus dem Buch „Die Ballade vom traurigen Café" von Carson McCullers. Diese hatte aus enttäuschter und betrogener Liebe, die Rollläden ihres Cafés heruntergezogen und das Café nie wieder eröffnet, die Rollläden nie wieder hoch gezogen.

Sie entschied sich schließlich doch dagegen, sie hatte das Gefühl, sie würde es ohne herunter gelassene Rollläden schaffen.

Der Tag der deutschen Einheit war vorüber. Den Film „Bornholmer Straße" hatte sie schon vor ein paar Jahren gesehen. Die Familiengeschichte „Weissensee" klickte sie nicht an, sie hatte eine große Abwehr gegenüber Familiengeschichten, auf dem Ankündigungsbild sah man die Familie am Tisch in hierarchischer Anordnung sitzen, der Vater am Kopfende von Uwe Koschnik gespielt, den sie eigentlich mochte. Sie hatte auch den „Kudamm 59" übergangen, hatte aber dieser Tage „Preis der Freiheit" lückenlos angesehen und auch davor „Das Leben der Anderen", „der Turm" und „Barbara".

Sie fragte sich, was gewesen wäre, wenn sie nicht mit vier Jahren ein Flüchtlingskind geworden wäre, sondern wenn ihre Eltern in der DDR geblieben wären. Da sie in einem winzigen Dorf lebten, wäre sie wohl mit dem Schulbus in die Kreisstadt Parchim gefahren. Wäre sie dort in die weiterführende Schule gegangen? Hätte sie sich in das System einfügen können? Hätte sie sich vielleicht unter dem Druck umgebracht? Welchen Beruf hätte sie ergriffen, ergreifen können? Ihr Vater wäre abhängiger Bauer in der LPG, der landwirtschaftlichen Produktionsgenossenschaft, geworden, aber es war eben nicht denkbar, dass er seinen Hof und seine Selbstständigkeit aufgegeben hätte. Es ging nicht anders. Er setzte alles auf eine Karte und flüchtete, machte rüber, nahm allerdings das Risiko in Kauf, die zurückgelassenen Kinder und Großmutter zu verlieren, wenn deren Flucht schief gegangen wäre, was beinahe passiert wäre, denn sie wurden denunziert. Doch die Großmutter hatte geistesgegenwärtig einen Übernachtungstag in Parchim bei Bekannten dazwischen geschoben, so dass sie und die Kinder bei der Suchaktion im Zug und am Bahnhof am Vortag nicht gefunden wurden. Es war Glück, denn warum suchte man sie am nächsten Tag nicht? Und es musste doch auch jemanden gegeben haben, der ihr gesagt hatte, dass ihre Flucht an dem beabsichtigten Tag verraten worden war, so dass sie umdisponieren konnte.

Noch bevor sie die Binnenalster erreicht hatte, auf den Baum traf, traf sie auf eine bunte Skulptur in dem Park zwischen Spielkasino und Cinemax. Ein leichtes Erschrecken, die Erinnerung hatte sie kurzfristig gepackt. Sie hatte die Figur für Nikolaj fotografiert, der über die Lichtplastik von Walter Dessel, geb.1890, eine Skulptur mit klarer Struktur, staunte und sich freute, dass sie ihn mit der Kunst im öffentlichen Raum bekannt machte. Sie dachte sofort an den Niederländer Piet Mondrian, geb. 1872, denn es waren seine Farben und sein Konstruktivismus.

Durch Zufall hatte sie abermals das Foto von Nikolaj im rosa Polohemd wiedergefunden. War es gut, dass sie es aufbewahrte, obwohl es doch keine Gültigkeit mehr hatte? Ein Erinnerungsfoto? Konnte sie das aushalten?

F., die junge, türkische Bedienung, die hier im Café arbeitete und abends ihr Abitur nachmachte, hatte sich für 50 Euro bereit erklärt, ein Werbevideo zu einem Make up für eine chinesische Firma zu drehen, obwohl sie wegen der chinesischen Politik zunächst nicht wollte und es auch wenig Geld war, aber, so sagte sie, sonst mache es eine andere.

Die andere nette, junge Frau, die hier arbeitete, Joa., eine Mallorquinerin, hatte vier Jahre Jura studiert und in Sevilla ihren Abschluss gemacht, dann drei Jahre in ihrem Beruf gearbeitet, aber das war sehr aufreibend. Deshalb war sie ihrem spanischen Freund, der schon drei Jahre in Hamburg lebte, gefolgt, doch sie fand hier keine Arbeitsstelle, daher die Arbeit im Coffeeshop, die ihr jedoch Spaß machte, wie sie behauptete. Sie wollen beide zum Jahresende zurückgehen und auf Mallorca mit „Hello Fresh" ein selbstständiges Unternehmen gründen, Essen mit regionalen Zutaten anbieten.

Sie dachte an den Mann mit den beiden Hunden, der kürzlich hier ins Café kam, um auf ihren Laptop zu zeigen, den sie im Fundbüro zurückerhalten hatte. Er war überzeugt gewesen, dass sie ihn wiederbekäme. Während sie kurz miteinander sprachen, fiel ihr der hellblaue Stein an seinem Hals auf, von einem Lederband gehalten. Soweit sie sich erinnerte, stand er für Kommunikation. Er hatte ihn ganz oben am Hals in der Kuhle liegen. Steine, Edelsteine und Halbedelsteine hatten es auch ihr angetan. Bald würde sie den Wickelring mit den beiden Rosenquarzen zurückerhalten. Sie hatte ihn ja der Freundin ihres Sohnes geschenkt, um ihn nicht mehr bei sich zu haben, der Ring, der ein Symbol der Liebe von Nikolaj und ihr gewesen war. Aber inzwischen hatte sie den Eindruck, dass es doch eher ihr Ring war, einfach nur ihr Ring, denn der Kauf war ihre Idee gewesen und ausgesucht hatte sie ihn auch. Nikolaj hatte dann sein Ja-Wort gegeben und vorgeschlagen, die Hälfte zu bezahlen, aber er wäre niemals selbst auf die Idee gekommen und aktiv geworden. Jetzt entblätterte sie den Ring von seinem Mythos, den sie darum aufgebaut hatte und würde ihn einfach als ihren Ring nächste Woche in Empfang nehmen.

Sie bekam eine mail, dass ihr Buch „Der Himmel…" nicht zum Druck freigegeben sei, weil sie die Seitenzahlen nicht wie bei ihren anderen Büchern mittig platziert hatte, sondern außen und dadurch waren sie im Druck entweder innen oder außen. Sie stand jetzt abermals vor der Wahl, es nach Bearbeitung erneut zum Druck freizugeben oder nicht. Sie hatte ja lange gezweifelt, ob sie das Buch über die Beziehung mit Nikolaj überhaupt veröffentlichen sollte oder nicht, denn es war ja doch sehr intim, weshalb sie ein Pseudonym gewählt und Namen und Orte verändert hatte. Nun also erneut die Frage, die Überwindung des schlechten Gewissens, denn sie war ja noch durch und durch von dem Verbot ihrer Mutter geprägt, nichts preis zu geben und Nikolaj war genauso gestrickt. Sowieso würde das Buch nur sie und Lei. bestellen, denn sie hatte nicht vor, die Werbetrommel rühren.

Sie beschrieb Lei. die neue Lage was die Veröffentlichung betraf und außerdem, dass sie ihren grauen, langen Mantel in der Waschmaschine gefärbt habe, ebenso einen beigen Pullover und ein krass hellblaues T-Shirt, plus einen hellen Stoff Beutel. Alles kam in schöner Farbe, die an das gerade blühende Heidekraut erinnerte, heraus, nur, dass aus dem Mantel eine Jacke geworden und der Pullover zu eng geworden war. Also schnitt sie die Ärmel des Pullovers ab und erweiterte das Ärmelloch. Saß daraufhin prima. Die Ärmel zog sie unter die Jacke, um dadurch die verkürzten Ärmel der Jacke zu verlängern. Alles in allem gelungen, sie bekam von F. im Café großen Beifall für das neue Design und die neue Farbe.

Während sie auf der Café Toilette den Gürtel zuschnallte, sagte sie sich, dass sie sich anderen nicht unterwerfen müsste, ihren Lebensmaximen, jenen von Nikolaj, von ihrer Mutter, von ihrer Schwester, denn es sei doch ihr Leben. Wie sie es lebe und gestaltete. Innerlich und äußerlich. Sie müsste doch nicht das Leben der anderen leben, entlang der Lebensmaximen der anderen. Das müsste doch mal aufhören.

Ihre Schwester würde morgen einen Termin beim Strahlentherapeuten haben. Sie schrieb, mal sehen, was der sage.

Ursprünglich hatte sie ihr geschrieben, sie hätte morgen einen Termin beim Kardiologen, um das

Medikament wegen des Herzstolperns neu einzustellen.

Sie fragte Jef., die zurzeit noch im Restaurant jobbte, wie es ihr gehe. Ob mit der neuen Wohnung alles in Ordnung sei. Weil Jef. ihr etwas verstört vorkam, fragte sie weiter, ob sie ohne Albträume schlafe. Nein, sie habe seit etwa 13 Jahren Albträume und habe sich gerade gestern in der Apotheke Schlaftabletten gekauft. Ob sie sich in den Albträumen bedroht fühle, ihr Leben bedroht sei. Ja, aber auch das Leben der Anderen. Es spiele immer im Krieg. Obwohl sie damals noch gar nicht auf der Welt war. Sie fragte sie deshalb nach den Großeltern. Sie wisse nicht viel über sie, ein bisschen. Aber das würde sie ein andermal erzählen, Gäste riefen nach ihr.

Sie dachte an den Archäologen und Maler Hartung, daran, dass sie das Bild, das sie einst von ihm gekauft hatte, zurückbrachte, als die Verbindung in Schieflage geriet, dann wieder abholte und schließlich zerschnitt und entsorgte. Das war ein Prozess, den sie kannte und wiederholte. Auch mit Nikolaj war es nicht anders passiert, wenn sie an den Ring dachte. Sie musste immer etwas gänzlich aufgeben. Lösen, bevor sie es wieder an sich heranzog. Aber dann von neuem erlebte, dass sie das Andere, das Erworbene abstieß, sobald eine Enttäuschung eintrat, die sie meinte, nicht aushalten zu können. So ging es hin und her, bis sie es endgültig abstieß, denn sie fühlte sich beunruhigt, geradezu bedroht von dem, was sie störte. Sie konnte sich nicht anders distanzieren, als es zu zerstören, sich abzuwenden. Einerseits schade, andererseits lebensrettend wie sie glaubte, fühlte oder sich vormachte, sich einbildete, dass es so sei. Sie dachte an Beziehungen von Bekannten, in denen auch zuweilen ein sich Trennen und ein wieder Zusammenkommen abwechselten.

Gestern hatte sie den Tatort „Ein paar Worte nach Mitternacht" zum 30-jährigen Jubiläum der deutschen Einheit gesehen. In dem es um die verdeckte Schuld zweier Brüder ging unter anderem, die als junge Menschen in ihrem nationalsozialistischen Wahn einen 17-jährigen erhängten.

Möglicherweise hatten sich die Großeltern von Jef. im Krieg schuldhaft verstrickt, waren vielleicht Kollaborateure der Deutschen in Frankreich geworden. Schuld verjährte nicht, sondern nagte auch noch in den Enkeln weiter….

Sie wusste von Hartung, dass einer der beiden Söhne sich von ihm verlassen gefühlt hatte, nach rechts abrutschte und einen Selbstmordversuch beging, aber Hartung wollte ihn nicht am Krankenbett besuchen, denn er war der Meinung, dass er das verletzte Gefühl seines Sohnes, der ihm nicht verziehen hatte, dass er seine Mutter verlassen, sitzen gelassen hatte, nicht akzeptieren könne. Er wollte sich nicht schuldig fühlen, weil er seine Frau und Kinder im Stich gelassen hatte, denn er hatte es nicht mehr ausgehalten, war nicht vorbereitet gewesen, ein Familienvater zu sein. Nein, es war für ihn Notwehr gewesen. Deshalb wies er jedes Gefühl, das ihn beleidigte, sein Handeln, ihn deshalb gar schuldig sprach, zurück. Hartung war ein Fliehender. Der sich einschloss. Nicht mehr kommunizieren wollte. Die Familie zurückließ, als die Jungen noch klein waren. Weil das Leben und die Menschen sich nun einmal wandeln würden.

Er lebte später mit einer wohlhabenden Asiatin zusammen, er selbst hatte wenig Geld. Auch er war jemand, der ihr lange Zeit verschwieg, dass er mit einer Frau zusammenlebte, denn er hatte eine kleine, eigene Wohnung, weshalb sie annahm, dass er alleine lebte. Die Frau aus Asien kaufte in Italien ein Anwesen, wo er viel Platz zum Malen hatte und wo er schon früher 10 Jahre gelebt hatte, nachdem er von zu Hause geflohen war.

Hartung hatte ihr einmal aus einer Telefonzelle ein Gedicht auf ihren Anrufbeantworter gesprochen. Die Kassette hatte sie noch. Sie hatte das Gedicht in ihrem Buch „Fünfklang" veröffentlicht, in dem

Text „Der Friedri". Auf der Kassette hörte sie seinen Atem, sein Stocken und seine Betonung. Mit jeder Zeile drückte er sein Gefühl aus. Sie hatte es bewundert. Gott sei Dank waren sie nie zusammengekommen, obwohl sie es damals vielleicht gewollt hatte, denn sie wusste ja nichts von seiner Verbindung zu der Asiatin. Er erkrankte an Hautkrebs kurz bevor er mit ihr nach Italien ging. Sie hörte nichts mehr von ihm. Jahre später hatte sie, während sie im Café „Pony Bar" draußen saß, das Gefühl, er wäre es, der Mann, der dort in einer kakifarbenen Jacke saß und noch dünner geworden war als zuvor. Aber sie ging nicht zu ihm, und er kam nicht zu ihr. Zwischen ihnen war das Land überwuchert. Sie war sich auch nicht sicher, ob er es wirklich war. Sie glaubte schon und bereute es, ihn nicht angesprochen zu haben. Aber dann auch wieder nicht. Denn er hatte sich nie mehr gemeldet und dies, so vermutete sie, war absichtlich, er wird seine Gründe gehabt haben. In seinem Zimmer hatte er an der Decke ein Poster der „Toten Insel" angebracht, auf das er immer schaute, wenn er im Bett lag.

Im Garten des Café Str. erzählte er ihr, dass er mit einer Argentinierin zusammen war, die es ihm nicht übelnahm, dass er nicht gekonnt hätte, sie selbst sei wie sprühendes Feuer gewesen, so leidenschaftlich, dass ihn noch im Café die Freude darüber zum Lachen brachte. Sie fragte sich etwas betreten, warum er ihr das erzählte.

Bei ihrer Mutter und Nikolaj ging es darum, dass man nichts preisgeben durfte, dass absolute Diskretion als guter Ton verkauft wurde, im Grunde hieß das, man wurde mundtot gemacht. Es war gut, dass sie sich befreite, den Bann, der auf ihr lag, zerschlug und die Veröffentlichung des Buches „Der Himmel…" freigab.

Einige Bezirke von Berlin waren zum Risikogebiet erklärt worden, darunter Berlin-Mitte, in dem ihr Sohn arbeitete. Was bedeutete das für ihn?

Im Radio interviewten sie die beiden Hauptdarsteller der Serie „Babylon Berlin", deren 3.Staffel in 6 Tagen anlief.

Während sie im Bett lag, dachte sie daran, dass Nikolaj während ihrer wenigen, gemeinsamen Tage gesagt hatte, nachdem sie zu ihr ins Appartement gegangen waren, wenn sie keine Lust hätte, hätte es keinen Sinn, und es sei nicht schlimm. Sie fiel aus allen Wolken, sie war verliebt und hatte keinerlei solcher Hinweise gegeben. Vielleicht sagte er das, weil er vermutete, sie sei frustriert, da er so schnell gekommen war und sie keinen Höhepunkt erlebt hatte. Nachdem sie sich von dem allerersten Schreck erholt hatte, sagte sie, am besten wäre es, wenn sie erstmal eine

Dusche nähmen, da lächelte er erfreut und erleichtert.

So ähnlich verhielt es sich, als er ihr im italienischen Café sagte, wenn sie wieder zurück in Hamburg wäre und feststellen würde, sie hätte keine Lust mehr, sie würde sich trennen wollen, so wäre das okay. Wieder war sie wie vor den Kopf gestoßen. Denn sie hatte doch gerade den Ring gekauft, er streichelte flüchtig darüber und sagte, dass er die Hälfte hinzugeben wolle. Aber es war wohl dasselbe Gefühl bei ihm, nämlich dass er vermutete, dass sie frustriert war, denn er war alle Male zu früh gekommen.

In fortgeschrittener Nacht streckte sie im Bett ihren Arm aus, aber da war niemand. Da würde wohl auch nie jemand sein. Nikolaj war kein einziges Mal über Nacht geblieben, auch nicht, als seine Frau verreist war, in Urlaub, er telefonierte jeden Morgen und Abend mit ihr, auch zwischendurch, wenn etwas anlag. Nach dem Beischlaf duschten sie und verließen das Appartement, sie begleitete ihn bis zum Parkplatz und ging dann unzufrieden und unbefriedigt und trotzdem glücklich zurück, denn sie waren auch tagsüber zusammen gewesen, spazieren gegangen, hatten orte und Museen besucht, und sie liebte es, ihn anzufassen.

Jef. schrieb ihr, dass es nicht in erster Linie Albträume vom Krieg seien, sondern von Männern, die ihr im Traum wehtun wollten, Gewalt antun wollten, sie mit Gewalt unterdrücken wollten. Hm? Sie hatte mit ihrem Partner gerade eine neue Wohnung bezogen, aber sie hatte mit ihrem neuen Chef Probleme, den sie als ungerecht empfand.

Ihr Urgroßvater war dreimal unter Franco in einem Arbeitslager interniert, weil er gegen das Regime war. Er konnte jedes Mal fliehen und erreichte seine Frau mit Tochter (Jef.s Großmutter als Baby), in Frankreich, die aus Spanien aus politischen Gründen geflohen war.

Nach dem Militärdienst wurde ihr Großvater in den Algerienkrieg geschickt, er weigerte sich jedoch, von diesem Krieg zu erzählen.

Jo. schreibt, dass sie ihre Mutter wieder aus dem Heim, mit dem sie nicht zufrieden sind, zurückholen. Also in das Haus, in dem noch ihr Vater und ihre Brüder wohnen. In ihrem eigenen Haus nahm sie gerade mit ihrem Freund zusammen Verschönerungen vor.

Sie dachte immer noch Tag und Nacht an Nikolaj.

Bevor sie begann, an ihrem Laptop zu arbeiten, sah sie die beiden verbliebenen, auf dem Desktop abgespeicherten Fotos, die ihn lächelnd zeigten. Aber sie öffnete die kleinen Fotos nicht immer, wenn doch, so eher, wenn sie ihre Arbeit beendete, dann klickte sie auf die Fotos, die sich umgehend vergrößerten. Es war an und für sich ein gutes Gefühl, dass er da war, wenn auch nicht aktiv.

Sie dachte heute Morgen an seine familiären Sorgen und Verpflichtungen, die ihn belasteten, aber andererseits gleichzeitig seine Struktur des Tages bildeten. Die teils pflegebedürftige, hoch betagte Mutter, die jedoch noch voll im Besitz ihrer geistigen Kräfte war, seine Geschwister, mit denen er wegen der Pflege der Mutter über Kreuz lag. Er erholte sich bei Spaziergängen mit dem Hund, bei den Ausflügen mit Freunden, Nachbarn und seiner Lebensgefährtin.

Die Menschen in Familie hatten eine Struktur, sie kamen zusammen an Geburtstagen, an Feiertagen, besuchten sich darüber hinaus, um Familienpflege zu betreiben. Sogar jetzt in Corina Zeiten sah sie sie auf der Straße, die Köpfe zusammenstecken, wenn sie gemeinsam in Familie spazieren gingen. Familie war manchmal lästig und doch genossen sie ihren Sessel in der Familienrunde. Natürlich gab es auch diejenigen, die Familie flohen, wie sie es getan hatte, weil die gegenseitige Akzeptanz nicht gegeben war.

Nikolaj lebte seit Jahrzehnten mit seiner Lebensgefährtin. Er hätte sich vielleicht getrennt, wenn er in ihr die ideale Frau und ideale Beziehung gefunden hätte.

So machten es wohl viele, die nicht mehr vollauf zufrieden waren mit ihren PartnerInnen. Sie testeten andere, stürzten sie ins Unglück, weil sie zu ihren PartnerInnen zurückkehrten, dortblieben, vielleicht noch nicht einmal etwas gesagt hatten, wie Nikolaj, der sie von Anfang bis Ende verheimlichte, im Versteck hielt, um nicht selbst rausgeschmissen zu werden aus seinem Nest, wenn etwa seine Frau ihre Beziehung entdeckt hätte. Aber es war ja seine Eigentumswohnung, und sie hätte gehen müssen. Wo will sie denn hin, wenn sie es erführe?!, sagte er fast verzweifelt. Es klang so, als hänge er an ihr.

Es gab immer wieder Momente, in denen sie Nikolaj schreiben wollte, den Impuls spürte, aber bis jetzt verzichtete sie. Denn er wollte seine Ruhe haben und sie nicht mehr wiedersehen. Er schrieb in Befehlsform: „Ich wünsche, dass wir uns nicht wiedersehen". Früher hätte man gesagt, er sprach ein Machtwort. Wie es Eltern gegenüber Kindern taten. Vielleicht war sie in der Tat manchmal wie ein Kind, schlüpfte aus der Einengung hinaus, aus der Anpassung, die er von ihr forderte. Er verhielt sich dann wie ein autoritärer Elternteil, meinte, das Recht dazu zu haben, sie wie ein Kind zu behandeln, von dem er Gehorsam unter dem

Deckmantel „Anpassung an die Verhältnisse"
ganz selbstverständlich erwarten könnte.

Dennoch liebte sie ihn, behauptete sie, auch wenn
sie zuweilen das Gegenteil empfand, wenn er sie
etwa vor den Kopf stieß, indem er von ihr
absolutes, ein sich selbst Verschweigen forderte,
sie damit in die Existenzlosigkeit stieß, aus ihr
einen Menschen ohne Dasein machte, ohne
Daseinsberechtigung, ein Niemand, eine
unsichtbare Person.

Dass sie im Versteck bleiben musste, brachte sie
gegen ihn auf, was er nicht geziem fand, dem guten
Ton entsprechend, einem guten Benehmen gemäß,
einem anständigen. Er machte ihr Vorwürfe. Und
sie ihm.

Sie las im Feuilleton der le Monde vom 2.10.20
eine Rezension von Camille Laurens „corps
errants" über das Buch von Jean-Pierre Martin
„Mes Fous" (L'Olivier, 160 p.). Les fous, Die
Verrückten. Vielleicht würde sie dieser Camille
Laurens ihr Buch schicken, denn sie hatte
begonnen, es auf Französisch zu übersetzen, weil
sie entdeckt hatte, dass es ihr Spaß machte, trotz
der mangelnden Verfügbarkeit von Vokabeln und
Grammatik. Doch waren ihre passiven Kenntnisse
insoweit ausreichend, dass sie dem Vergnügen bei
gleichzeitiger Herausforderung freien Lauf lassen
konnte.

Alles in allem war sie doch traurig, so alleine zu sein, einsam, ein Leben in Einsamkeit zu führen. Wenn es hochkam, sprach sie vielleicht einmal pro Woche, eher alle zwei Wochen mit jemandem ausführlicher, eine Stunde lang. Sie hatte sich daran gewöhnt und scheute sogar des öfteren intensiven Kontakt. Schon gar nicht konnte sie sich vorstellen, die Freunde von Nikolaj zu bedienen, zu bekochen, mit ihnen wegzufahren, wie es seine Lebenspartnerin tat. Aber doch hielt sie es für möglich, wenn Nikolaj sie ganz selbstverständlich unterstützt hätte, sie nicht im Verborgenen gehalten hätte, wie eine kleine miese Ratte.

Sie wusste doch, dass ihr Sohn blind war und dennoch stutzte sie, als er fragte: Bist du da? Sie waren unten an der Eingangstür des Hauses, in dem er wohnte, verabredet gewesen. Als er zur vereinbarten Zeit die Tür öffnete, stand sie da, aber sagte nichts wie sonst. Daran musste es gelegen haben, dass er fragte, ob sie da sei. Wahrscheinlich hatte sie sonst sofort immer etwas gesagt, wie etwa: Hallo. Da sie stumm geblieben und somit unsichtbar für ihn war, fragte er, ob sie da sei. Es dauerte einige Sekunden bis sie begriff, dass er doch blind war und er sie nicht sehen konnte.

Vielleicht auch steckte es ihr noch in den Knochen, dass ihr Treffen gestern schief gegangen war, denn er hatte den Ring nicht mitgebracht, sie war darüber gekränkt und machte dementsprechend eine ungerechte Bemerkung. Woraufhin er ihr sagte, dass er es sowieso unmöglich von ihr fände, den Ring an seine Freundin verschenkt zu haben und dann zu fragen, ob sie ihn wieder zurückhaben könne, selbst, wenn sie angemerkt hätte, nur, wenn seine Freundin in den vergangenen Tagen noch nicht ihr Herz daran gehängt hätte.

Das hörte sich an wie die scharfen Worte von Nikolaj, der ihr das auch vorwarf, das Hin und Her, erst sage sie so, dann anders und am schlimmsten fand er, wenn sie etwas zurückschickte, weil sie enttäuscht war. Er konnte das einfach nicht verstehen. Ihr schien, dass niemand das verstehen konnte. Auch Io. machte ihr deshalb große Vorwürfe.

Sie selbst hatte die Beziehung zu Nikolaj x-mal verworfen, um dann wieder einen Neustart zu wagen. Er war es leid. Da half es auch nicht, dass sie ihm ihre Gründe darlegte. Denn so verhielt sich kein vernünftiger Mensch, wie er sagte. Er stieß sie endgültig ins Abseits. Da schmorte sie und versuchte aufs Neue zu retten, was nicht mehr zu retten war.

Das Schlimmste allerdings war, als er eines Tages hinzufügte, dass er auch keine Anziehungskraft mehr verspüre. Wenngleich das nicht ganz stimmen konnte, denn verklausuliert ließ er sie wissen, dass die Farbe Rosa auf den rosa Blüten Fotos, die er ihr schickte, eine Bedeutung hätten, sie hatte nicht sofort verstanden, aber dann fiel der Groschen, er spielte auf den „rosa Diamanten" (seine Worte seinerzeit) an, ihre Klitoris, als sie ihm das schrieb, schickte er ein lächelndes Smiley. Sie lag also richtig mit ihrer Interpretation der rosa Blüten-Bilder. Sein Rückzug schien ihr hauptsächlich eine rationale Entscheidung zu sein.

Sie hatte auch ihren Dsl Vertrag vor Monaten aufgelöst, und heute Morgen machte sie die Kündigung wieder rückgängig. Es war auch mit dem jüngst in Magenta gefärbten Mantel so, dass sie sich jetzt nachtblaue Farbe gekauft hatte, um eben dieses Magenta, diese blühende Heidekraut Farbe, die ihr jetzt so gereizt erschien, so zwitterhaft, nicht klar, nicht eindeutig, durch Nachtblau ersetzen wollte. Heute Nachmittag würde sie nochmal die Waschmaschine in Gang setzen. Ja, sie irrte sich oft. Es war so, dass sie immer durch ein Erlebnis hindurchmusste. Sie musste durch Magenta hindurch. Genauso verhielt es sich mit ihrer Malerei, sie ersetzte die aufgetragenen Farben so oft durch andere Farben, bis ihr das Bild ausgewogen erschien und sie es in Ruhe lassen konnte.

Sie dachte daran, wie Nikolaj ihr beschrieben hatte, wie er sich mit ihr zur Nacht hinlegen wollte, er hatte sich vorgestellt in ihrem Rücken zu liegen, sich an sie zu schmiegen, mit einer Hand ihre Brust zu halten, um, wie er schrieb, in der Fülle einzuschlafen. Das waren schöne Zeiten. Sie waren vergangen - wie alles verging.

Das erinnerte sie an den Film, in dem ein kleiner Junge von vielleicht 5 Jahren seiner kleinen Freundin anvertraute, dass sie sich nicht wiedersehen würden, weil er für immer mit seinen Eltern wegginge. Sie versprach, es für sich zu behalten, was er ihr anvertraut hatte. Aber sie erzählte es trotzdem ihrem Vater, der ein hoher Stasioffizier war und nichts Eiligeres zu tun hatte, als den Mann auf seiner Flucht zu überraschen und erschießen zu lassen, es als Unfall ausgab, den Jungen ins Internat steckte und die Mutter ins Frauengefängnis. Das alles erfährt der erwachsene Mann am Ende des Films. Doch erzählte er seiner damaligen kleinen Freundin nicht, was er herausgefunden hatte, dass es nämlich ihr Vater war, der Stasioffizier, der seinen Vater verraten hatte und umbringen ließ, sondern sagte, um sie zu schonen, dass ihr Vater damit nichts zu tun gehabt hätte, weshalb nun sie mit dieser Lüge leben musste.

Wenn es Corona zulassen würde, würde sie in acht Monaten erneut in der Stadt, in der Nikolaj lebte, Urlaub machen, es war ein wegen Corona verschobener Urlaub. Würde sie ihm schreiben, dass sie vor Ort war, fragen, ob er Zeit und Lust für ein Treffen hätte? Sie wusste es nicht. Manchmal stellte sie sich vor, an ihm vorbeizugehen, dann wieder wünschte sie sich ein Treffen. Aber sie wollte nicht immer in der gedemütigten Rolle sein, wenngleich es nur ihr Gefühl war, der andere es gar nicht so sah oder beabsichtigte. Wenn er ablehnte, würde sie sich sicherlich gekränkt fühlen.

Sie ging mit ihrem Sohn zur Bank, denn er hatte festgestellt, dass sich da etwas am Automaten geändert hatte, an der Programmierung, die er auswendig gelernt hatte, es stimmte, es war eine Option hinzugekommen.

Sie war froh, dass sie ihr Bett hatte, das ihr wie eine kuschelige Heimat erschien. Am liebsten würde sie sich bewegungslos in Embryo Haltung darin aufhalten. Aber sie musste sich bewegen. Während sie so eingekuschelt im Bett lag, kamen ihr seltsame Erinnerungen, zunächst jedoch die von ihrer Schwester, denn die hatte gefragt, ob das auf ihrem neuen Profil Foto auf whats app die Wasserspiele in Planten und Blomen seien. Das war so. Es war wirklich ein schönes Foto, das

Wasser sprühte nach oben in einer gleichmäßigen Form wie die Leinen von Segelschiffen. Ein lichter Schleier erhob sich über dem See in einem fast menschenleeren Park, ein Pärchen stand staunend vor dem Ereignis, sie saß auf der Bank, er stand.

Ja, es war ein schönes Foto, traumhaft, deshalb setzte ihre Schwester neben ihrem Kommentar ein Smiley mit Herzen auf den Augen. Aber sie schrieb auch - was sie erschrecken ließ -, dass sie sich erinnere, als Kind oft bei ihrer Tante und deren Familie gewesen zu sein, die in Hamburg wohnten. Die Tante hätte ihr Vieles in der Stadt gezeigt wie eben auch die Wasserspiele von Planten und Blomen. Sie erschrak, weil sie nicht vorkam, weil ihre Schwester sich als einzige bei ihrer Tante sah. Sie selbst erinnerte sich jedoch auch an ihre Tante, der Halbschwester ihres Vaters, die mit Mann und Mutter und Tochter zusammenlebte und hatte sie in guter Erinnerung.

Auch sie hatte ihre wohlwollende Art und Stadt Führung genossen, aber auch sie erinnerte sich nicht daran, dass ihre Schwester anwesend war, obwohl sie sie im ersten Moment anwesend spürte. Aber es kam kein Bild, nur das der Tochter der Tante, der Tante selbst, ihres Mannes und der Großmutter, der Wohnung. Darüber hinaus glaubte sie sich an einen Discobesuch mit der Tochter zu erinnern, an einen Kinobesuch, sie meinte, es war ein Elvis Presley Film. Sie sah sich mit der Tante in der U-Bahn und bewunderte sie stillschweigend, obgleich der enorm dicke Hals der Tante sie irritierte. Sie erinnerte sich, dass sie sie in einer Bäckerei auf der Mönckebergstraße arbeitete und über die Arbeitsbelastung klagte. Ihre Schwester schrieb, dass sie im Zimmer der Großmutter geschlafen hätte, der Mutter des Vaters und der Halbschwester.

Sie erinnerte sich an das Zimmer, in dem die Großmutter mit einem offenen Bein, dass sie jeden Tag mit einer Salbe einrieb und neu verband, nach der Flucht für immer lebte, die Wohnung nie verließ, bis auf die Ferien, die sie bei ihrem Sohn, also ihrem Vater und Familie, verbrachte.

Das Bett der Großmutter stand links, wenn man das Zimmer betreten hatte und geradeaus am Fenster ein Meer von Pflanzen, davor ein Tisch, daneben ein Schrank, auf dem ein Radio stand. Sie erinnerte sich gut, wie die Oma wütend sagte, als in den Nachrichten von den Russen die Rede war: Die Russen! Damals verstand sie den großen Ärger der Großmutter nicht, aber später, als sie erfuhr, dass sich ihr zweiter Mann erschoss, als die Russen ins Dorf kamen, hatte sie verstanden, aber sie hatte auch den Grund verstanden, denn er war Orts Gruppenleiter gewesen.

Wenn ihre Schwester in diesem Zimmer geschlafen hatte, dann gab es vielleicht gegenüber dem Bett der Großmutter noch ein Bett, das wahrscheinlich zusammen geklappt hinter der Tür stand, denn sie wusste, dass auch die Tochter normalerweise im Zimmer der Großmutter schlief.

Sie selbst meinte, dass sie im Schlafzimmer der Tante und ihres Mannes geschlafen hatte, vielleicht hatte sie sich vor der dicken Großmutter gefürchtet. Jedenfalls meinte sie sich zu erinnern, dass sie den Schlafkomfort, den sie im Bett des Schlafzimmers genoss, als luxuriös empfand und nachfragte, ob die Tante wirklich meinte, dass sie in dem komfortablen Federbett schlafen sollte. Sie bestätigte das. Die Oma, die nie die Wohnung verließ und die sie vor sich sah, wie sie in der Küche Kartoffeln schälte, während sie das schlimme Bein auf einem Hocker platziert hatte, starb mit weit über achtzig. Hingegen ihre Tochter mit siebzig und auch ihr Mann.

Die Wohnung hatte einen Balkon, auf dem die Großmutter oft saß und auf den Sportplatz blickte, auf dem auch ein Junge aus der Verwandtschaft Fußball spielte, der seine alleinstehende Mutter im Alter von 12 Jahren mit einem Beil erschlagen hatte. Auch über der Familie des Bruders des Mannes ihrer Tochter lag der Fluch, denn sie brachten sich alle um, es hieß, weil sie eine behinderte Tochter zeitlebens bei sich hatten, die sie mehr oder weniger versteckten und damit nicht mehr zurechtkamen. Auch ihre Patentante brachte sich um, aber sie erinnerte sich nicht, wie die Verwandtschaftsbeziehung war und gesehen hatte sie sie auch nie, jedoch einmal ein Päckchen bekommen. Sie glaubte, dass ihre Mutter den Kontakt nicht guthieß. Ihre Mutter, die Managerin ihrer Kontakte.

Eigentlich drehten sich die Erinnerungen, als sie im Bett eingekuschelt war, darum, dass ihr plötzlich der Dänemark Urlaub mit Knut einfiel, kaum dass sie angekommen waren in dem Häuschen in den Dünen, stürzte er sich auf sie, sie begriff diese Hast nicht, sein Hunger hatte etwas Wölfisches, er wollte etwas fressen. Diese Hast hatte er auch beim Essen. Er schlang geradezu sein Essen hinunter. Die überfallartige Begierde entfesselte sich auch bei einem von ihm geplanten Spaziergang in dem Wald in der Nähe seiner neuen Wohn- und Wirkungsstätte. Genauso geschehen im Grünen hinter einem Ferienhaus der Wohngemeinschaft und nicht zuletzt in ihrer Wohnung bei einem seiner Besuche. Er hatte es oft eilig und musste dringend. So wie man dringend auf Toilette musste.

War dieser Trieb, das Getriebensein, der Hunger, wirklich insbesondere den Männern eigen wie ihre Mutter meinte? Es gab ihrer Meinung nach bestimmt auch Frauen, die diesen Heißhunger verspürten.

Sie erinnerte sich an Nikolaj, der beim ersten Mal ebenfalls eine Fiebrigkeit an den Tag legte und nichts anderes im Sinn hatte, als endlich nach langer Zeit der Abstinenz, Befriedigung zu erfahren.

Sie erinnerte sich an ihre Mutter, die gesagt hatte, dass Männer das brauchen, womit sie auch den Ehebruch ihres eigenen Mannes entschuldigte und seitdem sagte, es dauert ja nur fünf Minuten.

Was Nikolaj anging, erinnerte sie sich wie enttäuscht sie war, dass er zum Geburtstag nur ihrer Klitoris gratulierte und das mit so viel Zungenschlägen bis er sie zum Explodieren gebracht hätte. Für ihr Herz hatte er keinen lieben Glückwunsch übrig, aber danach sehnte sie sich, dass auch ihr Herz Liebe bekam, so sehr auch sie die körperliche Liebe schätzte.

An Neujahr hatte er sie quasi vergessen, ihr Herz vergessen, er wünschte ihr wie irgendeiner anderen Person nichts weiter als: Gute Gesundheit. Das war natürlich wichtig, wenngleich Corona noch nicht aufgetaucht war, aber sie hätte sich auch gerne liebe Geburtstagsworte fürs Herz gewünscht.

Als Knut, „der Wolf", sie verlassen hatte, ließ sie sich umgehend sterilisieren. Es kam ihr im Nachhinein wie eine Selbstverletzung vor, eine gegen sich selbst gewandte Aggression, wie eine Verweigerung gegenüber dem Leben, gegenüber dem Mann an sich, den sie nie mehr an sich heranlassen wollte, denn ab jetzt schienen ihr alle Männer betrügerisch und verantwortungslos. Sie war noch keine 30, aber hatte ein blindes Kind, und die Ärztin akzeptierte den Eingriff.

Wie sollte es mit dieser Einstellung auch gut werden in ihrem Leben?

Das Leben war außer sich, die Infektionszahlen stiegen, insbesondere in den Städten, die jungen Menschen wollten einfach feiern, sich nicht mehr einschränken lassen, sich um den Hals fallen wie zuvor, anstoßen wie zuvor. Aber warum immer in Massen? Sie erinnerte sich an eine Bekannte, die von einer Energie sprach, die sie in der Masse spüre, diese Energie war eben 1000 Mal höher, als wenn sie nur mit einer einzigen Person zusammen war.

Hier im Café hatte jemand zum wiederholten Male die Toilette vollgeschissen und dann auch noch in der Damentoilette. Die gerufene Polizei kannte ihn bereits. Kontrollverlust, Missachtung jeder Regel.

Die Corona Infektionen stiegen und das tagtägliche Ausfüllen der Papiere nervte die Gäste zusehends, die jeden Tag im Café ihre Adresse und Telefonnummer hinterlassen mussten, die Uhrzeit nicht zu vergessen.

Die nachtblaue Färbung hatte doch nicht den Ton ergeben, der sie begeisterte, außerdem waren die Kleidungsstücke noch weiter eingelaufen und verfilzt. Sie legte deshalb erneut einen Waschgang ein mit Papieren, die die Verfärbungen aufheben sollten. Das Ergebnis ließ immer noch zu wünschen übrig. Wahrscheinlich würde sie sich von den Sachen trennen bis vielleicht auf den ehemals langen, grauen Mantel, der jetzt eine mysteriöse, graubläulich schimmernde Farbe angenommen hatte.

Was ihren „Aktionismus" anging, - obwohl das Wort nicht zutreffend war, sie musste noch nach dem richtigen Wort suchen - fiel ihr heute Nacht der Freund ein, mit dem sie Anfang 20 zusammen war. Sie hatte sich getrennt, weil er nicht mit ihr zusammenziehen, sondern bei seiner Mutter wohnen bleiben wollte, er war sieben Jahre älter als sie. Er machte dann die Einschränkung, dass er vielleicht mit ihr zusammenzöge, wenn sie nicht das behinderte Kind hätte. Sie wollte auch sowieso in eine Großstadt, die über eine Blindenschule verfügte, denn ein Heim kam für sie nicht in Frage im Gegensatz zu der Ansicht ihrer Mutter. Was sie sagen wollte, war, dass sie hin und wieder telefonierten und schließlich sowohl er als auch sie neue Partner hatten.

Es kam der Tag, an dem sie ihm schrieb, ob er ihr nicht seinen geliebten Dufflecoat schicken könnte, den er nicht mehr trug. Er tat das, aber sie fühlte sich doch nicht wohl darinnen. So trennte sie denn die schönen Hornverschlüsse ab und entsorgte den Mantel. Jedoch irgendwann war die Zeit gekommen, und sie entsorgte auch die Hornversschlüsse, die trompetenförmigen Hörner.

Wollte sie etwas von ihrem Ex behalten? Aber kam dann doch nicht damit klar, so wie sie ja auch mit ihm nicht klargekommen war? Sie hatte seine Kleidung immer gemocht, aber es war eben seine Kleidung, die sie sich nicht aneignen konnte, auch wenn sie sich damit identifizierte. Sie hatte ihn damals sehr gemocht, sie tanzten nackt zu der Musik von Rory Gallagher und John Mayall in seinem kleinen Zimmer der großen Wohnung, in der außer ihm die Mutter lebte, mit der ihn ein enges Verhältnis verband.

Sie schlief gerne mit ihm, es war völlig entspannt, unkompliziert und immer ein wunderbares Erlebnis, wenngleich er sich wunderte, dass sie nur zwei oder dreimal kam, während doch seine frühere Freundin, es bis auf 9 Mal geschafft hatte. Aber so war das eben, die Liebe im Bett konnte noch so schön sein, wenn die Beziehung existentielle Wünsche nicht befriedigte, dann hatte es keinen Sinn.

Gestern sah sie den französischen Film „Claire Andrieux". Der Onkel hatte Claire zwei Jahre lang missbraucht, zwischen ihrem 11. und 13. Lebensjahr, weshalb sie ihr Leben lang keine sexuelle Beziehung eingegangen war, aber es verband sie eine tiefe Freundschaft zu zwei Familien. Sie, die Immobilienmaklerin, lernte schließlich den Location Scout, einen ehemaligen Drogensüchtigen, der von seiner Frau verlassen wurde, kennen. Zunächst lehnte sie ihn ab, aber dann ging sie von freiwilig zu ihm und erlebte den Geschlechtsverkehr als Liebesakt. Er sagte, dass es auch für ihn so war, als wenn er das erste Mal Liebe gemacht hätte. Sie wusste nicht, ob der Film nicht zu kurz griff, denn er spielte den Psychologen mit der Freundin der Traumatisierten aus, als sei es besser, auf den Ratschlag einer guten Freundin zu hören, statt zu einem Psychologen zu gehen, der mit seiner Ansicht hinter dem Berg hielt.

Sie hatte Schwierigkeiten, das Dunkle zu akzeptieren, obwohl sie früher ständig schwarz getragen hatte. Durch ihre Färberei war eine bläulich-schwarze Farbe entstanden, die nicht hü und nicht hott war. Es quälte sie, dass es nicht gut geworden war. Wie es einen immer quälte, wenn etwas nicht gut wurde. Ein Traum zeigte ihr nochmals, wie sehr sie jetzt Schwarz und das Dunkle an sich ablehnte, in dem sie sich wohl verschluckt fühlte, versteckt.

Sie träumte von einer dünnen Katze, die einen Buckel machte und sich vorbeischlich, sie wollte nicht gesehen werden in ihrem schwarzen Kleid mit zum Teil eben dieser bläulich-schwarzen Farbe. Sie war böse auf diese buckelige Katze, die sich vorwärtsschlich, um nicht gesehen zu werden in ihrem dunklen, bläulich-schwarzem Kleid über ihrem dünnen Köper. Sie verdammte sie, packte sie und wollte sie in das brühend heiße Wasser tauchen, damit sie verendete, aber dann hatte sie mit der ängstlich gewordenen, zappelnden Katze doch Mitleid und zog sie wieder hoch. Sie hatte sie auch noch gar nicht losgelassen. Und ließ sie dann laufen, sie lief auf einen Napf zu, einer Schüssel mit Milch, aber es kam eine dicke, weiße Katze, die ihr den Platz streitig machte, nicht, dass sie sie wegschubste, aber sie war durch ihre Leibesfülle und der hellen Hautfarbe, ihrem hellen Fell so beeindruckend, dass man ihr von selbst Platz machte.

War das ihre schöne, ältere Schwester und sie, die hässliche Schwester, sie die dünne und ihre Schwester die beleibte? Ihre Schwester die hell und sie die dunkel gekleidete?

Obwohl sie enttäuscht war, schaffte sie es nicht, die mysteriösen, dunklen und zerstückelten, verfilzten Sachen endgültig wegzutun. Sie guckte immer noch, ob sie etwas draus machen konnte. Heute Morgen zog sie das zerstückelte Zeug an, dann hätte sie es wenigstens einmal getragen. Die Bedienung im Café sagte, dass sie die vorherige Färbung in Magenta besser fand, aber dieses sei eleganter, und man könne es besser kombinieren, womit sie recht hatte. Alles in allem, sie würde das bläulich-schwarze Zeug entsorgen. Schluss.

Gestern war sie noch kurz an der Elbe, aber es war zu kalt und zu viel Betrieb, denn es war Sonntag. Zu Hause sah sie im TV freiwillige HelferInnen, die den Strand von Cagne sur mer von den Überschwemmungsresten freiräumten. Wieder war sie versucht, sofort an Nikolaj zu schreiben, es waren ja auch immer noch 9 Personen seit den Überschwemmungen verschwunden, aber sie ließ es bleiben. Er würde auf nichts antworten. Und das war demütigend, aber es war auch objektiv besser, dass zwischen ihnen gar nichts mehr lief, denn es war unerträglich, jedenfalls für sie, dass sie ausgeklammert wurde aus seinem Leben, täglich aufs Neue diese Demütigung, im Versteck leben zu müssen.

Sie hatte auch gar keine Lust mehr auf ihn, er rückte in den Hintergrund, war nur noch eine Fata Morgana.

In Cagne sur mer wohnte der Café Besitzer, der an Nikolaj, von dem sie weder Adresse noch Telefonnummer bekommen hatte, ein Päckchen (mit seinen Handtüchern) und zwei Briefe (jenem mit Ring und dem ersten, der ihren Kontaktwunsch betraf) weiterleitete, denn er kannte ihn als Stammgast und sagte, dass er kein Problem damit hätte, ihr den Gefallen zu tun, es sogar gerne täte.

Sie hatte nicht einmal mehr Lust, Nikolaj eine E-Mail, der einzige Kontaktpfad zwischen ihnen, zu schreiben. Sie war in einer extrem lustlosen Phase. Es kam alles zum Stillstand.

Hättest du doch die helle Farbe gelassen, sagte die Bedienung F., die ihre eigenen Probleme hatte, die hier den Mindestlohn bekam und nach Belieben in anderen Café Shops der Kette aushelfen musste, sie war sehr unzufrieden mit der Zeiteinteilung, sah sich benachteiligt, schlief wegen dieser Probleme schlecht.

Ein Gast, ein junger Student der Media School, sollte sich einen 5-minütigen Film ohne Dialog ausdenken. Warum bekam alles einen amerikanischen, englischen Namen, so schon Bachelor, Master. On stage. Espresso house,…..

Sie hatte Babylon Berlin gesehen, die neue Staffel, aber sie fand sie nicht so gut wie die Erste.

Ronald Herzfeld war in diesem Film fürchterlich unsympathisch und auch der Armenier. Arno, der Bruder von Rath, den sie als Arzt in der ersten Staffel gut fand, war ihr mit seinen okkultistischen Sitzungen unsympathisch, natürlich der Nazi Wendt, ganz und gar ekelhaft.

Sie hatte davor „Die Chefin" gesehen, in dem Film zeugten die Eltern, die eigentlich kein Kind mehr wollten, eines aus dem einzigen Grund, dass es als Spender für den mit 2 Jahren an Krebs erkrankten Sohn dienen sollte. Die Mutter machte das Mädchen immer schlecht, gab ihm für alles die Schuld und jetzt, als wieder eine Spende anstand, wollte der inzwischen jugendliche Bruder das nicht mehr von seiner Schwester verlangen, die nur deswegen in die Welt gesetzt worden war. Die Mutter hingegen wollte es unbedingt, der Streit eskalierte, die Tochter tötete die Mutter. Ihr Bruder nahm die Schuld auf sich, bat die Kommissarin, die inzwischen wusste, dass seine Schwester die Täterin war, nichts anderes zu behaupten, denn er würde bald sterben, er wollte nicht das Leben seiner Schwester, die ihres für seines geopfert hatte, zerstören durch eine Verurteilung. Die Kommissarin verhielt sich seinem Wunsch entsprechend. Das war beeindruckend.

Sie wachte gegen 5 oder 6 Uhr in der Früh auf und hatte plötzlich das Gefühl, dass sie das Buch, das sie bereits zur Veröffentlichung freigegeben hatte, nicht veröffentlichen wollte, es war doch zu privat, zu intim, sie dachte jetzt so wie ihre Mutter und Nikolaj, dass nicht alles für die Öffentlichkeit bestimmt war, dass es nur etwas zwischen ihnen war. Sie hatte sich durch die Veröffentlichung davon befreien wollen, entledigen, aber jetzt schien ihr, dass sie dieses „Geheimnis" doch tragen könnte, dafür die alleinige Verantwortung übernehmen könnte. Sie war jetzt stark genug. Und schrieb dem Verlag sofort eine mail, wenn das ginge, wolle sie das Buch stornieren. Vielleicht gab es ja zwei Wochen, innerhalb derer das möglich war.

Sie brachte anschließend auch ihre gefärbten und zerstückelten Sachen weg, das „Päckchen" hatte sie schon gestern Nachmittag gepackt. Sie hatte noch versucht, einen Rock draus zu machen, aber es war alles zu sehr behelfsmäßig geworden.

Sie hatte Han. am Vormittag getroffen und Jef. am Nachmittag. Han. meinte, dass jede Beziehung anders sei und von Schuld könnte sowieso nicht die Rede sein. Sie empfahl, zu warten bis sie sicher sei, ob sie veröffentlichen wolle oder nicht. Sie war guter Dinge zurückgekehrt von einer gelungenen Fahrradtour mit ihrem Mann im

Havelland, eingemietet hatten sie sich in Neu Werder und auch das Wetter war ihnen hold. Allerdings, sagte sie, merke auch sie, dass sie keine 70 km am Tag mehr schaffe wie früher, jetzt waren es täglich 30. Sie erzählte von Fontane-Land, von den Schlössern, von dem Einstein Haus aus Holz.

Jef. meinte auch, dass sie mit sich in Frieden sein müsse, bevor sie veröffentliche. Plötzlich erzählte sie, dass auch sie Probleme in ihrer Partnerschaft habe. Sie wähnte sie glücklich in der neu bezogenen Wohnung, aber sie trug sich mit Gedanken, zurück nach Frankreich zu gehen, denn ihr Freund zog nicht mit, wenn sie etwas verwirklichen wollte. Er war eher ein nachlässiger Mensch, weshalb sie sich mit Vielem allein gelassen fühlte. Als sie noch kein Wort Deutsch sprach und nicht wusste, dass die Glasflaschen hier in verschiedene Container kamen, je nachdem, ob sie weiß oder grün waren, denn in Frankreich gab es für alle Flaschen nur einen Container, fragte sie ihn, in welchen Container sie die Flasche werfen solle. Er sagte trocken, dass sie ihren Grips anstrengen solle.

Dieser Umgangston kränkte sie. Es kam dann heraus, dass sein Vater früher ihm gegenüber solche Sprüche benutzt hatte.

Jef. berichtete von Situationen, in denen sie sich alleine gelassen fühlte. Auch das war eine Variation, jemanden zu demütigen und zu verlassen im Grunde. Da er viel arbeitete, tapezierte sie alleine, was ihr keinen Spaß machte und anstrengend war, es stieß ihr sauer auf. Sie hatte wirklich viel auf dem Herzen, aber dann musste sie nach zwei Stunden gehen, denn sie gab einen Französisch Kurs an der Schule.

Sie selbst hatte das Gefühl, vielleicht bestärkt durch die Verletzungen, die Jef. zur Zeit ertrug, aber daraus ihre Konsequenzen ziehen wollte, dass sie das Buch für den Druck freigeben wollte. Wenn sie es nicht tun würde, käme das einem Verschweigen gleich, sie würde damit so tun, als sei nichts gewesen, als hätte sie nichts verletzt, gedemütigt, als sei sie nicht aufs Tiefste gekränkt worden. Sollte sie ihm in acht Monaten gegenüberstehen, vorausgesetzt Corona ließ es zu und er würde sich mit ihr treffen wollen, so würde es sie quälen, wieder nahtlos anzuknüpfen an ihre liebe Art, als wäre nichts geschehen von dem, was sie tief verletzt hatte.

Nicht, dass sie mit ihm diskutieren wollte, denn das würde er sowieso zur Bedingung machen. Sie würde ihm auch nichts von dem Buch erzählen, das sie unter einem Pseudonym herausgegeben hätte, mit anderen Namen und anderen Orten, aber sie würde sich besser fühlen, auf Augenhöhe mit ihm, sie wäre in der Lage, mit ihm normal wie mit einem Bekannten zu sprechen, Neuigkeiten auszutauschen. Etwa wie er Corona überstanden habe, wie es seiner Familie gehe, ob er noch sein Stammcafé aufsuche, was der Hund mache. Sie wünschte sich einen solchen friedvollen Abschluss. Umgegangen mit der Situation war ja jeder für sich auf seine Weise und ihre Weise war das Buch.

Es war kalt, aber die Sonne schien, so machte sie eine Pause an der Elbe. Es waren doch recht viele Leute den Sonnenstrahlen gefolgt, da noch Herbstferien waren, tummelten sich auch etliche Familien mit Kindern.

Sie dachte, dass ihr niemand wegnehmen konnte, was geschehen war, falls sie das befürchtete. Ihre Beziehung zu Nikolaj und umgekehrt war einmalig und einzigartig. Mit anderen Partnern wäre es wieder anders. Also konnte sie doch ihr kleines Geheimnis von Liebe und Vertrauen gegenüber ihm und seinem Körper, das sie entfaltet hatte, bewahren. Sie hatte sich geöffnet, war eine andere geworden, das war das Wunderbare gewesen.

Ihre Schwester las gerade das Buch „Der Distelfink", aber in Etappen, weil sie die Geschichte hart fand und auch, weil sie sich jetzt wieder mehr dem Alltag widmete. Die Erledigung des Alltäglichen forderte ihr viel Energie ab, aber es lohne sich, schrieb sie. Sie war dabei, den Krebs zu besiegen.

Ihre Traurigkeit verbreitete sich wie die Herbst Blätter auf dem Boden, die Bäume waren leer geworden, hatten Pracht und Prunk verloren, hielten Einkehr, zogen sich zurück, bis sie im Frühjahr wieder Knospen tragen würden, um schließlich zur Blüte zu gelangen. Trotzdem schrieb sie Nikolaj nicht wie sie es früher getan hätte, wenn er sich nicht gemeldet hatte, sie warten ließ, wieder und immer wieder, obwohl er ihr schrieb, dass er ihr schreibe, wenn er könne und es penibel sei, dass sie stets einer zeitnahen Antwort bedürfe, um sich wohl zu fühlen.

Sie sah alle Folgen der 3. Staffel von Babylon Berlin, obwohl sie das Gefühl hatte, nicht alles zu verstehen in dem großen Durcheinander. Erneut widerte sie die Böswilligkeit dieses Nazis Wendt an, der seine wahre Gesinnung verschwieg, nur denen gegenüber nicht, die ihm hörig waren. Er hatte mehrere Morde auf dem Gewissen, den des Sozialdemokraten Benda, die der beiden Männer, die er dazu brachte, Greta, die bei Benda Dienstmädchen war, verliebt zu machen, ihr den Kopf zu verdrehen, damit sie den einen in die

Wohnung ließ, der dann Sprengstoff unter Bendas Schreibtisch anbringen konnte.

Vor Gericht wollte Greta aussagen, dass sie getäuscht wurde, aber der Nazi Wendt erpresste sie mit ihrem unehelichen Kind, deshalb blieb sie bei ihrer Falschaussage, dass es ein Kommunist war, der den Sprengstoff angebracht hatte und kein Nazi.

Sie fand, dass Charlotte zu weit ging, als sie sich in extremster Weise prostituierte, um die Augen-Operation ihrer Schwester zu bezahlen. Das war eine ekelhafte Szene wie sie auf der Bühne auf einmal unzählige Männer an sich heranließ. Musste das so sein? Sie vermittelte den für sie unglaubhaften Eindruck, dass sie alles verkraftete.

Man hatte das Gefühl, sie schreckte vor nichts zurück, auf sie wirkte das selbstzerstörerisch. Sie mochte auch den Sohn des Kommissars Rath und seiner Frau nicht, die sich mit Nüssen zusammentat. Der Sohn legte schon eine gewisse Härte an den Tag. Er hatte Hitlers Buch „Mein Kampf" auf dem Schreibtisch, wenn auch noch nicht gelesen, es war auf dem Schulhof verteilt worden.

Sie hatte die kleinen Bildchen von Nikolaj auf ihrem Desktop nicht mehr angeklickt, aber sie löschte sie auch nicht. Vielleicht war sie müde des Löschens, sie störten nicht mehr wie ehemals, als sie unbedingt und totsicher alles löschen musste von ihm, sie setzte sogar ihr Smartphone auf Werkseinstellung zurück, damit nicht jedes Mal seine E-Mail Adresse als erstes erschien, wenn sie eine E-Mail schreiben wollte.

Nach der Neuinstallierung hatte es dann doch wieder einen Emailaustausch gegeben, die Adresse war wieder da, sie ließ sich nicht entfernen, und sie wollte nicht abermals auf Werkseinstellung zurücksetzen. Also sie blieb, und jetzt, Gott sei Dank, hatte sie sich daran gewöhnt, ohne den Drang zu spüren, sie über Werkseinstellung zum Verschwinden zu bringen. Es war ihr zu viel der Mühe.

Sie wunderte sich, dass sie es ertrug, aber es lag wohl daran, dass sie alles durchgespielt hatte, alles versucht hatte, sowohl ihn wieder zu gewinnen, als auch ihn zu löschen, nun schien es so, als sei er tot. Und als seien es Relikte eines Toten.

Gestern dachte sie daran, dass er nach einigen Monaten ihres Zusammenseins gesagt hatte, wie sie auf die Idee hätte kommen können, dass ein Typ wie er alleine leben würde. Das war sehr arrogant.

Ja, er hatte diese Seite, sie hätte vorsichtiger sein müssen, aber sie war in vollem Vertrauen auf ihn zugegangen und hineingerasselt. Er erforschte erstmal ihre Lebensgeschichte, lockte sie hervor, und sie gab und gab freiwillig, dann hatte er sie eingefangen. Es erinnerte sie daran, dass sie sich als junges Mädchen das Leben nehmen wollte und Hilfe bei einem angeblichen Psychologen, von einer Schülerin der Parallelklasse empfohlen, suchte, dem sie in vollstem Vertrauen ihr Tagebuch gab, in welchem er sich von ihrer Jungfräulichkeit und Naivität ein Bild machen konnte und seine Missbrauchspläne schmiedete. Das war schade, dass sie immer in der Notwendigkeit stand, sich voll anzuvertrauen, letztlich wie ein Kind, das sich nicht schützte, das davon ausging, dass alle Erwachsenen gute Menschen seien.

Sie hatte auch Rachegefühle, als Nikolaj sich von ihr lossagte, aber damit kam sie nicht weiter, es brachte ihr nichts, außer, dass die Gefühle von Demütigung blieben. Sie mochte sich hundertmal in seine Situation versetzen und ihn entschuldigen, sie fand es trotzdem schäbig von ihm, Schluss zu machen, sich zu entziehen, weil es für ihn das Bequemste war. Er wollte sich nicht aufreiben, sondern in Harmonie seine letzten Lebensjahre verbringen, was hieß, dass sie sich anpassen sollte.

Das war ihr nicht immer so total möglich, wie er es wünschte. Sie sollte sich unsichtbar machen, und wenn er ihr am frühen Abend ein Smiley mit Reißverschluss im Mund schickte, wusste sie, was das bedeutete: Sie sollte schweigen, sich nicht mehr melden. Das Reißverschluss-Smiley kam auch zu anderen Zeiten, aber meistens abends.

Was hieß schon Rache? Wodurch man ja doch nichts verändern konnte. Für ihre Drohung, dass sie seine Adresse ausfindig machen würde und bei ihm und seiner Lebensgefährtin klingeln würde, entschuldigte sie sich gleich wieder, auch dafür, dass sie im selben Zug mit dem Rechtsanwalt gedroht hatte, sollte er seine Schulden für das Appartement nicht bezahlen. Es waren verzweifelte Gesten, derer sie sich schämte. Sie schrieb, dass sie ihm das Geld schenke, und schämte sich trotzdem, Drohungen und Erpressungen in die Welt gesetzt zu haben. Damit war der Bruch noch endgültiger als endgültig.

Sie hatte bei allem Stress immer wieder an die Liebe zwischen ihnen geglaubt, aber sie lebte ja auch alleine, das war ein Unterschied zu ihm, der Tag und Nacht jemanden hatte, mit der Frau seit fast 40 Jahren im selben Bett schlief, auch wenn er sagte, dass sie sich nicht mehr berührten, sie solle sich vorstellen, es sei wie Mutter und Sohn oder wie Schwester und Bruder.

Auch Nikolaj hatte durchaus Momente des Zweifelns und Einlenkens, er sagte z.B., wenn sie nicht ganz richtig sei, dann sei er es auch nicht. Wofür er sie zuvor kritisiert hatte und dann mit diesem Satz einlenkte, wusste sie nicht mehr. Meistens ging es ja darum, dass er sich nicht meldete, nicht antwortete, sie zu lange warten ließ bis ihr Zweifel kamen und Eifersucht aufstieg.

Tief unglücklich fühlte sie sich, als er ihr versprach, sich Silvester nach Mitternacht zu melden, dann aber bekam sie nur eine ganz neutrale mail, die irgendjemandem hätte gelten können, er wünschte ihr gute Gesundheit für das neue Jahr. Nichts weiter, kein Kuss, kein Gruß, sie fiel daraufhin in eine tiefe Depression.

Dennoch wurde sie nicht enterbt oder auf ihr Pflichtteil beschränkt, dafür war sie jeden Tag dankbar, denn sonst würde sie nicht über die Runden kommen.

Sie traf M., mit der sie gleichaltrig war, sie gingen ins Museumscafé, M.s bevorzugtes Café. Sie erzählte, dass sie sich nach 2 Jahren online Dating abmelden würde, sie hatte fünf Männer getroffen, zwei hätten sie interessiert, aber es war nicht gegenseitig. Sie erzählte von ihrer 4-tägigen Reise nach Sachsen mit zwei Freundinnen, von dem schönen, großen Park, von einem Museum, jedoch hatten sie für dieses keine Karten mehr bekommen. Sie erzählte wie angenehm es war, in Corona Zeiten mal raus zu kommen.

Sie fühlte sich depressiv wie schon lange nicht mehr. Immer war die Frage warum? Es war ein

Tag wie jeder andere, vielleicht deswegen, vielleicht musste sie mal raus, was anderes sehen wie M., die mit Freundinnen 4 Tage verreiste. Es ging ihr nicht gut nach dem Treffen, vielleicht weil sie erfuhr, dass M.s Großeltern mit Kindern aus Ostpreußen Ende des Krieges vor den Russen geflohen waren. Kriegsflüchtlinge. Jetzt war die Stadt polnisch und M. war noch nicht wieder da, obwohl sie es immer wollte, aber der Freund, mit dem sie zusammenfahren wollte, denn auch seine Großeltern stammten von dort, meldete sich nicht auf ihre Nachrichten, die sie auf seinem Anrufbeantworter hinterlassen hatte. Dann waren Handy- und Festnetznummer nicht mehr erreichbar. Sie vermutete, dass er tot war, plötzlich gestorben, aber stellte keine Nachforschungen an. Einmal sah sie die Schwester des Mannes, aber gab ihrem ersten Impuls, sie anzusprechen, nicht nach.

Später sah sie einen Fernsehfilm, in dem eine Bloggerin von ihrer Freundin, mit der sie eine gemeinsame private und berufliche Zukunft geplant hatte, verlassen wurde und sie die Freundin deshalb die Treppe runterstürzte. Sie schrie, dass sie ein Stück Scheiße sei, der Sturz war tödlich.

Sie seufzte über das viele Leid…

Immer wieder dieselben Motive, wenn es nicht gerade Geld war.

Ihr schwächelnder Körper, ihre Freudlosigkeit und Einsamkeit waren an gewissen Tagen heftiger als an anderen.

Sie sah keinen Sinn mehr in ihrem Leben. Was sie überaus gewundert hatte, war, dass Nikolaj antworte, dass es ihm keine Angst mache, denn sie hatte ihn gefragt, ob es ihm nicht Angst mache, dass sie gesagt hätte, sie lebe nur für ihn oder sie könne ohne ihn nicht leben. Dergleichen war noch nie über ihre Lippen gekommen. Sie wunderte sich über die Antwort, denn umgekehrt, hätte es ihr sehr wohl Angst gemacht, wenn Nikolaj gesagt hätte, dass er ohne sie nicht leben könne, dass er nur für sie lebe. Er hingegen hatte ihr Glauben gemacht, er sei so stark. Wie sich später herausstellte, stimmte das nicht, er wollte nur, dass zu dem Zeitpunkt die Beziehung nicht in die Brüche ging, denn noch genoss er sie.

Er hatte sie betrogen, denn er hatte gesagt, dass es ihm nichts ausmache, dass sie vergewaltigt und missbraucht worden sei, überhaupt nicht, keinesfalls. Sie hatte jedes Mal seinen Versicherungen, seiner demonstrierten Stärke vertraut. Aber er gab die Stärke nur vor, um so lange wie möglich sein „Abenteuer" zu leben, sie hingegen hatte gedacht, es wäre Liebe, sie war naiv, eine blöde Kuh.

Sie hatte sich verliebt und er auch. Insofern waren sie beide entschuldbar.

Sie hoffte, dass die Malerei sie wieder auf die Beine stellen würde, sie wünschte es sich. Sie hatte sich an ihn wie an einen Anker geklammert, bis er diesen Anker losmachte und sie ins Bodenlose fiel. Er war auch nur ein Mensch.

Vielleicht müsste sie als Allererstes malen, wenn sie heute nach Hause käme, die Farben sprechen lassen, die Hoffnungslosigkeit vertreiben.

An der Elbe war eine seltsame Stimmung. Obwohl es erst 14.00 Uhr war, schien sich schon der Abend zu senken, Melancholie lag in dem Schweigen des Flusses, des Strandes, der unhörbaren Stimmen der Menschen, der verlorenen Seelen, die sich am Strand verteilten wie die schwarzen Vögel, die aufschrien und tot niederfielen, weshalb sich noch lebendige Vögel auf sie stürzten, in ihren Leibern mit ihren Schnäbeln stocherten und sie anfraßen. Zwischendrin machten sie kleine Pausen, in denen sie hochflogen und um das Opfer herumkreisten.

Neben ihr standen plötzlich eine rauchende Frau mit ihrem rauchenden Ehemann, die beide ihr spielendes Kind betrachteten, während sie ihr ungehemmt den Rauch ins Gesicht bliesen.

Sie verließ in großer Traurigkeit, wie in einen schwarzen Mantel gehüllt, den Strand. Sie fühlte sich wie in einem Fegefeuer verbrannt, weshalb sie nicht mehr leben konnte, jedenfalls nicht so wie die anderen, die das Fegefeuer erst nach ihrem Tod ereilte. Sie jedoch musste bereits hier und jetzt verbrannt weiterleben.

Eine lodernde Flamme, die einfach nicht versiegte, unsichtbar für die anderen war, es sei denn, sie spürten unbewusst das Feuer, das sie verzehrte, und deshalb einen Bogen um die schwarze Frau machten wie um die schwarzen Vögel, die sich auf ihre Opfer gestürzt hatten.

Me. hatte Angst vor der Wespe, von der sie hier im Café belästigt und bedroht wurde. Sie wurde von einer geöffneten Sirup Flasche angezogen und deshalb kam sie, die Kaffee Käuferin, auf die Idee, wenn die Wespe erneut den Flaschenhals aufsuchte, den Verschluss draufzusetzen. So geschah es, sie ging dann mit der verschlossenen Flasche nach draußen zu einem Baum, der ein paar Meter entfernt stand, dort öffnete sie die Flasche und goss den Inhalt, der den Boden bedeckt hielt, aus, so dass die Wespe wieder hinauskonnte. Sie überzeugte sich von ihrer Lebendigkeit, diese schlürfte den Saft, der sich auf der Erde um den Baum herum ausgebreitet hatte. Me. war sehr erleichtert, dass sie sich des Wespenproblems angenommen hatte.

Me. erzählte ihr von dem Brauch der Henna Feier, die der Hochzeitsfeier vorausging. Dieses Mal waren wegen Corona nur 50 Gäste anwesend, auf einer Hochzeitsfeier vor zwei Wochen waren es noch 200 Gäste, was auch schon wenig war, wie sie sagte. Für die Hennafeier setzte sich das Brautpaar in die Mitte der Tanzfläche, junge Menschen um sie herum trugen Kerzen. Schließlich wurde dem Brautpaar rotes Henna auf die Handinnenfläche gesalbt in der Form eines Kreises, danach wurden die anderen gefragt, ob sie auch einen Hennakreis wollten. Ungefähr eine Woche blieb das Henna in der Handinnenfläche.

Ein Gast im Café, den sie auch schon in anderen Büchern erwähnt hatte, kam wie immer von seiner Nachtschicht im Pflegeheim. Es war eine ruhige Nacht, obwohl eine Pflegebedürftige nach ihrer Mama rief, das passierte im Endstadium. Diese Pflegebedürftige rief seit 2 Monaten: „Mama, hilf mir!" Andere riefen: „Gott, hilf mir!" oder fragten ihn, „Warum ich?"

Eine Café Kundin irritierte sie, denn sie setzte sich quasi vor sie, aber erhöht, weil auf einem Barhocker am Fenster und etwas versetzt, so dass sie auf ihren Desktop gucken musste, wenn sie hochsah. Sie musste dann in ihr Gesicht sehen, in das Spiegelbild der Frau, denn die Frau hatte sich selbst auf ihrem Desktop als bewegtes Bild installiert. Immer wenn sie sich selbst bewegte, bewegte sich auch ihr Spiegelbild auf dem Desktop, es machte alle ihre Bewegungen mit. Die Frau kommunizierte mit ihrem Spiegelbild, erschuf, wie sie vermutete, in ihrer Einsamkeit, sich selbst als Gegenüber.

Das erinnerte sie daran, dass sie gestern, als es ihr so furchtbar schlecht ging, eine ebensolche Hilfe suchte, denn sie vergrößerte spontan das Foto von Nikolaj, das sie auf dem Desktop gespeichert hatte. Er erschien in voller Desktop Größe, sie ließ es eine Weile so, weil sie das Gefühl hatte, dass es ihr half. Es war sein Foto aus der Zeit, in der er noch total in sie verliebt war, sagte, dass nach ihrer Abreise sein Kopf in den Wolken sei.

Es war merkwürdig, früher hatte sie nichts Eiligeres zu tun, als alles von ihm zu löschen und jetzt schien es so, als wenn es sie tröstete, wenn sie noch etwas von ihm fand.

Sie dache an Eb., der damals, als er sich in T. verliebt hatte, zu ihrer großen Verwunderung, Fotos von T. in Großformat an die Wände seiner Wohnung anbrachte. Es war nicht ein Foto oder zwei oder drei, nein es war die ganze Wohnzimmerwand voll und der Flur, die ganze Einzimmerwohnung. Sie heirateten, bekamen ein Kind, aber irgendwann kam die Trennung. Er hatte bald danach eine Neue und T. litt.

Jef. erzählte, dass ihr Freund ihr sagte, dass er nicht ohne sie leben könne, wenn sie von Trennung sprach. Da war er der Satz, der ihr Furcht einflößte, aber Jef. fürchtete sich nicht vor dieser Aussage, sie beeinflusste sie nicht, sie nahm es auch nicht als Erpressung, wenn er sagte, er brauche sie, er könne nicht ohne sie leben, sie dürfte ihn nicht verlassen.

Sie dachte an das berühmte Chanson: „Ne me quitte pas" von Jacques Brel: Verlass mich nicht.

Ne me quitte pas / il faut oublier / tout peut s'oublier / qui s'enfuit déjà / oublier le temps/ des malentendus/ et le temps perdu/ à savoir comment/ oublier les heures/ qui tuaient parfois à coup de pourquoi/ le cœur de bonheur/

…..die Stunden vergessen/ die manchmal mit ihrem warum/ das glückliche Herz töteten

Ne me quitte pas/ moi, je t'offrirai/ des perles de pluie/ / je creuserai la terre jusqu'après ma mort/ pour couvrir ton corps d'or et de lumière/ je ferai un domaine/ où l'amour sera roi / où tu seras reine/ ne me quitte pas/ je t'inventerai/ des mots insensés/ que tu comprendras/ je te parlerai/ de ces amant-là/ qui ont vu deux fois leurs cœurs s'embrasser…

….Ich werde dir von den Liebenden erzählen, die erlebt haben, wie sich ihr Herz zweimal umarmte…

In der Nacht dachte sie an Nikolaj und sah ihre Brust auf einem Foto, das sie ihm geschickt hatte, aber darum bat, es zu löschen, wenn er es genug angesehen hätte. Er schrieb damals, dass er sich ihre schöne Brust einprägen werde, bevor er es lösche. Das waren glückliche Zeiten!

Sie hatte ihre Schwester gefragt, ob sie etwas falsch gemacht hätte, denn sie antwortete nur noch mit knappen Worten. Sie schrieb, dass sie nicht immer gesprächig sei, deswegen die kurzen Antworten. Also schrieb sie ihr, dann sei ja alles gut.

Tja und dann war es passiert: Sie malte ihn. Da sie keine freie Leinwand fand, malte sie auf einem steifen, weißen Karton. Es war mehr eine Skizze, die sie eigentlich noch weiter ausfüllen wollte, aber da sie so gelungen und treffend war, ließ sie es darauf beruhen und würde sich lieber eine neue Leinwand kaufen, um darauf dann ein ausführliches Portrait zu malen.

Die Ähnlichkeit war frappierend, damit hatte sie nicht gerechnet. Sie freute sich, dass sie ihn so gut getroffen hatte, andererseits erschrak sie sich heftig, denn im Bild sah man, wie verschlossen er war, gar abweisend und streng. So wie sie ihn kennengelernt hatte, wenn er seine weiche Seite unter Verschluss hielt. Abgesehen davon wirkte er alt und verbraucht, etwas engstirnig in der

Augenpartie. Aber es war dennoch insgesamt ein sehr interessantes Gesicht. Es könnte natürlich auch ihre eigene projizierte Strenge sein. Auch eine Zeichnung, die sie von ihrer Mutter gemacht hatte, fiel ihr ein, diese war auch äußerst streng ausgefallen, es gab jedoch auch eine weichere Zeichnung von ihr. Wie Nikolaj war auch ihre Mutter beharrlich.

Dann passierte das nächste, nämlich dass sie nicht widerstand und ihm das Portrait als Mail Anhang schickte, sie schrieb, dass sie fände, es gäbe eine Ähnlichkeit, aber dass es vielleicht ein bisschen zu streng ausgefallen sei. Er blieb stur und antwortete nicht und nichts und gar nichts. Früher hätte er ganz sicher einen Kommentar abgegeben, aber es war eben nicht wie früher.

Auf ihrer Skizze wirkte er überheblich, von oben herab auf eine Untergebene blickend, sie demütigend. Vielleicht handelte es sich auch um ihre eigenen Ängste, die auf frühe Erfahrungen in der Familie beruhten.

Am nächsten Morgen druckte sie in der Drogerie sein Foto aus, das ihn im rosa Poloshirt zeigte und sah, dass Nikolaj eindeutig sanfter aussah, als sie ihn in der Skizze erfasst hatte. Vielleicht würde sie diese Sanftheit auf der Leinwand ausdrücken können.

Etwas später, als sie das Foto nochmals ansah, erschrak sie, denn plötzlich sah sie ihn negativ. War das wirklich er, der so unangenehm ausschaute oder war das ihre Übertragung auf ihn? Sie hatte gelernt, dass man gerne unangenehme Seiten von sich selbst auf andere übertrug, das eigene Böse, den eigenen Schatten in sie hinein verlagerte, um es dann bei dem anderen anzuprangern. Sie konnte das nicht ausschließen.

Sie hatte sich inzwischen eine Leinwand von 40 mal 50 gekauft, um darauf sein Portrait in Öl zu malen, es würde sich zeigen, wie sie ihn dieses Mal sah.

Drei kleinere Leinwände hatte sie indessen entsorgt, denn sie waren durch das häufige Übermalen so dick geworden, dass kein Auftrag mehr möglich war, ohne dass die Farbe gebrochen wäre.

Sie dachte an das letzte Foto, das er ihr von sich geschickt hatte, breit lächelnd, was ungewohnt war, denn bis dahin waren seine zahlreichen Selfies, die er ihr im Laufe der Zeit geschickt hatte, zurückhaltend. Deshalb hatte sie ihn gefragt, wen er denn da so anlächle. Er sagte, dass es ein Selfie sei, auf einem Selfie würde man sich selbst anlächeln. Auf dem Foto hatte er auch längere Haare, weil er wegen Corona nicht zum Friseur konnte.

In der Nacht, sie lag wieder stundenlang wach, stieg die Erinnerung an ein kleines Büchlein in ihr auf, das sie einmal besessen hatte, als sie noch jung war. Sie sah die junge Frau - bei Muschler eine Waise aus der französischen Provinz - vor sich, die einen verlobten Mann liebte und sich von der Brücke stürzte, als sie von ihm verlassen wurde. Von Zeit zu Zeit hatte sie sich immer an die unglückliche Frau erinnert, die jedoch auf dem Cover des Buches lächelte, es war ihre Totenmaske. Das Buch hieß „Die Unbekannte". Ihr Lächeln hatte ihre Zeitgenossen, besonders die KünstlerInnen angerührt, denn normalerweise lächelten die SelbstmörderInnen in ihrer Verzweiflung nicht.

Sie schaute sich jetzt das Leben des Autors Reinhold Muschler auf Wikipedia an. Er war überzeugter Nationalsozialist, der sich von seiner jüdischen Ehefrau scheiden ließ. Er verherrlichte Hitler in dem Jugendbuch „Adolf Hitler unser Führer" 1933, „Die Unbekannte" wurde 1934 veröffentlicht.

Noch etwas anderes tauchte in der Nacht auf. Sie drückte seinen Kopf unter Wasser. Das war eindeutig dem Krimi entlehnt, den sie gesehen hatte (München Mord). Mehrmals tauchte sie ihn unter. Aber er kam immer wieder frei, vielleicht weil er in dem Bild einen sehr großen Kopf hatte, weshalb sie an eine frühere Freundin dachte, die nach einer tragischen Trennung von einem geliebten Mann sehr schnell einen neuen geliebten Mann hatte und glaubte, das Kind, das sich in ihrem Bauch entwickelte, sei von ihrem jetzigen Geliebten. Aber dann stellte sie nach erneuter Berechnung im fünften Monat fest, dass es von dem Ex-Geliebten sein müsste, mit dem es so schlimm auseinander gegangen war. Sie hatte plötzlich das Gefühl, sie hätte einen übergroßen, schweren Kopf in ihrem Bauch, der sie dauernd an den jetzt verteufelten „Mann ihres Lebens" erinnerte, deshalb ließ sie das Kind abtreiben.

In ihrem Traum war der Kopf auch unnormal groß, vielleicht kam er deshalb immer wieder hoch, weil sie nicht genug Kraft hatte, ihn dauerhaft unter Wasser zu halten. Der Spieß wurde umgedreht und nun tauchte er ihren Kopf unter, aber auch er ließ ihn stets vor dem Ertrinken hochkommen. Ihr schien, dass sie die Umkehrung nur erfand, um besser dazustehen, um darauf hinzuweisen, dass er genauso mörderisch war wie sie.

Das letzte, was sie in dieser Nacht dachte, war, dass sie lernen müsste, es so hinzunehmen wie es gerade war, geschehen lassen, was gerade geschah. Das müsste doch möglich sein, dass sie nicht eingriff.

Sie traf in der Stadt Lei. und nannte ihr das Pseudonym, denn sie wollte das Buch gerne lesen, Lei. gab sie es gerne. Lei. war ebenfalls erstaunt, dass sie Nikolaj, den sie vom Foto kannte, so gut getroffen hatte.

M. hatte nun doch noch ein Date für nächste Woche mit einem, den sie kurz vor dem Erlöschen ihres Kontos auf dem Dating Portal, denn sie hatte gekündigt, online gefunden hatte oder er sie.

Sie fand es gut, dass sie Nikolaj gezeichnet hatte, sah es als Verarbeitung an.

Gestern hatte sie nachmittags gewagt, ihn mit Öl auf Leinwand zu bringen. Sie war furchtbar aufgeregt. Die Angst vor dem Scheitern. Sie musste es angehen, denn es lag an, es stand an, sie konnte es nicht wegschieben. Also legte sie zaghaft los. Sie staunte und staunte, dass tatsächlich er herauskam, sie anlächelte, auf die bezauberndste Weise, ein sanftes Lächeln erstrahlte, ein sanfter Gesichtsausdruck, es war wie ein Liebesgedicht, es war ein liebender Ausdruck, so wie er sich in dem Moment gefühlt hatte, als er das Selfie für sie machte und geschrieben hatte, dass sein Kopf noch in den Wolken sei, voll ihrer gemeinsamen Liebe.

Sie war beglückt, dass sie ihn nun als friedlichen Menschen portraitiert hatte, die Verteufelung aufgegeben hatte. Jetzt konnte sie all das, was

67

passiert war und sie gekränkt hatte, hinnehmen von einem Menschen, der kein Monster war, wie die erste Zeichnung hatte vermuten lassen. Sie hatte die strenge Haltung verlassen.

Aber war sie jetzt nicht von einer Verteufelung zu einer Vergötterung übergegangen? Nein, sie war nur der Realität ein Stückchen nähergekommen. Sie würde heute eine weitere Leinwand aufspannen und nochmals sein Portrait malen, dieses Mal mit grau-blauen Augen, denn er hatte keine braunen Augen, sie hatte braun gewählt, weil ihr das am sichersten, einfachsten und prägnantesten erschienen war. Aber jetzt war sie so weit zu differenzieren. Wenngleich sie dieses schöne Portrait so lassen würde. Sie kam in Versuchung und zeigte es heute Morgen Joa., die im Café bediente. Joa. war ehrlich von der Schönheit überrascht und sagte, dass er das Portrait lieben würde.

Sie schrieb Nikolaj von dem Ölbild, aber schickte es nicht mit, das war vielleicht zu viel des Guten, sie wusste es noch nicht.

Sie schickte ihm doch das wunderbare Portrait in Öl…

Und schrieb ihm, dass sein Gesicht auf dem Ölbild sehr sanft geworden sei, es habe nicht mehr den strengen Ausdruck der Zeichnung, die sie ihm schickte. Sie müsste weitermalen, aber sie habe

68

Angst zu verderben, was ihr bis hierhin gelungen sei. Er habe auf dem Bild einen sanften und liebenswerten Ausdruck. Ein falscher Strich könne alles verderben….

Ihre Schwester war begeistert von dem roten Baum-Foto, das sie ihr geschickt hatte. Sie schrieb, es sei der Wahnsinn, wie sich die Blätter des Baumes rot gefärbt hätten. Es anzusehen würde ihr guttun.

Wahrscheinlich würde sie auch Nikolaj das Foto von den roten Bäumen in der Straße in Ottensen schicken, denn es war wirklich unglaublich, als wenn es gar nicht wahr wäre, leuchtend rote Bäume im Oktober.

Sie würde schreiben: Das Rot des Oktobers. Er würde schon wissen, dass es in Anklang an ihre Liebe im Oktober gemeint war. An die er sich immer erinnern würde, schrieb er damals.

Sie blätterte heute früh, bevor sie aus dem Haus ging, in ihre allerersten Bücher von 1980, um nochmal die Zeichnungen von ihrem Vater und von ihrem damaligen Freund Knut zu betrachten, denn in der Nacht war ihr eingefallen, dass sie auch ihren Vater sehr hart gezeichnet hatte. Wie sie sah, war der Ausdruck nicht eigentlich hart, sondern gequält, gequält von den Sorgen des Alltags und der Vergangenheit, der Flucht, des Krieges, des verlassenen Hofes, der harten Arbeit in Westdeutschland, dem Überleben als Flüchtling in der Konsumwelt und der Qual, dass die Jüngste, nicht spurte.

Die Zeichnung von Knut porträtierte ihn von der Seite, mit vielen Strichen, so dass sein Kopf schon wie eine Plastik wirkte, sie modellierte ja auch etwas später seinen Kopf, es waren gelungene Werke, von denen sie sich jedoch, als sie enttäuscht und verlassen wurde, trennte.

Gerade ging hier vor dem Café, dessen Tür aufstand, eine Frau vorbei, die sich ihren Unmut, ihre Empörung und Wut aus dem Leibe schrie. Sie war im Stadtteil vielen bekannt, alle ließen sie in Ruhe, denn sie war ansonsten friedlich, aber hatte zuweilen diese extremen Schrei Anfälle. Sie redete in einer fremden Sprache. Die hinausgeschrienen Sätze blieben in der Straße hängen und verhallten nur allmählich. Ihr schien, dass die Passanten ihre Gespräche unterbrachen, um diesem Hall und Klang der Worte zu lauschen, die sie nicht verstanden, die sie aber so eindrücklich bis ins Mark trafen, als würden sie mitfühlen, worauf sie sich bezogen und stumm bejahen, was die schreiende Frau zu sagen hatte.

Er antwortete nicht. Sie blieb ohne Antwort. Sie hatte das Portrait zwei Frauen gezeigt und beide waren angetan und meinten, dass er es mögen würde, ganz sicher, dass es ihm gefallen würde. Da er nicht antwortete, blieb es ihm Dunkeln, ob es ihm gefiel. Sie würde es nicht wissen. In ihrer Enttäuschung stellte sie die beiden Bilder weg, legte sein Foto zu anderen Papieren des damaligen Urlaubs und beschloss, kein drittes Portrait in Angriff zu nehmen, sie hatte ihn ja eigentlich noch mit grauen Augen und Haaren malen wollen, aber davon ließ sie jetzt die Finger.

Sie fand das fertige Portrait auch längst nicht mehr bezaubernd, sondern es kam ihr jetzt vor, als sei es ein Gesicht aus Porzellan, ein Porzellan Ei, so glatt und glatt lächelnd, als wäre es der Mund eines Smileys. Es sah aus, als würde er keiner Fliege etwas zu leide tun können, gleichzeitig blickten die Augen suggestiv und vereinnahmend, so dass sie davor zurückwich, denn jetzt sah sie darin einen Mann, der sie zu sich zoomte, das kleine Mädchen mit einem Bonbon lockte. Sie war also wieder bei ihren alten „Phantasien" gelandet - wie schade.

Sobald sie fallen gelassen wurde, ins Leere stürzte, kein Gegenüber mehr da war, nahmen ihre alten Ängste, Phantasien Fahrt auf. Ein Tummelplatz für hässliche Geister.

Sie dachte an jemanden aus ihrem Bekanntenkreis, der seine Frau für eine andere verließ. Er hatte klare Verhältnisse geschaffen, obwohl er wusste, dass seine Frau, mit der er lange zusammen war, durch die Trennung, die sie nicht wollte, litt. Auch ging er ein Wagnis mit der neuen Frau ein, denn er würde nicht im Vorhinein wissen können, wie die Beziehung laufen würde. Aber Nikolaj traute sich weder das eine noch das andere, er blieb in seinem Sessel kleben.

Sie verschickte nun doch eine mail an ihre Bekannten, in der sie den Buchtitel und das Pseudonym mitteilte.

Bevor sie ihm das Portrait schickte, dachte sie darüber nach, dass sie ihm keine Vorschriften darüber machen könnte wie er seine Grenzen zog. Das bestimmte doch er ganz allein, wo seine Grenzen lagen, wie und wann und warum er sie setzte. Das war seine eigene Selbstbestimmung, in die sie ihm nicht hineinreden konnte, die sie ihm nicht ausreden konnte. Für sie selbst war es doch genauso, sie selbst zog auch Grenzen, wann, wie und wo sie es für sich für richtig hielt.

Auch sie hatte sich schon von Menschen abgewendet, die mit den Verletzungen, die sie ihr zugefügt hatten, eine Grenze überschritten hatten. Und was verletzte, bestimmte derjenige, der verletzt wurde, auch wenn der Verletzende es gar nicht so schlimm fand, was er getan hatte, angab, es doch gar nicht so gemeint zu haben.

Sie dachte an einen verheirateten Mann, den sie in Zusammenhang mit ihrem Sohn kennen gelernt hatte, mit dem sie in etwa alle drei Monate über 20

Jahre hinweg im Café einen Kaffee trank, meistens dauerte ihre Plauderei eine Stunde und das innerhalb seiner Sprechstunde. Aber nach 20 Jahren hatte er die Nase voll und gab ihr den Laufpass. Sie war irritiert, eine Zeitlang betrübt, aber sie insistierte nicht. Sie fragte sich nur, was das gewesen war, aber das fragte man sich ja meistens.

Dasselbe erlebte sie mit einem Maler, mit dem sie sich einmal im Monat zum Plaudern im Café traf, auch er sagte ihr nach ein paar Jahren, dass er keine Lust mehr habe auf diese rituellen Treffen, die ihm zu langweilig geworden waren. Okay. Da gab es dann auch nichts mehr zu diskutieren, wenn er so empfand.

Eine frühere, langjährige Freundin fiel ihr ein, die ebenfalls ihre wöchentlichen Treffen nicht mehr schätzte, weil sie zur Routine geworden waren. Einen unregelmäßigen Rhythmus mit längeren Pausen, wie sie vorschlug, lehnte sie ab.

Es gab viele Beispiele, wo es aus dem einen oder anderen Grund nicht weiter ging, sie gewöhnte sich immer besser daran, akzeptierte es, dass etwas auseinanderlief, dass die Wege sich trennten.

Sie selbst hatte auch schon Grenzen gesetzt, wenn sie etwa an eine Freundin dachte, die mit ihrem sie demütigenden Verhalten zu weit gegangen war.

Außer Nikolaj gab es keinen Mann, bei dem die Trennung nicht so ohne weiteres gelang.

In der Radio Nacht hörte sie von der Stadt Le Havre in Nordfrankreich, die vollkommen zerstört wurde durch die Deutschen und nach Marseille, die zweitgrößte Hafenstadt Frankreichs ist. Sie erinnerte sich an den Film von Kaurismäki, der „Le Havre" hieß und dort spielte. Edouard Philipp aus dem Kabinett Macron war jetzt dort Bürgermeister.

Es ging ihr grottenschlecht, aber das war ja nichts Neues.

Wenn sie sein Portrait auf dem Handy sah, war sie überrascht über die Frische, die er darauf ausstrahlte, geradezu eine Unschuld, und die Freude, sie zu sehen, das Objekt seiner Begierde, die Frau, die er zu der Zeit liebte.

Sie freute sich, ihren Sohn wiederzusehen, es war ja selten genug, aber gestern Abend sagte er dann ab. Dieses Mal wollte er wegen seines Routers in Hamburg sein, aber er hatte dann doch festgestellt, dass der seiner Freundin auch hinreichend war für seine Online Seminare, so dass er sich den Weg sparen wollte. Vielleicht würde er in vier Wochen kommen. Sollte sie mal vorschlagen, dass sie ihn und seine Freundin in Süddeutschland besuchen könnte für zwei Tage?

Die Nächte waren zerrissen durch ihre Schlaflosigkeit, aber sie musste wohl froh sein, dass sie überhaupt noch drei oder vier Stunden schlafen konnte.

Mit der Malerei kam sie nicht weiter, sie wusste nicht, wo es lang gehen sollte. Mehrere Farben auftragen, wie sie es von früher gewohnt war, schien ihr jetzt verwirrend und sinnlos. Den nackten Körper auszumalen, den sie schon angedeutet hatte, als sie auch die nackte Frau auf dem anderen Bild malte, dafür fehlte ihr die Motivation, die zu jener Zeit durch die Beziehung zu Nikolaj gegeben war. Zu versuchen, die vielen übermalten Köpfe darunter wieder sichtbar zu machen, insbesondere den Kopf in der Mitte wieder hervorzuholen, dazu trieb sie auch nichts, unabhängig davon, ob es glücken würde. Das Alte wieder etablieren, das Zeugnis ihres damaligen psychischen Zustands? Außerdem war der Frauenkopf in der Mitte eher irritierend gewesen. Er war viel größer und strahlender als die anderen Köpfe.

Gestern hörte sie eine Radiosendung über Fanny Mendelssohn-Bartholdy, die verheiratet Hensel hieß. Ihr Mann, ein Maler, war ein Förderer ihrer Kunst, ihr geliebter Bruder sträubte sich, jedoch zollte er ihr zum Schluss Anerkennung. Sie starb mit 42 Jahren an einem Gehirnschlag. Ihre Hände versagten plötzlich, Stunden später starb sie. Im Rahmen von Sonntagskonzerten zu Hause konnte sie ihre Lieder für Klavier und Klavierstücke vorstellen. Sie erhielt mehr und mehr Anerkennung, aber als sie ihre Werke veröffentlichen wollte, starb sie. Sie war eine Frau, sie war jüdisch und in eine Zeit geboren, in der sie nicht selbstverständlich als Musikerin gleich berechtigt war.

Wahrscheinlich würde sie ein einfarbiges Bild malen. Zu ihrer eigenen Beruhigung. Die Umgebung des Körpers war gelb, deshalb überlegte sie, das Gelb über die ganze Leinwand auszubreiten.

Nikolaj ließ sie vertrocknen. Warum musste sie es so sehen? Er beabsichtigte doch gar nicht dergleichen. Es war nur ihr Gefühl, das aus seiner Ablehnung, seinem Bedürfnis und Wunsch, keinen Kontakt mehr zu wollen, eine Demütigung machte, daraus machte, dass er sie aktiv vertrocknen ließ. Jedoch war sie es, die gedemütigte Gefühle aus früheren Zeiten aktivierte. Das konnte bis in ihre Jugendzeit zurückgehen, sogar bis in ihre Kindheit.

Sie hatte in der Nacht geträumt, sie wäre am Meer in einem Restaurant. Sie sah Ste. ganz in schwarz gekleidet wie so oft, die seit einigen Jahren den Kontakt abblockte. Sie grüßten sich nur. Dann verirrte sie sich, als sie zu ihrem Platz zurückwollte, war in einer ausweglosen, schwarzen Umgebung, sie wusste überhaupt nicht mehr, wo sie war. Dann war da ein Mann, der ihr half, sie wusste nichts Genaueres, zwischendrin war er weg und später am Schluss wieder da mit (s)einer Frau, er hatte sie, glaubte sie, aus der Gefahr herausgeholt.

Rätselhafte Träumerei. Sie zeugte von tiefem Unglück. Entsprechend „verwirrt" lief sie am nächsten Tag herum, an dem es diesen Helfer aus dem Traum nicht gab. Sie dachte an eine Künstlerin, die Freundin einer Bekannten, die einen Sohn hatte und die Bekannte in ihren verwirrten und unglücklichen Zuständen oft anrief. Das eine Mal, als die Bekannte sie an eine andere Freundin verwies, weil es ihr zu viel wurde mit der deprimierten Frau, ertränkte sich diese in der Alster und ließ ihren Sohn zurück, weil sie ihr psychisches Leid trotz Therapie nicht in den Griff bekam, auch ihre kreative Arbeit mit Kindern half ihr nicht.

Jetzt war es passiert. Er hatte sie blockiert, ihre E-Mail-Adresse. Denn ihre mail kam heute zum ersten Mal zurück. Eventuell hatte er auch seine E-Mail-Adresse geändert, worum sie ihn schon vor langer Zeit gebeten hatte, als er nicht mehr erreichbar sein wollte. Es war doch ein Schreck, ob sie wollte oder nicht.

In der Nacht sah sie die ganze Zeit einen Koffer aus Kriegsjahren mit klein und fein kariertem, unauffälligem Innenfutter, so wie die Koffer damals ausgelegt waren, wie sie glaubte, sich zu erinnern, war es Papier, kein Stoff. Es war ein sehr harmloser, sehr einfacher, dünnhäutiger Koffer aus Pappe, die aussah wie Leder. Koffer von Flüchtlingen sahen damals so aus, auch von ihren Eltern. Das Merkwürdige war der Inhalt. Sie hatte das Gefühl, dass sie mit diesem Koffer am Strand saß in Beaulieu, in der Nähe von Nice, er war geöffnet und gefüllt mit schwarzer Flüssigkeit. Sie rätselte, was es war. Sie war bedrohlich, denn sie wurde sie nicht los. Sie kam immer wieder zurück, egal, ob sie sie ins Meer schüttete oder in den Sand, der Koffer füllte sich jedes Mal neu mit dieser bedrohlichen Flüssigkeit. Hatte es etwas mit dem Film zu tun, mit der Rache, die der Mann genommen hatte? Er war mit einer Frau ein halbes Jahr zusammen, als sein bester Freund sie ihm wegnahm und sie heiratete. Daraufhin stürzte er den Freund von einem Felsen. Natürlich war der Sturz tödlich. Sie überlegte, ob sie Nikolaj gegenüber auch Rachegelüste hatte, ihn von einem Felsen stoßen könnte. Ja, sie konnte es sich vorstellen, dass es aus einem Impuls heraus geschehen könnte. Nicht wirklich, denn dann müsste sie ja mit der Belastung leben. Man musste ja mit allem leben, was man getan und erlebt hatte, im besten und im schlechtesten Fall. Vielleicht war es gut, dass sie es sich zumindest vorgestellt hatte, obwohl es sie schauderte, es in Wirklichkeit zu tun. Das würde nicht passieren. Es reichte schon, es sich vorzustellen.

War die schwarze Flüssigkeit in dem Koffer ihre schwarze Seele, ihre schwarze Leidenschaft, ihr Rachefühl? Wie konnte sie den Koffer loswerden? Sie stellte sich vor, dass er ihren Leib repräsentierte und die schwarze Flüssigkeit das Innere ihres Körpers. Sagte man nicht, er bestehe aus ¾ Flüssigkeit? Sie las auf Wikipedia, dass 92% des menschlichen Blutes aus Wasser bestehen, das Gehirn zu 90%, die Muskeln zu 75%, die Leber zu 69%, die Knochen zu 22%. Ohne Nahrung konnte der Körper einen Monat überleben, ohne Flüssigkeit nur ein paar Tage. Sie hatte das Gefühl, dass sie die schwarze Flüssigkeit wieder in ihren Körper aufnehmen müsste und auch der Koffer wieder zu ihrem Leib werden müsste.

Es war gut so, dass es so gekommen war. Es musste ja irgendwann so kommen, weil sie nicht lockergelassen hatte, ihn mit ihrer Penetranz genervt hatte. Jetzt war sie ihn los. Aber es gab noch die Sorge für nächsten Mai, wenn Corona möglicherweise vorbeiwäre und sie den schon bezahlten Urlaub antreten würde. Sie hätte dann ja keine E-mail Adresse mehr, über den sie ihm sagen könnte, dass sie vor Ort sei, falls er tatsächlich jetzt eine neue benutzte.

Aber dann passierte es, dass sie ihm versuchsweise nochmals schrieb und merkwürdigerweise kam diese mail nicht zurück wie die anderen drei, die sie ihm zur Überprüfung kurz hintereinander geschickt hatte. Vielleicht war es also der Server, der überlastet war?

Sie fand, dass sie aus der unerträglichen, erduldenden Rolle herausmüsste und aktiv etwas bestimmen sollte. Deshalb schrieb sie ihm eine mail, für die sie um eine Antwort bat, die freundlich abgefasst war. Sie schlug ihm vor, nicht mehr zu schreiben bis zum nächsten Mai, was in sieben Monaten wäre. Wenn sie vor Ort wäre, sofern Corona es zuließe, würde sie ihm mailen und er könnte entscheiden, ob er Lust auf einen Kaffee hätte. Gerne hätte sie auch, dass er ihr schriebe, wenn etwas Schlimmes passieren würde. Sie schrieb noch, dass sie eine freundliche Person sei, trotz ihrer Mängel, und dass es schön wäre, wenn sie Freunde bleiben könnten mit positiven, freundlichen Gefühlen einer dem anderen gegenüber.

Eine Antwort hatte sie gestern nicht erhalten. Vielleicht heute.

Sie traf Jef., die ihr nochmal den Traum erzählte, aus dem sie weinend aufgewacht war. Sie hatte mit 5 oder 6 Jahren eine Hündin bekommen, nachdem sie ein Jahr lang täglich ihre Eltern darum angebettelt hatte. Nach 17 Jahren verlor sie ihn, der Vater hatte ihn einschläfern lassen, denn er war krank, er hatte aber versäumt, sein Versprechen zu halten, Jef. zu unterrichten, damit sie die letzten Stunden bei ihrem Hund sein könnte. Darüber war sie tief enttäuscht.

Jef. erzählte von ihrem neuen Film, sie wollte damit beginnen, dass eine tote, junge Frau, die auf dem Obduktionstisch lag, plötzlich erwachte und floh. Vorher hatte sie noch eine Radiographie gesehen, die belegte, dass ihr in den Kopf geschossen wurde. Sie nahm ein Beutelchen, welches ihr gehörte und eine zerrissene Fotografie enthielt, auf der sie mit einem jungen Mann zu sehen war, den sie nicht kannte. In der Geschichte sollte es jetzt darum gehen, dass sie herausfand, was passiert war. Bis jetzt fehlte ihr die Mitte. Es tauchte noch ein Mann auf, der ihr riet in den Obduktionsraum zurückzugehen, um dort vielleicht mehr über den Mord zu erfahren und mit dem sie vielleicht am Ende des 4-minütigen Films ein Liebespaar bilden würde.

Sie schnitt sich die Haare kürzer, auf Kinnlänge und auch wieder einen Pony, der etwas zu kurz geriet, aber das war ja nicht so schlimm. Es war eine Erleichterung, das Haar war zu schwer geworden, und der Pony hatte ihr auch gefehlt. Sie hatte eine ganz andere Frisur gewollt, sich verändern, als es mit Nikolaj schief gegangen war, doch das war nicht sie alle Haare auf derselben Länge ohne Pony.

Ihre Schwester schickte ihr einige Witz Fotos, weil sie geschrieben hatte, dass sie im Moment leider keine schönen Natur-Fotos mehr habe, aber vielleicht sie? Sie vergrößerte die Witz Fotos gar nicht erst, sie stand nicht darauf. Es erinnerte sie an ein Weihnachten bei ihrer Schwester vor vielleicht 30 Jahren, an dem diese ihr einen Witz Kalender schenkte, einen Abreißkalender, bei dem man jeden Tag ein Datum abriss, und hinten auf dem Blatt war dann ein Witz. Sie schrieb, dass ihre Englischgruppe ihr solche Witze schicke, aber sie hätte sich schon gedacht, dass sie es nicht möge.

Auf die Frage, ob sie wieder lese, antwortete sie nicht. Und auch nicht, was ihr Befinden anging.

Joa. hat für Mitte Dezember einen Flug nach Mallorca gebucht, denn sie und ihr Freund kehren Deutschland wegen der Perspektivlosigkeit den Rücken und wollen in La Palma „Hello Fresh" gründen. Der Flug hat sie 40€ gekostet. So günstig? Vorher hat sie noch Geburtstag und sie fragt sich, ob sie deswegen nicht vorher nochmal rüberfliegen sollte, um ihn mit ihrer Familie zu feiern.

Sie mag besonders den spanischen Maler Joaquin Sorell, der in Madrid ein schönes Museum habe, demgegenüber sie wohnte. Sie hat von ihm mehrere Bilder an der Wand und hat die Postkarte des Covers zu ihrem Buch „Antoine und seine Geschwister" dazu gehängt.

Sie gab auf. Er hatte nicht geantwortet. jetzt wollte sie ein Abschlusswort finden. Aber würde sie?

Sie hatte B. zwei Jahre nicht gesehen, plötzlich stieg er in den Bus ein, in dem sie schon saß, und an der Endhaltestelle aus. Sie ging ein paar Schritte auf ihn zu und meinte, dass sie ihm nur sagen wolle, dass er recht gehabt habe, dass es Scheiße war (sein Wort, das sie damals verletzte), (dass sie mit dem Schreiben nicht aufgehört hatte, weil er nicht antwortete), und dass es ihr leid täte. Er winkte zustimmend mit seiner Hand ab, während er weiterging, als wollte er sagen: Alles okay, Schnee von gestern. Den Busbahnhof verlassend gingen sie verschiedene Wege.

Sie dachte an andere Männer, mit denen es diese Art von Problemen nie gegeben hatte. War sie mit dem Älterwerden, gar Altwerden eine geworden, die sich festklammerte? Die Zukunft war verschwunden. Aber war Zukunft nicht sowieso eine Einbildung?

Das Aufgeben der Beziehung zu Nikolaj war auch deswegen so extrem schwierig für sie, weil sie noch in der Kategorie „für immer" gedacht hatte. Aber niemand konnte etwas für immer haben. Im Grunde hatte sie alles gehabt, wenn auch nur für einen äußerst kurzen Zeitraum.

Sie traf in Ottensen die 93-jährige E., die mit ihrem Rollator den Wochenmarkt besuchte. Sie trug einen Brokat Mantel, eine gehäkelte, feine, helle Kappe und Mundschutz. Ob sie darunter noch ihre Lippen rot geschminkt hatte? Sie war überrascht und sprach sie freundlich an. E. sagte trocken, dass Ni. gestorben sei. Meinte sie ihre Tochter, die ja auch schon über 60 Jahre war?

Nein, sie meinte eine ihrer Freundinnen, die wegen ihrer Tochter nach Berlin gezogen war und deren Wohnung ihr blinder Sohn übernommen hatte. In diesem Zusammenhang hatte sie Ni. kennen gelernt, eine sehr große, vollschlanke Französin, die lange in Argentinien gelebt hatte und jahrelange Missbrauchserfahrungen durch ihren Onkel erlitt. Sie hatte keine rechte Ausbildung, bezog Grundsicherung und sagte, dass sie immer auf Sozialhilfe angewiesen sein würde und auf das Schwarzgeld, dass sie sich nebenbei durch einen sehr gut bezahlten Putz Job verdiente. Nach der kurzen, trockenen Information drehte sich E. wieder weg. Sie sagte ihr, dass sie sich gefreut habe, sie zu sehen und ging von dem Marktstand fort. Später sah sie sie schreibend in einem Café sitzen, sie ging aber nicht hinein, da sie davon ausging, dass E. das nicht geschätzt hätte, denn sie kannten sich zwar schon Jahrzehnte, aber sie gehörte nicht zu ihren engen Freundinnen. Wahrscheinlich füllte sie gerade ein Formular mit ihren Kontaktdaten aus.

An der Elbe schickte sie eine Sprachnachricht sowohl an ihren Sohn als auch an seine Freundin, einfach so, um ihnen eine Freude zu bereiten.

Auf ihre Frage hin, schrieb ihre Schwester, dass sie zufrieden sei und fügte den Smiley mit Daumen nach oben an. Sie hatte ein Foto vom Grab der Eltern mitgeschickt, denn sie sei gerade mit ihrem Mann (oder ihrer Tochter) vom Friedhof gekommen, sie hätten den Buchsbaum herausgenommen, der sei „leer gefressen" vom „Zünsler", stattdessen hätten sie jetzt Azaleen gepflanzt, die Erika in der Mitte hätte der Gärtner eingesetzt.

Vom 27. auf den 28.10.20 wachte sie gegen 2 oder 3 Uhr in der Nacht auf und holte schweren Herzens seine beiden Fotografien hervor, die sie vor noch nicht allzu langer Zeit in der Drogerie ausgedruckt hatte, ging damit in die Küche und holte die Streichhölzer hervor. Im Spülbecken zündete sie die Fotos an und wartete bis sie zur Asche geworden waren. Es war ihr lieber so, als zerrreißen, der Prozess des zur Asche Werdens war wichtig. Die getrocknete Asche kam in einen Briefumschlag, den sie am nächsten Tag mit ihrem Altpapier entsorgte, in das sie auch ihren ersten Brief an ihn und seine Antwort darauf zerrissen beifügte.

Jetzt fehlte noch die abermalige Zurücksetzung ihres Handys auf Werkseinstellung, damit seine E-Mail-Adresse nicht immer sofort angeboten wurde. Man konnte auf ihrem Handy die einmal eingegebenen Adressen nicht löschen, aber mit der Zurücksetzung auf Werkseinstellung waren alle gespeicherten Adressen gelöscht. Dieses Mal ging es besser als das erste Mal. Die Neuinstallation war kein Problem.

Der lock down light war da. Auch die Cafés würden schließen, nur noch Kaffee zum Mitnehmen war möglich. Ihre Welt war ja die der Cafés, in denen sie schrieb, in denen sie Kontakt hatte mit den Bedienungen und mit einigen Stammgästen. Der Kontakt war auf das Café beschränkt, manchmal tauschten sie nur Floskeln aus, zuweilen auch mehr wie mit Joa., mit der sie spazieren ging, die ihr jetzt das Foto von ihrem Elternhaus auf Mallorca geschickt hatte und den Ausblick aufs Meer. Sie bewohnte die mittlere Etage.

Gerade hatte sie S. getroffen, allerdings war es in diesem bald zu Ende gehenden Jahr das erste Mal. Sie erzählte, dass sie ihre Bücher nicht möge, die sie anlese und dann in die Tausch Kisten lege oder anderweitig weggebe. Sie las gerne englische Literatur, fast ausschließlich, das konnte sie verstehen, denn sie selbst las fast ausschließlich französische Literatur. Sie erzählte, dass es ihr wunderbar gehe, keinerlei Probleme, eine super Pension, eine Eigentumswohnung, einen Sohn der sich kümmerte, um sie und sogar um ihre Mutter obwohl er mit seiner Freundin seit 6 Jahren zusammenlebte. Aber, so sagte sie, dass sie sich dennoch von dem, was „draußen" los sei, eingeschränkt fühle, bedroht.

Das ging ihr selbst auch so, sie wurde immer ängstlicher, sie hatte gerade zu Angst. Die Welt war stehen geblieben, tot.

Als sie hörte, dass der booker prize an einen Schotten namens Douglas Stuart für sein Buch „Shuggie Bain" gegangen war, er erzählt darin von Shuggie, der mit seiner alkoholkranken Mutter in Glasgow aufwächst, schrieb sie das gleich an S., die lange dort gelebt hatte. S. kannte den Schriftsteller nicht, aber würde ihn auf jeden Fall lesen.

Sie bemerkte auf ihrem Rücken winzige, juckende Pickel, in der Mitte des Rückens, da, wo ihr auch die Wirbel weh taten. Sie war unglücklich und voller Angst.

Sie kam dem Malen immer näher, es würde nicht mehr lange dauern, bis sie loslegen würde.

Heute Morgen, bevor sie S. im Café traf, hatte sie Wäsche gewaschen, den Teppich ausgeklopft, den Balkon gesaugt, die Papiere für o2 schon mal rausgesucht, mit denen musste sie telefonieren.

30.10.20. O wie furchtbar, ein islamistischer Terrorist war in Notre Dame in Nice an der Avenue Jean-Médecin eingedrungen und tötete drei unschuldige Menschen, er selbst wurde angeschossen und wird im Krankenhaus behandelt. Sie war so entsetzt, dass sie tatsächlich eine mail an Nikolaj schrieb, dass es ihr leidtäte, was passiert sei, die getöteten Menschen und die Bewohner Nices. Natürlich reagierte er nicht. Aber sie hatte das Gefühl, sie müsste diese Beileidsbekundung von sich geben, egal was zwischen ihnen lag.

Sie kannte die Kirche, war drinnen gewesen. Auf der anderen Straßenseite war das große Kaufhaus FNAC, in der oberen Etage befand sich das Café Columbus, wo sie oft gesessen und geschrieben hatte, während andere lasen oder ebenfalls schrieben, denn das Café ging in eine große Buchhandlung über, so dass die Leute mit ihren gekauften Büchern ins Café kamen und Kaffee trinkend blätterten und lasen. Sie hatte von ihrem Platz aus die Fensterrosette der Notre Dame oft fotografiert.

Joa. zeigte ihr ein Bild, das sie anlässlich der Trennung eines Paares, das sie gemocht hatte, malte. Ein interessantes Bild, in der Mitte eine dunkelblaue Line, vielleicht fünf Zentimeter dick,

oberhalb und unterhalb waren die Farben leicht unterschiedlich und auf einer teilweise erhöhten Unterlage gemalt. Joa. hat nur noch mit der einen Hälfte Kontakt. Mit ihm, weil sie ihn betrogen hat. Als er auszog, zog der neue Mann am nächsten Tag bei der Frau ein.

Joa. erzählte, dass sie den Geburtstag ihres Freundes gefeiert hätten, mit Musik und Tanz, so dass die Nachbarn unter ihnen klingelten.

Durch die Fensterscheibe des Cafés sah sie Mow., die ihren blauen Einkaufswagen hinter sich herzog. Sie trug eine mittelblaue Mütze, die aufstehende Ohren hatte, vermutlich ein Tier darstellen sollte, Mow.s Gesichtsmaske war rot. Sie dachte an ihr Profilfoto auf whats app: Ein Gartenzwerg.

Sie schauten sich durch die Fensterscheibe kurz an.

Viele Erinnerungen an Nikolaj überfielen sie geradezu, aber sie wollte sie nicht mehr aufschreiben.

Der Ring lag bei ihrem Sohn in der Schublade. Da konnte er schmoren. Denn wann sie ihren Sohn wiedersehen würde, war dahingestellt.

Er fragte sie, ob sie ihm einen Gefallen tun könnte, nämlich für sein Online-Hörspiel-Seminar die Ansagen an den U-Bahn-Stationen aufnehmen: „Nächste Halt Messehallen. Übergang zum Messegelände. Eingang Süd und Eingang Mitte. Ausstieg links." Und: „Liebe Fahrgäste, in Bahn und Bussen und an Haltestellen ist das Tragen eines Mund- und Nasen Schutzes Pflicht. Achten Sie darauf, dass auch Ihre Nase vollständig bedeckt ist". Wiederholung auf Englisch. Die Aufnahmen, die sie machte, enthielten auch die Fahrt zwischen den Haltestellen mit den leisen Gesprächen der Fahrgäste, der Kleinkinderfragen an ihre Eltern, das Aufgehen und Zugehen der Türen, das Quietschen der Schienen.

Sie selbst war ganz angetan von den Aufnahmen, ihr Sohn schrieb des Lobes voll, dass es genau das sei, was er brauche. Super.

M. schrieb ihr, dass sie sich mit dem Mann nun doch ein zweites Mal treffen würde. Sie war zunächst enttäuscht, dass er interessiert war, aber nach dem ersten Treffen drei Tage lang nichts von sich hören ließ. Doch jetzt ging es weiter.

St. vom Appartement in Nice, in dem sie schon gewohnt hatte, und das sie für kommenden Mai gebucht und auch schon bezahlt hatte, antwortete ihr auf WhatsApp, dass er sich für ihre Unterstützung bedanke, damit meinte er ihre Worte der Anteilnahme bezüglich des Dramas in der Notre Dame, dass er ihr ebenfalls gute Gesundheit und Courage im lock down wünsche.

Sie hörte sich die Jazz CD „Joni" des Colin Steele Quartetts an. Das letzte Stück „Tin Angel" war sehr traurig, der Trompeter Colin spielte sehr sanft, als wenn auch er traurig wäre. Es ging um Liebe, die mit dem Tod endete.

Morgens wachte sie überwältigt von Erinnerungen auf, die sich in sie eingenistet hatten. Sie hatte seinen Kleinen im Mund. Sie sah alles vor sich, was sie im Bett taten und war entsetzt, dass es noch so präsent war.

Sie dachte daran, dass sie sich verletzt gefühlt hatte, dass er bis auf wenige Ausnahmen so wenig bis gar nicht mit ihr sprach, als wenn er sie bewusst ausgrenzte, um so wenig emotionale Bindung entstehen zu lassen wie möglich.

Sie fuhr an die Elbe, obwohl es erst sieben Uhr war. Um 8.45 stieg sie aus dem zweiten Bus, sie lief noch halb schlafend am Strand entlang, wo bereits Jogger und Hunde Besitzer ebenfalls liefen. Sie hatte keinen Laptop auf dem Rücken wie sonst, denn die Cafés waren ja ab heute für den Monat

November geschlossen. Sie musste fortan zu Hause schreiben.

Meistens fuhr sie mit dem Bus von Övelgönne zum Bahnhof Altona zurück, heute lief sie auch diese Strecke zusätzlich. Als sie einer entgegenkommenden, jungen Joggerin, die auf sie zulief, mit einer Handbewegung bedeutete, dass sie an den Abstand denken möge, sagte diese an ihr vorbei sprintend: „Dann geh halt nicht spazieren!" Sie war sprachlos über diese Frechheit und wurde dann selbst frech, in dem sie ihr hinterherrief: „Blöde Kuh!"

Sie hatte ganz und gar keine Lust mehr von den Erinnerungen an die Beziehung mit Nikolaj überfallen zu werden. In der Nacht schlief sie unruhig und passagenweise gar nicht, in ihrem Inneren schien es immer noch zu brodeln und zu lodern. Sie wehrte sich. Sie wollte sich mit keiner einzigen Erinnerung nochmals befassen. Sie würgte sie ab. Sie war immer bereitwillig auf ihre Erinnerungen eingegangen, um Erkenntnisse zu gewinnen, über ihn, über die Beziehung, über sich selbst, aber damit musste doch endlich einmal Schluss sein. Ihr war es jetzt egal, ob ihr dadurch weitere Selbsterkenntnisse verloren gingen. Sie hatte die Nase gestrichen voll.

Sie litt. Es ging ihr nicht gut. Natürlich auch wegen dem zweiten lock down, denn dadurch hatte sie ihre Arbeits- und Kontakt Stätte verloren, sie schwebte in der Luft. Kein Café hatte geöffnet, nur noch coffee to go war erlaubt. Sie nutzte es aus, um wenigstens überhaupt mit jemandem, dem Service Personal, zu sprechen, wenn auch nur ein paar Sätze. In Restaurants war sie sowieso seit Jahren schon nicht mehr gegangen. Aber der Sport fehlte ihr auch. Sie wurde immer steifer, obwohl sie fast jeden Tag an die Elbe fuhr und spazieren ging, aber das war zu wenig, um sich fit zu halten. Sie schaffte es nicht, zu Hause Yoga zu üben oder Gymnastik zu machen. Sie wurde wirklich alt, sie lag viel auf dem Bett, weil sie das Gefühl hatte, sie könne nicht mehr.

Sie dachte in der Nacht an alle, die in diesem Haus gestorben waren. Parterre war es Ingrid, die mit 68 Jahren an Lungenkrebs starb, der Vater ihres Sohnes hatte auch einmal in dem Haus gewohnt, war dann aber ausgezogen und starb an seinem Alkoholismus.

In der zweiten Etage, starb Frau Qu.. an Brustkrebs, danach starb ihr Bruder, der auch auf der zweiten Etage wohnte und ein extrem starker Raucher war, wenn man an seiner Wohnungstür vorkam, hielt man sich die Nase zu. Zuguterletzt starb ihr Mann, der eine Gehbehinderung hatte, er wurde jeden Tag abgeholt und zur Elbe gefahren. Er beschwerte sich einmal bei ihr, dass sie extra

Blumen Wasser auf seinen Balkon gießen würde, um ihm zu schaden. Er saß immer mit seinem immens großen und bloßen Bauch in der Sonne auf dem Balkon, es tat ihr leid, dass er solche Gedanken hatte, denn natürlich hatte das Tröpfchen, das vielleicht hinunter gefallen war, gar nichts mit ihm zu tun, und es konnte sogar sein, dass es vom Balkon unter ihrem kam, denn es lag ja zwischen der ersten und dritten noch die zweite Etage.

In der zweiten Etage starb eine Frau, die sie so gut wie gar nicht gekannt hatte, sie erinnerte sich nur daran, dass A. aus der 4.Etage sich den Küchenschrank aus der Wohnung holte, worüber sie sich sehr wunderte, dass sie das einfach so tat. A. ließ sich von ihrem Mann wegen Untreue - sie überraschte ihn mit seiner Geliebten im Ehebett - scheiden, aber heiratete ihn wieder, doch als es abermals passierte, ließ sie sich zwar wieder scheiden, aber heiratete ihn nicht nochmals. In der dritten Etage kam eine Frau aus dem Krankenhaus nicht wieder, nachdem bereits vorher ihr selten gesehener Mann verstorben war, mit dem sie jeden Morgen schwimmen gegangen war. Sie hatte einmal eine Stehlampe von ihr bekommen. Die Nachbarin war insofern unangenehm, als sie stets ihr Kommen und Gehen beobachtete. Sie sagte zum Beispiel, sie hätte die Tür nicht aufgemacht, als sie klingelte, aber sie hätte sehr wohl gesehen, dass sie da gewesen sei, denn ihre Vorhänge waren zurückgezogen. Mit ihrem Sohn hatte sie sich vor Jahrzehnten überworfen. Sie stand stundenlang mit der Nachbarin aus der vierten Etage vor ihrer Wohnungstür, fast den ganzen Vormittag, und sie hatte eine Not, hinauszukommen. Als sie die Nachbarin über ihr fragte, wo denn ihre Gesprächspartnerin abgeblieben sei, zuckte sie die Schultern und sagte, dass sie das nicht wüsste und nicht kümmere. Da redet sie jahrzehntelang mit dieser Frau vor ihrer Tür, und es interessiert sie gar nicht, wohin sie verschwunden ist. Sie war ohne Zweifel ignorant. Als sie sie einmal darum bat, ihren Hund nicht jede Nacht bellen zu lassen, kicherte sie nur und ging weiter. Auch die Tatsache, dass sie einmal sogar selbst anfing zu bellen, um die Nachbarin darauf aufmerksam zu machen, wie sehr sie litt, störte diese das überhaupt nicht. Sie wohnte über ihr in der 4. Etage. Später starb ihr Mann an Alzheimer, dem sie im Hausflur wütend die Schüssel ins Kreuz warf und Arschloch hinterherrief, als sie die Treppen hochstiegen.

In der ersten Etage starb Frau K., die ihr am liebsten gewesen war. Sie hing die Hitlerfahne nicht hinaus, weshalb sie mehrmals von einem Nazi Besuch bekam, aber sie erfand immer neue Ausreden. Sie war von den beiden Nachbarinnen, die stundenlang im Hausflur tratschten, nicht gelitten, denn eine der beiden hätte gerne ihren

Posten als Hausmeisterin übernommen. Frau K. rief nach ihrer Mutter, als sie starb, so sagte es Ingrid, die unter ihr wohnte. „Mama!" hatte sie geschrien. Auch Ingrid, als sie starb, hatte um Hilfe gerufen, aber nicht ihre Mutter angerufen, sie rief um Hilfe, weil sie alleine in der Wohnung war und ins Krankenhaus musste, denn ihre Schmerzen waren so stark geworden.

In der dritten Etage war die Taubenfrau eines Tages weg. Sie hatte manches Mal für sie etwas gekauft wie zum Beispiel Hausschuhe oder einen Brief geschrieben an Verwandte, die aber nicht antworteten. Auch sie war von den beiden Nachbarinnen nicht gelitten und wurde von diesen nicht gegrüßt, denn sie fütterte die Tauben, deshalb schütteten sie ihr einen Sack Taubenfutter vor die Wohnungstür.

Genug der Tode. Sie wusste auch nicht, warum das zusätzlich alles hochkam. Musste das denn sein. Musste sie sich auf ihr eigenes Ableben vorbereiten?

Heute Morgen an der Elbe sah sie in der Ferne den Hunde Besitzer, mit dem sie sich gerne unterhielt, meistens über seine Hündin L.. Er war im Gespräch mit einer anderen Hunde Besitzerin und verabschiedete sich von dieser, nachdem er lange in ihre Richtung geschaut hatte. Sie sah noch, wie er den Berg hochging, die Dame ihr entgegenkam und ungern auswich. Es war ein unangenehmer Vormittag. Obwohl die Sonne schien, war sie übelster Laune.

In der Nacht war ihr seltsamerweise ein Franzose aus dem Café eingefallen, mit dem sie sich einmal zum Spaziergang getroffen hatte. Cr. lebte von seiner Frau getrennt, aber verstand sich bestens mit ihr, und sie sahen sich regelmäßig. Ihre drei Söhne waren schon erwachsen. Die Trennung ging von ihr aus, er schlug eine Paartherapie vor, aber sie sagte, es sei zu spät. Jahre zuvor hatte sie gesagt, es sei noch zu früh. Er sagte, dass sie eine schwere Kindheit gehabt hätte, denn ihre Mutter sei gestorben, als sie 10 Jahre alt war. Seine Frau litt an Neurodermitis und auch zwei Söhne, der eine so stark, dass Eltern an der Schule sie fragten, warum sie ihrem Kind kein Kortison gäben. Sie fanden das gesundheitsschädlich. Aber der Junge litt, weil niemand mit ihm spielen und ihn anfassen wollte. Einer der Söhne hatte sich umgebracht. Es belastete ihn und wahrscheinlich auch seine Frau, vielleicht war das ein sie verbindender Schicksalsschlag. In seiner Freizeit las er über das Thema, warum Paare sich trennen und über digitale Identitäten. Er selbst hatte auch eine belastete Kindheit, die Eltern kümmerten sich nicht um ihre Kinder. Er bekam immer die gebrauchten Schuhe seiner Schwester und sorgte sich, dass er einmal zu Weihnachten an der Schule neue Schuhe geschenkt bekäme. Aber der Kelch ging jedes Mal an ihm vorbei, er hätte sich fruchtbar geschämt, wenn es so gekommen wäre. In Erinnerung an die Demütigung mit den getragenen Schuhen wählte er eine E-Mail-Adresse, in der das kenntlich wurde. Er war eigentlich ein netter Mann, aber nicht zuverlässig hinsichtlich Verabredungen und auch, weil er sehr an seiner Frau hing, deshalb verlief sich der Kontakt im Sande. Sie dachte häufiger an seine Haut, sie sah im Hals- und Nackenbereich viele, winzige, kleine Pickelchen, sie dachte daran, weil sie jetzt selbst davon befallen war. Der Mann hatte ihr viel von sich erzählt im Gegensatz zu Nikolaj, der nichts von sich erzählte bis auf Weniges.

Gestern hatte sie einen glücklichen Tag. Es war nicht planbar. Sie dachte, dass es vielleicht daran gelegen hatte, dass sie am Abend vorher einige Yogaübungen gemacht hatte. Yoga hatte ihr oft geholfen, wenn sie in einem Loch steckte. Da es ein Angang war, beschloss sie, das für sie leichtere Yin Yoga zu üben. Vor allem die Vorwärtsbeuge war ein Gewinn. Sie saß im Bett und ließ ihren Körper vornüber fallen. Im Sport Center saßen sie für diese Übung auf dem Boden, aber es war dieselbe Haltung, der Oberkörper fiel vornüber, sie ließ ihn tief sinken und spürte ihre Schmerzen in der Wirbelsäule, es war jedoch erträglich. Sie blieb, wie sie es gelernt hatte, einige Minuten in

99

der Stellung und erlöste sich dann. Ein Glücksgefühl durchströmte sie als sie ihren Oberkörper wieder hob und nach hinten auf die Matratze sinken ließ. Das Glücksgefühl spürte sie vorne, nicht direkt in der Mitte des Bauchs, aber an den Seiten. Wunderbar. Es schlossen sich einige andere sanfte Übungen an.

Sie erledigte an dem Abend noch etwas Wichtiges, sie schrieb dem Café Besitzer, fragte ob er gesund sei, was sie hoffte. Das war es schon, mehr wollte sie gar nicht schreiben, sie wünschte sich eine Reaktion, denn sie hatte ihm davor schon zweimal geschrieben. Es ging um die Katzen Postkarten, die sie ihm als Ersatz für eine Zeichnung, die er sich indirekt wünschte, geschickt hatte, als Dankeschön für die Übermittlung der Post an Nikolaj. Sie konnte wirklich keine Katze zeichnen. In der zweiten mail ging es um das mörderische Attentat in Nice. Da sie keine Antwort bekam, wurde sie wie immer unruhig, deshalb versuchte sie es nochmal. Zwischen ihren Mails war immer ein Abstand von etwa zwei Wochen. Tatsächlich reagierte er jetzt und schrieb, dass es ihm gut gehe, aber dass er viele Aktivitäten managen müsse und dass er hoffe, dass es ihr auch gut gehe. Auf die vorangegangenen Fragen, was mit dem Café sei, ging er nicht ein, denn er hatte mal gesagt, dass er sich wegen Corona vielleicht einen neuen Job suchen müsste. Sie war zufrieden, er war lebendig, es ging ihm gut, und er hatte zu tun. Jetzt löschte sie seine Mails und seine Adresse. Denn seine mail hörte sich nicht so an, als wollte er den Kontakt erhalten, der ja auch nur entstanden war, weil er ihr mehrmals einen Gefallen getan hatte im Hinblick auf Nikolaj. Nun war also auch das letzte Band, die letzte Verbindung gelöst, die mit diesem „Fall" zu tun hatte. Sie fühlte sich erleichtert, frei, endgültig frei.

Offenbar schlief sie danach gut, denn morgens wachte sie guter Dinge auf. Wie weggeblasen die Schwermut. Sie fuhr an die Elbe. Wenn sie zum Strand wollte, musste sie ein Stück Steinweg gehen, rechts und links von Restaurants gesäumt. Sie sah in der Ferne den Mann, mit dem sie sich des Öfteren über seinen Hündin L. unterhalten hatte, die stets einen Stock fand und mit sich trug. Sie hatten über den Hund geplaudert, auch über Urlaub und Familiäres. Er stand in großer Entfernung und unterhielt sich mit einer Frau, die auch einen Hund bei sich führte. Sie sah seine Silhouette, er gab immer irgendwie eine etwas schiefe, aber sympathische Figur ab und trug wie gewöhnlich eine Schirmmütze. Er sah in ihre Richtung, wahrscheinlich erkannte er auch ihre Silhouette. Sie überlegte, wie das mit der Begrüßung würde, aber da verabschiedeten sich die beiden, und er ging den Weg hoch zur Straße. Die Frau kam auf sie zu, aber schaute sie nicht an.

Es war schade, dass es sich nicht ergeben hatte, ein paar Worte zu wechseln. Es wunderte sie, dass sie die ganze Zeit an ihn dachte. Denn sie hatten ja nie etwas Gefühliges ausgetauscht. Auch als sie schon zu Hause war, sah sie immer wieder diese Silhouette in der Ferne und empfand es wie eine Zurückweisung, dass er gegangen war, obwohl er sie gesehen hatte.

Sie traf Jef. nach ihrem Französisch Unterricht, sie gingen rüber zu Planten und Blomen. Sie erzählte viel über den Animationsfilm, mit dem sie ein bisschen weitergekommen war und von den Problemen mit ihrem afrikanischen Arbeitgeber im Restaurant, der für den einzigen Tag, an dem sie fehlte eine Krankschreibung wollte, weil er glaubte, so sei die Gesetzeslage, es war kein böser Wille. Sie machte ihm klar, dass man erst ab dem dritten Tag eine Krankschreibung bräuchte. Außerdem hatte er ihr vorgeworfen nicht geputzt zu haben, was sie absurd fand, denn noch vor kurzem hatte er sie als manisch bezeichnet, weil sie jedes Mal auch die Kacheln in der Toilette säuberte. Dann wollte Jef. von ihr wissen, wie sie ihr Buch veröffentlicht hatte. Sie gab ihr alle Informationen. Sie fragte, ob sie die Seiten wechseln wollte, vor kurzem habe sie noch gesagt, dass das Schreiben nichts für sie sei, dafür hätte sie kein Talent, sie müsse etwas basteln, wie ihre Figuren für den Film. Aber jetzt fand sie, dass es zu viel Zeit brauche, die Figuren herzustellen, deshalb wolle sie ein Abenteuerbuch schreiben und dieses einer Firma anbieten, die Animationsfilme herstellte.

Am nächsten Tag ging sie vor ihrem Elbspaziergang zum Café. Doch da war alles zu. Also fuhr sie mit dem Bus hinunter nach Övelgönne. Sie verstand nicht, warum sie immer noch mit dem Mann so beschäftigt war. Sie war geradezu traurig, dass sie ihn nirgends auftauchen sah. Dann fiel ihr ein, dass er vor langer Zeit, als sie sich seit langem wiedersahen gesagt hatte, er habe sich gefragt, wo sie geblieben sei und fügte wie zur Rechtfertigung an, wenn man jemanden regelmäßig über einen längeren Zeitraum sehe und spreche, so denke man an ihn oder sie und frage sich, wo ist auf einmal der oder die andere. Sie bestätigte ihm, dass das ganz natürlich sei, so zu empfinden, dann unterhielten sie sich dieses Mal viel über Corona. Danach vergaß sie ihn wieder. Jetzt war er wieder präsent. Sie kannte noch nicht einmal seinen Namen, jedoch den seiner Hündin.

Sie hatte im vorangegangenen Buch „Der Himmel über mir" über ihn und den Hund geschrieben. Auf dem Rückweg machte sie wieder in Ottensen Station und ging zu dem inzwischen geöffneten Café. Der leitende Angestellte hatte verschlafen. Gestern lief es auch schief, denn die gestrige Servicekraft hatte den Schlüssel nicht, musste ihn erst in einem zweiten Laden abholen und dort ebenfalls noch warten, denn da kam auch jemand zu spät.

Sie dachte daran, dass Jef. während ihres Spaziergangs gelbe Ginko Blätter aufgehoben hatte, später auch rote Blätter, denn sie wollte sie in Harz tauchen und ein Mobile daraus basteln.

Außerdem fotografierte sie lila Beeren, die wie Perlen an einem Busch glänzten.

Sie dachte an Nikolaj heute Morgen, daran, dass er geschwiegen hatte, als seine Lebenspartnerin ihm eröffnete, dass sie nicht mehr wolle, dass er sie penetriere, weil es ihr weh täte. Die Haut um die Dammschnitte bei ihren Geburten machte sich in ihrem Alter wieder schmerzhaft bemerkbar. Nikolaj sagte, dass er dazu geschwiegen hätte und dabei blieb es, nun folgerte er daraus, er könne sich bei anderen Frauen das abholen, was sie ihm „verweigerte". Als wenn er ein Recht darauf hätte. Vor allem fand sie es niederträchtig, dass er schwieg, statt Anteil zu nehmen, statt Fragen zu stellen oder sein Mitgefühl auszudrücken. Sie befriedigte ihn fortan mit der Hand für einige Jahre, was auch gut war, wie er sagte, aber nicht die Penetration ersetze, bis sie auch das nicht mehr wollte und auch selbst wollte sie nicht mehr berührt werden. Merkwürdig, dass ein Paar, dass jahrzehntelang zusammenlebt, sich nicht darüber austauscht, über das Intimste, was sie geteilt hatten.

Inzwischen sagte sie schnell STOP zu sich selbst, wenn Nikolaj und ihre Beziehung hochkam.

In den letzten Tagen hatte sie sich oft gefragt, wie Jesus und Christus zusammengingen, aber das war eine neue Geschichte….

Ihre Schwester meldete sich nicht. Wenn sie nicht an sie schrieb, dann ließ sie nichts von sich hören. Aber im Moment hatte sie auch keine Lust.

Schöner Sonnenschein. Joa.s Geburtstag. Sie wird mit ihren Freundinnen zu Hause Yoga praktizieren und später spanischen Reis kochen mit Hühnchen-Streifen, Zwiebeln, grünem Pfeffer, und selbst gemachter Hühnerbrühe.

Jef. ist bei ihren Schwiegereltern auf dem Land, Richtung Ostsee, wo sie ein großes Bauernhaus besitzen, jedoch wohnen sie in Hamburg. Das mit der Trennung, der Rückkehr nach Frankreich, ist nicht mehr im Gespräch, denn es läuft zurzeit gut.

Sie war zu früh am Café, denn wegen Corona machte es jetzt erst um 9.00 statt um 8.00 Uhr auf. Sie fuhr zur Elbe und dachte an den Mann, den sie zu ihrer Enttäuschung in der Ferne mit einer anderen Frau gesehen hatte und der nicht auf sie gewartet hatte, sondern fortging, obwohl er sie gesehen hatte. Es hatte ihr so einen tiefen

Herzstich versetzt, dass sie nur glauben konnte, dass es sich um eine Übertragung der Ablehnung, die sie durch Nikolaj erfahren hatte, auf ihn handeln könnte, denn sie hatte mit diesem Mann ja überhaupt keine private Basis gehabt. Sie war verzweifelt, dass jetzt, wo sie alles beendet glaubte, das Ganze nochmal von vorne anfing, die Enttäuschung, die Schmerzen. Sie traf diesen Mann heute nicht. Gott sei Dank. Sie nahm sich nochmals vor, was sie gestern Nacht schon als Plan entworfen hatte, nämlich dass sie nach dem Elbspaziergang und dem Kaffee zum Mitnehmen in Ottensen nach Hause fahren würde und sofort daran gehen wollte, sein Portrait zu übermalen, jenes, auf dem er so von sich überzeugt blickte, wie Lei. sagte, der sie das Bild gezeigt hatte, zwar nett, aber von oben herabblickte, seiner ganz sicher, von sich überzeugt. Sie dachte, dass für die französische Buchausgabe der Titel "Ein Typ wie ich", so waren ja seine Worte gewesen, passend wäre, vielleicht sogar auch für die deutsche Ausgabe. Er hielt sich für so toll, dass er niemals ohne Frau wäre. In der Nacht hatte sie sich auch schon die Farben der Übermalung vorgestellt: Rot, Rosa und Schwarz. Auf der roten und rosa mit Ölfarbe aufgetragenen Fläche wollte sie einen dicken, schwarzen, fast horizontalen Strich auftragen, der nach rechts vom Betrachter aus etwas abgesenkt war. Tatsächlich packte sie es an, und malte dann nicht nur den dicken, schwarzen Öl Strich in der Mitte, sondern auch zwei diagonal verlaufende Striche, die sich in der Mitte des schwarz übermalten Portraits kreuzten, also wie: „Durchgestrichen!" lauteten. Doch dann kam, anders als geplant, noch sein Körper hinzu, sein Hals und sein Brustkorb in Schwarz, denn auch sein ehemals geliebter Körper sollte „vergilben", verblassen, vergehen, untergehen. Sie war sehr zufrieden und fotografierte das Bild:

Es war der dunkle Mann, der sich nicht geöffnet hatte, sich im Verborgenen hielt und sie versteckte.

Es war gut, dass sie den tiefen Stich im Herzen gefühlt hatte angesichts des „fremden" Mannes mit Hund an der Elbe, auf den sie offenbar ihre von Nikolaj verletzten Gefühle übertragen hatte, denn diese Erkenntnis gab ihr ihre Kraft zurückgab.

Ihre Schwester hatte sich nun doch gemeldet, sie schrieb, dass sie einen Apfel-Schmand-Kuchen gebacken hätte und diesen mit ihrem Mann gemütlich auf dem Sofa verspeise. Sie fragte sie, wie der Kuchen aussehe, denn ihre Schwester hatte ihr vor langer Zeit mal ein Foto von ihrem Apfelstreuselkuchen geschickt. Aber dieses Mal schickte sie kein Foto mit, sondern antwortete auf ihre Frage nur, dass der Kuchen gut aussehe und sie ihn sich schmecken lassen würden.

Sie schickte Lei. das übermalte Bild, aber auch wie es vorher aussah, denn sie hatte das Portrait vor dem Übermalen nochmal fotografiert, weil die Staffelei etwas nach hinten gebeugt war, und jetzt hatte sie sie gerade gestellt. Sie wollte prüfen, ob er auch jetzt von oben herabblickend aussah oder ob es an dem Winkel gelegen hatte. Es war tatsächlich seine überhebliche Haltung und wie Lei. schon zum allerersten Foto, das sie ihr zeigte, gesagt hatte, dass er sehr von sich überzeugt wirke. Das Portrait im rosa Polohemd war noch das freundlichste, denn er lächelte hier ein wenig. Sie bat Lei., das Portrait nach der Betrachtung zu löschen, wie sie es selbst auch schon getan hatte. Zu ihrem Erstaunen meinte Lei., dass ihr der Malstil gefalle und auch die Farben. Also schrieb sie, dann möge sie es halten wie sie wolle. Sie hatte sich ja inzwischen davon getrennt, und das war das Wichtigste.

In der Nacht dachte sie an die Skizze, die sie noch nicht angerührt hatte. Die aber nun auch fällig war. Sie war auf steifem Karton, so dass es möglich war, diesen mehrmals zu knicken oder gar zu zerschneiden, zu zerreißen. Sie entschied sich dagegen, denn sie wollte nicht zerstörerisch sein, sondern einen Verarbeitungsprozess durchlaufen, deshalb hatte sie ja auch das erste Ölbild übermalt und nicht etwa zerstochen oder Ähnliches damit gemacht. Daher gab sie sich die Mühe und setzte sich erneut vor die Staffelei. Sie verwendete dieselben Farben: Rot, Rosa, Schwarz. Das Ganze fiel kleinformatiger aus. In der Mitte übermalte sie das Rot und Rosa mit Schwarz, aber sie malte nicht nochmals explizit ein Kreuz, das besagen sollte: Durchgestrichen. Vorbei, Schluss, aus. Bei dem Gemälde auf der Leinwand war es noch nötig gewesen, aber hier auf dem Karton genügte die schwarze Übermalung in der Mitte, dort wo sein Kopf gesessen hatte.

Sie schickte die Skizze und ihre Übermalung an Lei. und löschte auf ihren Geräten einschließlich Smartphone alle Portraits.

Auf WhatsApp erhielt sie von ihrem Sohn ein Foto von seinem, zum ersten Mal bei seiner Freundin, selbst gebackenem Brot. Er hatte auf Verdacht fotografiert, denn sehen konnte er ja nicht. Es sei aus Weizen, aber er hätte jetzt Dinkel und Roggen bestellt. Die Brot Saison beginne. Er war in seinem Element.

Heute ging sie zu Fuß bis nach Ottensen, denn sie wollte am heutigen Sonntag bei wunderbarem Sonnenschein nicht an die Elbe fahren, wo sicherlich viel Betrieb war und die Leute sich auf die Füße traten. Sie ging alle einsamen Straßen, die sie kannte, bis sie glücklich gelandet war und sich in ihrem Café einen Kaffee zum Mitnehmen holte. Sie hatte unterwegs darüber nachgedacht, wie wichtig es für sie war, aus der Passivität herauszutreten und aktiv zu werden. Mit den Übermalungen bezweckte sie, keine schönen Bilder zu malen, sondern der Prozess sollte ihr helfen.

Sie wachte auf und dachte an ihre 88-jährige Mutter, wie sie ihre letzten Tage verbracht hatte. Daran, dass sie immer mehr delegierte in ihrem letzten Lebensjahr. Sie bezog Essen auf Rädern. Jeden Tag um 12.00 wurde ihr ein Mittagessen geliefert, das sie ihr am Telefon gern beschrieb, meistens schmeckte es sehr gut. Da sie eine ausgebildete Köchin war und immer sehr gut gekocht hatte, stellte sie schon morgens in Vorfreude den Fernseher an, um die Koch-Sendungen zu verfolgen. Staubsaugen und Wäsche übernahm ihre Schwester, bei der sie jedes zweite Wochenende zum Essen eingeladen war. Die Enkeltochter wohnte im Haus und klingelte jeden Morgen bei ihr, bevor sie zur Arbeit ging. Als sie eines Tages nicht aufmachte, rief sie ihre Mutter (ihre Schwester) an, die sich dann ins Auto setzte und kam. Sie verstand nicht, warum die Enkeltochter keinen Schlüssel bekommen hatte.

Sie ging in die Wohnung ihres Sohnes, um die Pflanzen zu begießen. Der Weihnachtskaktus stand in voller Blüte. Schade, dass ihr Sohn ihn nicht sehen konnte. Im Briefkasten eine Gutschrift von Lichtblick über 70 €. An einer Wohnungstür im Haus stand: „Here it is hotter than any imaginary boyfriend."

Just heute am 9. November, dem Jahrestag des Judenprogroms von 1938, lagen die langstieligen roten Nelken nicht mehr auf den beiden Stolpersteinen, an denen sie vorbeikam, wenn sie die letzten drei Tage zum Bus ging. Merkwürdig, warum waren sie ausgerechnet heute weg. Es hatte sie berührt, dass jemand dort die frischen Nelken abgelegt hatte, als Zeichen der Trauer und des Gedenkens.

An der Elbe waren wenig Leute unterwegs, wie immer Jogger und Hunde mit ihren Besitzern. Es war den Leuten wohl zu kalt geworden, sicherlich waren sie gestern am Sonntag zu Hauf hier, als es wärmer war und die Sonne schien.

Sie dachte an das neue Bild, das sie malen wollte, jetzt nach allem, was sie durchgemacht und durchgearbeitet hatte, konnte sie einen Neuanfang wagen, eben auch in der Malerei. Es kamen Ideen zu ihr, wie das neue Bild aussehen würde. Sie freute sich darauf. Sie stellte es sich auf dem Cover der französischen Ausgabe vor mit dem vorläufigen Titel „La belle Lumière", „Das schöne Licht".

Plötzlich stand sie vor diesem stacheligen Bäumchen, das seiner Blätter entleert war. Ein Abschied. Ein Mann in der Ferne, der sich entfernte.

An der Elbe traf sie heute auf den Mann, der wieder mit seiner Hündin L. spazieren ging. Sie spürte nichts mehr von dem Schmerz, den sie vor kurzem empfunden hatte, als sie ihn mit einer anderen Frau im Gespräch in der Ferne gesehen hatte. Es war wieder wie früher, ein ganz normaler, freundlicher Austausch mit einem Stammgast an der Elbe. Sie erkannte zunächst den Hund, der einen dicken Stock im Mund schleppte, in ihrer Nähe fallen ließ und begann, ein tiefes Loch zu buddeln. Sie unterhielten sich über die Hündin, dann über Corona, über die Ausfälle in Leipzig, über das Enkelkind, dass bald geboren würde, dass seine Tochter die Wohnungsbesichtigung abgesagt habe, weil eine Kollegin zur Arbeit kam, obwohl sie positiv getestet wurde, daher mussten nun alle getestet werden.

Unterwegs traf sie auch auf ihre ehemalige Yoga Lehrerin, die sagte, dass sie wegen Corona auch schon wie sie das ganze Jahr über, allerdings mit ihrem Hund, an der Elbe spazieren gehe. Yoga biete sie zurzeit natürlich nicht an, sie komme gut über die Runden, denn sie habe noch andere Einkünfte aus anderen selbstständigen Tätigkeiten.

Sie wollte keine Frau mehr malen, wie die große Nackte, die sie in dem Buch „Der Himmel über mir" abgebildet hatte. Sie hatte die zweite Frau halb fertig, aber als sie heute Morgen davorstand, wusste sie, dass sie das Bild nicht fortsetzen wollte. Es war vorbei mit den Nackten. Zunächst überlegte sie, ob sie eine abstrakte Frau malen wollte à la Picasso, Braque oder Modigliani, um nur einige zu nennen. Nein. Auch damit war Schluss. Sie plädierte für die Ausbreitung der

Grundfarbe Gelb und wollte darauf Blätter streuen, doch dann schien ihr dieser Entwurf zu fahrig, ohne Zusammenhang, plötzlich kam sie auf die Idee, einen Baum zu malen. Das war überhaupt nicht abwegig, denn sie liebte Bäume. Ja, ein Baum mit einer blätterreichen Krone und kleinen roten Perlen, die Früchte, die am Baum hingen.

Dann oh Wunder, oh Glück, passierte es. Sie lag früh schon im Bett und hörte auf Deutschlandradio Kultur ein Violoncello Konzert, zart, aber doch wissend, was es wollte. Wie meistens wechselten sich sanfte Passagen mit dynamischen ab, und plötzlich hatte sie das Gefühl, dass sie feucht war. Sie glaubte es nicht recht, aber es stimmte und sie dachte, sie könnte es probieren, denn sie war davon ausgegangen, dass jetzt Schluss war, dass nichts mehr möglich war, dass sie sich wehrte, ablehnte.

Deshalb war es wie ein Wunder, als sie sich erst zaghaft tastend einließ, dann Vertrauen fasste und schließlich das volle Glück erlebte. Das natürlicherweise wie immer von kurzer Dauer war. Sie wollte sich wie sonst einen zweiten und dritten Glücksmoment abholen, indem sie die Oberschenkel aufeinanderpresste, aber da spürte sie es wie eine schmerzhafte Verklebung in der Leiste. Das war ganz sicher ihrem Alter geschuldet. Sie war dennoch glücklich, dass es überhaupt passiert war, wo sie doch nicht mehr dran geglaubt hatte.

Wo hatte der Auslöser gelegen? War es doch der Mann, den sie an der Elbe getroffen hatte? Hatte da unbewusst etwas während der Begegnung weitergearbeitet?

Oder war es das „Gebet", das sie „erlöste", entspannte, in dem sie für alle Menschen um Frieden bat, um genügend Nahrung und Liebe, um eine friedliche Welt, in der die Menschen entspannt waren, sich „liebten", tatsächlich „Nächstenliebe" übten.

Ein Gebet für die anderen löste auch in einem selbst etwas aus, abgesehen davon, dass es einen mit ihnen vereinte und die Fesseln löste, die man sich selbst auferlegte, es befreite, machte sanft.

Oder lag es daran, dass sie das große Ölbild auf die Staffelei gehoben hatte, ein Anzeichen, dass es losging. Indessen überlegte sie, ob sie nicht die Frau mit dem Baum vereinen könnte. Das hatte sie schon einmal gemacht, als He. ihr erzählte, dass er die vielen Bäume, die um sein Waldhaus herumstanden, abschlug, damit er mehr Licht hätte. Obwohl He. sagte, er würde neue Bäume pflanzen, war sie doch erschüttert und hatte damals einen Baum gemalt, der zugleich das Gesicht einer Frau abbildete.

Nachts stand sie auf und malte der nackten Frau blätterförmige, blaue Augen. Eigentlich sollte der Mund auch eine Blattform bekommen, was sie an ein Bild erinnerte, auf dem sie einen Frauenkopf weich und abstrakt gemalt hatte mit langen, welligen, schwarzen Haaren auf einer Seite, auch das Gesicht und der Hals waren wellenförmig, darin die Blätteraugen und der Blättermund, Blätter rieselten auch auf der anderen Seite des Kopfes, auf dieser Seite ohne Haare.

Sie malte den Mund doch geöffnet mit Ober- und Unterlippe, den weißen Zähnen, schön wie bei der ersten, nackten Frau. Sie übermalte am nächsten Tag auch einige Körperstellen, prägte eine Hüfte ein klein wenig weiter aus, malte die Brüste um die roten Brustwarzen mit seidenem Gelb und auch lief vom roten Bauchnabel ein seidener, gelber Faden hinunter. Sie malte noch am Hals und an den Armen kleine Verbesserungen. Diese Frau kam ihr noch friedlicher, sanfter und weicher vor als die erste. Vielleicht in Zusammenhang mit dem Gebet malte sie auf ihrem Kopf eine weiße Taube.

118

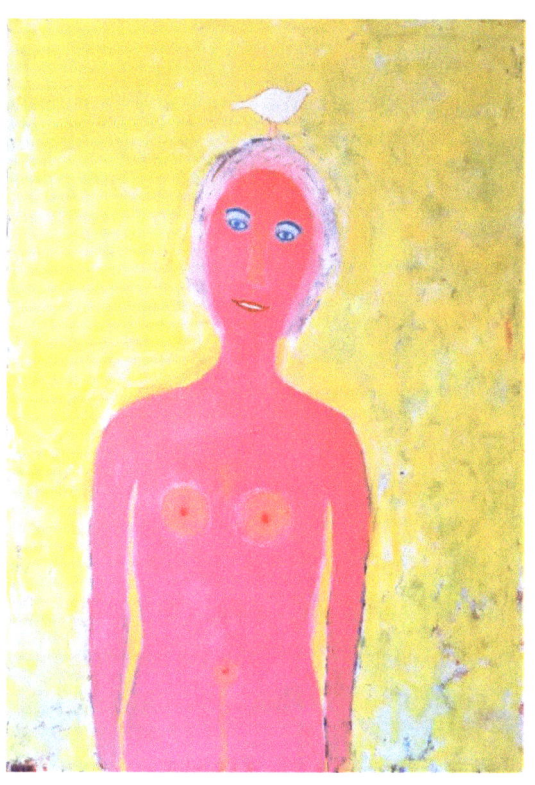

Ihr fiel John Lennon und Yoko Ono ein, ihr Credo „love is peace". In den Nachrichten hörte sie gerade, dass die Anzahl der häuslichen Gewalttaten stieg. Auch Männer waren Opfer häuslicher Gewalt, aber es waren von fünf Menschen, vier Frauen, die häusliche Gewalt erlitten.

Sie hatte schon einmal vor zwei Jahrzehnten eine weiße Taube gemalt. Auf dem Bild, das im Besitz von Am. war, befand sich die Taube seitlich am Kopf der Frau, als wolle die Taube ihr etwas einflüstern.

Sie hörte im Radio ein Jazz Konzert von Kristina Brodersen, Altsaxophon, und Tobias Weindorf, Piano, das ihr sehr gut gefiel, unter anderem hieß ein Titel „Frida Kahlo".

Auch das klassische Konzert im Deutschlandfunk mit dem Cellisten Sebastian Fritsch gefiel ihr. „Moments of life" hieß seine erste CD, er spielte Vivaldi, Kurtag, Schumann, Rachmaninow.

Ihre Schwester schrieb, dass sie den ganzen Tag auf den Beinen sei. Ihr Untersuchungstermin am 3.12. stehe noch, wonach sie gefragt hatte.

In den Straßen sah sie abermals rote Rosen oder Nelken mit einem Lichterglas neben den Stolpersteinen vor vier Häusern liegen. Sie war froh, gerade jetzt, wo der Antisemitismus wieder zunahm.

Als sie am nächsten Morgen ins Zimmer kam, roch es stark nach Öl, denn sie hatte die übermalten Bilder wieder vom Balkon reingeholt. Aber jetzt stellte sie sie wieder raus, denn der Ölgeruch war zu stark. Während sie sie zum Weitertrocknen hinaustrug, hatte sie das Gefühl, dass sie sie wahrscheinlich früher oder später vernichten würde, denn sie hatten keinen Wert mehr. es war wichtig, dass sie sie gemalt, dann übermalt hatte, aber kurz über lang wären sie reif für den Abgang.

Sie ging mit Joa. spazieren, sie trafen sich am Rathaus. Sie war mit dem Fahrrad gekommen, das sie auf eBay für 80 € gekauft hatte, ein sehr gutes Männer Fahrrad. Sie überreichte ihr ein Geschenk zu ihrem 27. Geburtstag und liefen dann hinunter zur Elbe. Abgesehen von den paar Brocken Spanisch sprachen sie Englisch. Joa. fragte, woher sie so gut Englisch spreche, aber das war wohl höflich gemeint, denn sie hatte nur ihr Schulenglisch zur Verfügung, was ja ein halbes Jahrhundert zurücklag. Sie wollte sehr viel über ihr Leben wissen, zuletzt hatte sie an Joa. auch eine Frage, nämlich die nach ihrem Vater, weil sie auffällig viel nach ihrem Sohn gefragt hatte.

Ihr Vater war vor drei Jahren gestorben, es war ein langer Prozess, seine Frau pflegte ihn jahrelang. Joa. verstand sich nicht gut ihm, sie mochte ihn nicht, denn er war nicht warmherzig, überdies war er Alkoholiker geworden. Es waren schwierige Verhältnisse zu Hause, aber ihre Mutter, 19 Jahre jünger als ihr Mann, hielt die Situation der Kinder und des Hauses wegen aus. Durch seinen Tod fühlten sich alle erlöst, weil sein Charakter so schwierig und herzlos gewesen war. Am Anfang war es die große Liebe, aber dann legte er Seiten an den Tag, die ihre Mutter vorher nicht gesehen hatte.

Zu ihren Füßen hatte die Elbe ein sie faszinierendes, großes Stück Holz angeschwemmt, War es ein Ast? Ein Baumstamm? Verdreht lag er im Sand, pitschenass, durchgewrungen wie Wäsche. Was war passiert? Nun, er war doch bloß aus dem Wasser, vom Wasser trunken, angeschwemmt worden, genau zu ihren Füssen ruhte er sich aus, kam er zum Erliegen, gab er auf, war im Wasser getrieben und ausgehöhlt worden, so dass sich diese bizarre Form ergab. Sie konnte nicht weitergehen, sie musste das triefend nasse Stück aufheben und in einen Beutel nach Hause tragen, für die Busfahrt legte sie es in einen zweiten Beutel, um es zu schützen.

Zu Hause legte sie es auf die Heizung, die lauwarm war, es würde sicherlich Tage dauern und mehr, bis die Nässe weggetrocknet war. Was würde sie dann machen? Sie stellte sich vor, die Form zu belassen, nur die Oberfläche zu bearbeiten. Im Bastelladen hatten sie kein entsprechendes Werkzeug, sie würde in den Laden für Künstlerbedarf gehen.

Sie schaute im Internet nach, ob es nicht in ihrer Wohngegend jemanden gäbe, ein er oder eine sie, die sich mit Holz beschäftigte, die sie fragen könnte. Tatsächlich fand sie ganz in der Nähe eine Adresse, sie wusste auch, wo es war, denn sie

123

kannte die Toreinfahrt, war daran unzählige Male vorbeigelaufen.

Heute wagte sie es und ging in den Hinterhof. Sie sah am Ende eine Werkstatt und vermutete, dass es die Bildhauerwerkstatt war. Es war wie ein Déjà-vu Erlebnis, denn so hatte ihre künstlerische Laufbahn begonnen, indem sie vor mehr als vierzig Jahren auch in einen Hinterhof hineinging, was sie sich damals ein Jahr lang vorgenommen hatte. Als es soweit war, als sie heulend und sehr unglücklich, ja verzweifelt aus der Schule kam, in der sie als Lehrerin versagte hatte, wieder einmal, viele Male, unzählige Male, eigentlich jeden Tag, ging sie in das Verborgene hinein. Sie entdeckte eine Werkstatt, sah durch das große Fenster viele Köpfe und Büsten. Schließlich klopfte sie zaghaft und der Bildhauer, an einem Kopf arbeitend, drehte sich um, er lächelte, und sie nahm es als Zeichen, dass sie eintreten durfte. So begann etwas, das bis heute angehalten hatte, ihre künstlerische Auseinandersetzung.

Wie vor 40 Jahren blickte sie wieder durch ein großes Fenster und sah einen Bildhauer, der allerdings keine Köpfe modellierte wie damals Guy Salomon, ein Franzose - mit dem sie sich auf Deutsch verständigte, weil sie noch kein Französisch sprach - , der später zurück in die Provence ging, sondern sie sah einen Bildhauer, der mit einer elektrischen Säge ein langes Holz bearbeitete, eine lebensgroße Figur herausholte. Als seine Säge eine Pause machte, klopfte sie verhalten. Er schaute sich um und kam an die Tür. Als diese sich öffnete, entschuldigte sie sich für die Störung und sagte, dass sie eine Frage hätte. Sie schilderte ihr Problem und zeigte ihm auf ihrem Handy das Holz.

„Ein richtiges Fundstück!", sagte er bewundernd und meinte, dass es manchmal gar nicht so gut sei, die Oberfläche abzuschleifen, das Holz nackt zu machen. Er empfahl, zunächst einmal mit einer Wurzelbürste die Oberfläche auszubürsten, später vielleicht mit einer Stahlbürste und schließlich könne man schleifen. Sie sagte, sie wolle nur eine minimale Bearbeitung, um nichts zu zerstören. Er war ihrer Meinung und sie vereinbarten, dass sie mit dem Fundstück wiederkäme. Sie hatte ihn darum gebeten, es sich anzusehen, um dann noch einmal neu zu überlegen. Sie wollte sicher gehen, nichts zerbrechen.

Sie hörte hinter sich das „tschau", das sie verabschiedete. Sie freute sich, auf eine so freundliche Begegnung gestoßen zu sein. Bevor sie erneut zu ihm ging, vielleicht nächste Woche, wollte sie ihn vorher anrufen.

Heute Morgen ging sie mit dem Holz auf den Balkon und bürstete mit einer weichen Bürste den

Sand des Elbstrandes hinaus, soweit das möglich war. Er hatte von einer Wurzelbürste gesprochen, worunter sie sich nichts vorstellen konnte, er würde ihr nächstes Mal bestimmt eine zeigen.

Sie war nach wie vor ratlos, was sie mit dem „Fundstück" machen sollte. Sie hatte ja schon einige Überlegungen angestellt. Sie zeigte Joa. ein Foto, denn sie hatte heute Service. Sie war auch angetan von der Schönheit, hatte aber Gedanken, auf die sie niemals gekommen wäre. Sie sah darin mehr ein Dekorationsstück und stellte sich vor, damit einen großen Tisch zu dekorieren, auf das Holz oder in das Holz Teelichter zu stellen.

Sie dachte an ihren blinden Sohn, ob er wohl Interesse hätte, mit dem Holz zu arbeiten, denn er liebte alles Handwerkliche. Andererseits war es vielleicht zu gefährlich, ihn mit Werkzeug arbeiten zu lassen, das ihn verletzen könnte.

Sie erinnerte sich an einen Anthroposophen in Holland, der Bilderrahmen und Lampen mit anthroposophischen Formen herstellte. Zunächst hatte er ein kleines Atelier neben seinem Häuschen, später ein großes in einer Schule. Sie selbst konnte sich an die „krummen", gebogenen anthroposophischen Formen nicht gewöhnen, sie mochte sie nicht.

Er war etwas sonderbar geworden. Sie erinnerte sich an einen Besuch, bei dem er ihr vorwarf, nicht die richtige „Magd" zu sein, denn die richtige Magd hätte die Pflaumen entsteint, die er ihr in einer großen Schüssel hingestellt hatte, die sie aber gar nicht auf sich bezog und beachtet hatte. Zu diesem Zeitpunkt war er schon von seiner Lebensgefährtin verlassen worden, die sich ihm nicht unterordnen wollte. Sie fuhr Jahre nicht auf Besuch. Aber als sie es dann tat, war sie völlig überrascht, dass er aus dem Leim gegangen war. Ein zartes Männchen war zu einer Leibesfülle angewachsen, die bedrohlich wirkte und sie ausweichen ließ. Sie hörte von ihm, dass seine Freundin, die er nach seiner Lebensgefährtin hatte oder war es seine Exfrau? gewalttätig gegen ihn geworden war, dass er sich mit der Leibesfülle schützen wollte. Sie verloren sich aus den Augen und aus dem Sinn. Bei einem späteren, schriftlichen Kontakt hatte er wieder eine Freundin, aber sie sahen sich nur online und sprachen auch nur online, obwohl sie in der Nähe wohnte, aber er hatte genug von Nähe, die nicht funktionierte und die Frau wohl auch, denn sie akzeptierte das Setting. Vielleicht waren beide mit dieser Art und Weise glücklich geworden.

Ihr fiel dann auch noch ein, wie der Kontakt zustande gekommen war. Es war durch die zeitweilig als Organistin und Therapeutin arbeitende G., deren Schwester die Frau bzw. Lebensgefährtin des Anthroposophen war. Er und sie, die auch Anthroposophin war, hatten sich in der Schweiz in einer anthroposophischen Einrichtung kennen gelernt.

G. wiederum, wie sich zwei Jahrzehnte später herausstellte, war mit einem ihrer Bekannten, So., einem Maler und Dozenten, dessen Eltern aus der Ukraine stammten gut befreundet gewesen. Er selbst war hier geboren, hingegen seine ältere Schwester noch in der Ukraine. Es war eine Lehrerfamilie. So., der normalerweise nicht untervermietete, vermietete ein Zimmer an ihre Tochter, die sich in einer Ausbildung zur Vergolderin befand. Er hatte mit G. und ihrer Tochter noch ab und zu Kontakt gehabt, aber jetzt schon lange nicht mehr.

Sie hatte das Holz auf den Fußboden gelegt, auch Holz, Holzfußboden, den sie damals in mühseliger Arbeit freigelegt hatte, denn er war von der Wohnungsvorgängerin mit Linoleum verklebt worden. Sie starb im Krankenhaus, mehr konnte sie über sie nicht erfahren. Um das verklebte Linoleum zu lösen, hatte sie sich ein Heißluftgerät gekauft, mit dem sie auch später den Lack von den Türen entfernte zur Empörung des Vermieters. Sie war wahrscheinlich die erste im Haus, die die Holzfußböden ihrer Wohnung freilegte und mit Leinöl einstrich. Später taten es andere auch, aber sie benutzen zur Festigung transparenten Lack.

In einer schwierigen Lebensphase hatte sie die Fußböden zweier Zimmer schwarz gestrichen, später dann weiß übermalt und noch später mit einer großen, gemieteten Maschine wieder alles abgeschliffen und eingeölt.

Die Türen hatte sie schon erwähnt, aber sie hatte sogar auch einmal ein Klavier vom Trödelladen im Stellinger Weg besessen, das sie gerne besitzen wollte, weil „Paris" darauf stand. Jetzt wusste sie nicht einmal mehr, wo genau es stand. Wenn man den Deckel aufklappte? Sie versuchte sich am Klavierspielen, hatte jedoch Null Begabung und stellte das Üben ein. Tatsächlich holte sie wieder ihr Heißluftgerät hervor und befreite damit das Klavier von seiner lackierten Oberfläche. Später tauschte sie es gegen einen Tisch, denn sie bat einen Tischler, dem alten Tisch eine neue Tischplatte aufzusetzen, weil auf der alten fürchterlich herumgemetzelt worden war, sie zeigte kreuz und quer tiefe Einschnitte, was ihr gefährlich vorkam. Es kam zu einem Deal, der Tischler würde eine neue Tischplatte auf den Tisch setzen, er bekäme dafür das Klavier. So wurde es gemacht. Später, als sie einmal seine Werkstatt aufsuchte, sah sie, dass das Klavier auf einem Flur im Gebäude stand, es kam ihr vor wie zur Dekoration oder es war dort für den Verkauf hingestellt worden.

Der Tischler hatte noch einen Kollegen, der sich von ihm unabhängig gemacht hatte und diesem kaufte sie einen schönen, alten Schrank ab, nur, dass dieser zusammenbrach, denn er stand auf drei Kugel Füßen und einem quadratischen. Vielleicht lag es gar nicht daran, sondern daran, dass er mehrmals verrückt wurde. Die Türen ließen sich nicht mehr schließen, und die Rückwand schob sich auseinander. Er stand seit Jahren da mit geöffneten Türen, die sie, abgesehen vom Innenraum, als Kleiderablage benutzte. Sie hatte sich dran gewöhnt, auch wenn sie gerne einmal die Türen schließen würde.

Sie hatte in der Tat etwas für Holz übrig, denn sie hatte auch einmal einen Biedermeier Tisch bei einem Trödler in der Nähe vom Michel gekauft, der aber schlecht verkaufte und deshalb auf den Flohmarkt an der Sternschanze umzog, wo er regelmäßig zu finden war. Der Tisch kam möglicherweise auch aus Frankreich, denn er machte dort auf den Dörfern seine Einkaufstouren. Den Küchentisch allerdings, den sie auf dem Flohmarkt Sternschanze kaufte, fand sie bei einem polnischen Trödler. Und sie erinnerte sich, dass sie einst einen lackierten Küchentisch vom Lande abholte, der damals 25€ kostete und den sie ebenfalls mit dem Heißluftgerät vom Lack in langer Arbeit befreite.

Man sprach auch über Menschen in Zusammenhang mit Holz, etwa hieß es, dass jemand aus gutem oder schlechtem Holz geschnitzt sei. Verstehen konnte man es, denn ein Baumstamm glich einem Menschen. Man und auch Frau sagte auch manchmal: „Ein Baum von Mann". Sollte heißen ein großer Mann.

Ihr Stück Holz glich indessen eher einem ausgerissenen Arm, einem Ast.

Es erinnerte sie auch an ein Foto ihrer Eltern, das entstand, als ihr Vater noch Soldat war. Beide waren blutjung und verlobt. Vielleicht war das Schwarz-Weiß-Foto achtzig Jahre alt. Auf der Rückseite stand, dass es bei einem Fotografen namens C.F. Kluth in der Kreisstadt Parchim in Mecklenburg entwickelt wurde. Sie kam auf das Foto, weil das junge Paar vor einem Haufen mit Holzspänen stand, man sah auch einen Teil des aufgestapelten Holzes, das gespalten worden war, auf einem Baumstamm gelegen hatte und mit der Axt in kleine Stücke gespalten wurde, um Brennholz für den Ofen zu haben. Der Flüchtling aus Ostpreußen, den sie Kabek nannten, hackte bei ihnen das Holz. Es war ein großer Bauernhof, es wurde viel Holz gehackt. Viele Holzscheite wurden in den Ofen geworfen. Der Ofen musste brennen, auch für die Wäsche im Waschkessel.

Ihr Vater in Soldatenuniform, vielleicht auf Urlaub, blickte verliebt auf ihre Mutter, die auf dem einen Foto herausfordernd, abwehrend, misstrauisch, unwillig blickte, aber auf dem anderen lächelte sie, als wäre nichts gewesen. Vielleicht hatte es ihr nicht gefallen, wie sie sich bei der ersten Fotografie positionieren sollte und bei dem zweiten wurde vielleicht ihrer Vorstellung entsprochen.

Sie blickte auf das Holz-Fundstück, das auf dem Boden lag. Es kam ihr plötzlich vor wie eine Frau mit einem Kind auf dem Arm und am Fußende kroch der Kopf einer Schlange hinauf. Seltsame Assoziation. Je nachdem, wie sie das Holz hielt, sah sie etwas anderes, wie etwa den groß geöffneten Schnabel eines Vogels, als würde er schreien, um Hilfe schreien, weil er in großer Not war oder jemand, der ihm nahestand.

Ab und zu fiel ihr das „Tschau" ein, das der Bildhauer in ihrem Rücken gesagt hatte, als sie wegging. Sie hatte sich bedauerlicherweise nicht umgedreht, gelächelt und auch „tschau" gesagt, sie hatte befürchtet, das wäre aufdringlich, dabei wäre es doch nur ein höflicher Abschiedsgruß gewesen, jetzt dachte er womöglich, dass sie eine unhöfliche Menschin war. Das „Tschau" im Rücken klang vertraulich, es wärmte ihren Rücken.

Sie ging auf seine Internetseite und fand, abgesehen von den Auftragsarbeiten, auch solche, die ihr privater Natur zu sein schienen mit Namen wie „Verzweiflung" , „Befreiungsversuch", „Der schleichende Tod", „Zerrissenheit", „Wenn das Leben ruft", „Im Strudel"…

Er schrieb, dass seine Leidenschaft für das Gestalten in Holz seit 40 Jahren ungebrochen sei, noch immer erscheine ihm dieses gewachsene, charaktervolle Material als ideales Medium, seinen Gedanken zu Themen des Lebens und seiner Vergänglichkeit Ausdruck zu verleihen.

Ihr fiel auf, dass er nur von Gedanken geschrieben hatte, nicht von Gedanken und Gefühlen. Das könnte sie ihn fragen. Wahrscheinlich hatte er es nur vergessen oder er fand es passender, als Mann von Gedanken zu sprechen.

Sie konnte sich nicht vorstellen, dass sie aus einem Stück Holz etwas herausholte, herausschnitzte, etwas, das darinnen steckte, was man darinnen sah, die eigene Idee von Etwas. Bei ihrem Fundstück war sowieso nichts herauszuholen, denn es war bereits dermaßen bearbeitet worden, vom Wasser durchtrieben, geformt, dass es eigentlich nur darum gehen konnte, dieses „Skelett" „einzubalsamieren", seine Oberfläche zu harmonisieren, zu…

Wenn sie es zu dem Bildhauer tragen würde, müsste sie es einwickeln, sie stellte sich vor, es in Papier zu wickeln und es ihm vorzulegen, vor ihm „das Baby" auszuwickeln, ein Baby, das sie gefunden hatte. Sie schämte sich, denn es war ein verstümmeltes Baby, so kam es ihr vor, und er war der Doktor in dem Spiel, der es heilen sollte, der es gesund machen sollte, ihm Medizin verleihen, es operieren mit seinen Bildhauer Händen. Sie hatte das Gefühl, dass ihre Verzweiflung immer mehr anstieg, weil sie dieses verstümmelte Baby in das „verkorkste" Holz hineinsah.

Dass sie sich abermals mit überbordenden Phantasien auseinandersetzten musste, die am Tag mitliefen, war schrecklich. Es war helllichter Tag, die Sonne schien sogar ein wenig, es war trocken. Es könnte ein schöner Spaziergang werden, aber sie war ganz und gar nicht dafür offen, sie hatte sich mit diesem Holz, mit diesem Objekt beladen, nun quälte es sie bereits.

Es war anders als mit den Steinen, die sie auch am Strand aufgelesen hatte. Sie bedrohten sie nicht, obwohl sie auf ihrem Schreibtisch zahlreich herumlagen und sie ihre seltsamen, für sie schönen Formen und Maserungen, bewunderte.

Aber das Holz hier stellte eine Aufgabe dar. Wollte sie die wirklich übernehmen? Eine gequälte Seele herausarbeiten? Es war so existentiell, was da vor ihr lag. Der nackte, hilflose Mensch in seiner bedürftigen Existenz, in seiner Angewiesenheit auf „Gott", in seiner Angewiesenheit auf den Nächsten. Es erinnerte sie an Karl Jaspers, an seine Existenzphilosophie, dem Ausgeliefertsein des Menschen. Vielleicht musste sie das endlich mal ertragen, dass es so bestellt war um den Menschen. Dass er im tiefsten Inneren eine verlorene, einsame, gequälte, auf Hilfe angewiesene, auf „Gott" angewiesene, erbärmliche Kreatur war, denn auch der gute Nachbar, die gute Nachbarin, die halfen, waren selbst hilfebedürftig, niemand schien ohne Gott auszukommen, ohne diesen letzten Bezugspunkt. Die Heimatlosigkeit auf Erden konnte durch eine Heimat im Himmel, in Gott ausgeglichen werden. War das so? Sie wusste nicht, wie es war. Sie wurde überschüttet mit Gefühlen und Gedanken, die sie immer wieder weggeschoben hatte. Sie war doch schmucklose Realistin geworden, Materialistin, die nur das Material sah und nicht dahinter. Natürlich sah sie allenthalben das menschliche Elend, die menschliche Quälerei und Hilflosigkeit, aber sie war nie so weit gegangen, dass sie dachte, es gäbe eine Versöhnung mit all dem Elend durch die Kontaktaufnahme mit Gott, einer unsichtbaren Existenz. Was machte das denn auch alles für einen Sinn? Es war doch gedacht, um das irdische Leben erträglicher zu machen, sich in Gottes

Armen geborgen zu fühlen, wenn schon auf Erden alles schief ging.

Es tat sich ein Horizont auf. Wirklich? Oder war es ein kurzes Gedankenabschweifen? Sie konnte sich in die Welt der Religionen nicht einfühlen, vor allem nicht in die „Märchen", in die biblischen Geschichten, in die Welt der Bibel, die ihr auch voll Hass, Elend und Eifersucht zu sein schien. Dazu passte es, dass es da immer einen „Erlöser" gab, entsprechend der jeweiligen Religion, was die Fanatischen nicht hinderte, sich die Köpfe einzuschlagen.

Auch wenn sie aus dem geschundenen Holz eine Figur herausschälte, hätte sie immer noch den Eindruck, dass in der Figur selbst, so schön sie auch nach außen schön glatt geschält sein würde, immer noch etwas drinnen, nicht Fassbares wäre.

Es würde immer weiter nach innen gehen, ob in Schutt und Asche gelegt oder nicht, das Unfassbare ließ sich niemals erfassen.

Das da liegende Holz quälte sie wie eine Figur, die gequält worden war. Vielleicht sollte sie die Figur senkrecht stellen, eventuell war sie dann weniger tot, sondern kämpfte noch mit dem Leben, mit dem Leid, das sie getroffen hatte.

Das war eine Option, die sie noch nicht im Blick hatte, als sie das zweite Mal den Bildhauer aufsuchte. Sie hatte ihn angerufen und gefragt, ob es ihm recht wäre, wenn sie vorbeikäme, wie schon mündlich besprochen worden war. Als er das Holz sah, sagte er als erstes „Interessant!" und wiederholte dann, was er schon gesagt hatte, als er das Stück Holz auf dem Handy gesehen hatte, nämlich, dass er empfehlen würde, es so zu lassen.

Sie erzählte ihm, dass sich ihre Faszination in Angst umgewandelt hätte, dass sie bedrohliche Szenarien hineinprojizieren würde, erzählte aber nicht, welche. Er meinte, dass, wenn sie es so lassen könnte, möglicherweise positive Szenarien entstünden, die sie hineinsehen würde.

Sie konnte es sich kaum vorstellen, aber mit der Idee, die „Figur", das Fundstück, das Holzstück, das gewundene und geschundene, aufrecht zu stellen, hielt sie es auch für möglich. Vor allem stellte sich damit auch der Glaube ein, dass sie ihr psychisches Elend und Leiden überwinden könnte, in eine positive Welt hineinbrechen, aufbrechen, eine Welt voller Licht und Schönheit. Doch war das wohl nur das andere Extrem, an das sie sich jetzt festhielt. Nein, sie müsste sich mit ihren sie bedrohenden Phantasien auseinandersetzen.

Der Bildhauer war guten Gemüts. Er machte eine schwere Corona Zeit durch, denn durch Corona waren seine Aufträge für die Dekorationen an Theatern und anderen Orten auf null gesunken, aber er hatte Gott sei Dank noch seine freie Arbeit. Davon abgesehen, rief ihn das große Grundstück um sein Haus herum, und ein Hund wollte auch noch ausgeführt werde, obgleich das eher seine Frau und seine Kinder übernahmen.

Sie hatte eigentlich etwas Furcht vor ihrem Anruf gehabt, aber er war sehr freundlich und sagte: „Kommen Sie ruhig vorbei!".

Sie hatte ihm auch noch angeboten, dass sie ihm das Holz, das er interessant fand, schenken würde, aber er hatte genug dieser interessanten Hölzer. Er pustete dann mit einer Düse die Fäulnis im Holz hinaus und was schon locker war. Er gab ihr, nachdem er gesagt hatte, dass sie es auch wieder in die Elbe zurückwerfen könnte, wenn sie das Holz belastete, ein Schmirgelpapier mit auf den Weg, mit dem man, wenn man es einrollte, in die Aushöhlungen des Holzes eindringen konnte. Sie hatte davon gesprochen, dass sie es am liebsten glatt mögen würde, weil die wilde Oberfläche sie bedrohte. War sie so sehr zivilisiert, dass sie nur noch glatte Flächen ertrug? Es war wohl eher die Angst, die Herausforderung des Unbekannten, die sie spürte, wenn etwas wild war, „natürlich". Sie nahm dankbar das eingerollte Schmirgelpapier an.

Im Übrigen hatte der Bildhauer in etwa die Größe und Statur von Nikolaj, weshalb sie vielleicht auch ins Rutschen geraten war und sich fürchtete, durch die Arbeit am Holz zu sehr mit ihm verbunden zu sein.

„Hier ist die Frau mit dem Fundstück", sagte sie am Telefon, er wusste sofort Bescheid, sie hörte, dass er sich freute.

Sie betrachtete noch die Figur, die der Bildhauer aus dem Baum namens Robinie durch seine Kunst hervorgeholt hatte, sie war glatt und passagenweise war die Robinie im Urzustand, was auf sie einen bedrohlichen Eindruck machte. Er sagte, dass die andere Figur, die sie ansprach, die er „Verzweiflung" genannt hatte, dort unter einer Haube, einem über die Figur geworfenem Tuch, stand, denn der wilde, der unbearbeitete Teil, müsse immer noch trocknen, weil noch zu viele, kleine Tierchen darinnen hausten.

Sie packte ihr Fundstück ein und verabschiedete sich, sie wusste aber nicht mehr mit welchen Worten. Sie dachte, dass auch er einsam wäre. Das bezog sich darauf, dass er alleine in der Werkstatt arbeitete, jedoch hatte er Musik angestellt. Er sagte zum Abschied wieder „Tschau" und dieses Mal sagte sie auch „Tschau."

In den Straßen ihres Stadtteils, insbesondere in zwei Straßen, wo die wohlhabenden Leute lebten, fielen ihr die bulligen, protzigen Autos auf, sie verstand nicht, warum das sein musste, warum sie so protzen mussten.

Zu Hause fiel ihr Blick auf die weiße Taube, die auf dem Kopf der nackten Frau nach rechts blickte vom Betrachter aus gesehen. Sie hatte die Taube, wie Lei. vorschlug, durch eine Kontur vom Untergrund abgehoben, der sie fast unsichtbar gemacht hatte. Sie besänftigte auch die gelben Brüste der Frau, den Bauchnabel und den Unterbauch bis zum unteren Bildrand.

Draußen auf dem Balkon trockneten immer noch die übermalten Portraits von Nikolaj. Sie würde sie doch nicht zerstören, wenn sie getrocknet wären. Das war ihr in den Sinn gekommen, aber sie hielt es für besser, sie übermalt auszuhalten, sie würde sie hinter anderen Bildern „verstecken", hinter andere Bilder stellen.

Während des Abschieds hatte sie in Bezug auf das Holz noch gesagt, dass es auch manchmal gut sei, etwas in Ruhe zu lassen oder hatte er das gesagt, auf jeden Fall erinnerte sie sich, dass sie gesagt hatte, dass sei auch sowieso ein gutes Lebensmotto, er nickte lächelnd. Aber sogleich dachte sie für sich, dass ausgerechnet sie das sagen musste, denn gerade das war ihr doch in Bezug auf Nikolaj unglaublich schwergefallen.

Als sie abends im Bett lag, in ihrem Einschlafmodus war, dachte sie an die beiden Schweinehälften, die in der Waschküche hingen, wenn geschlachtet worden war und sie von der

Schule kommend durch die Waschküche nach oben in die Wohnung ging. Ja, daran erinnerte sie das Stück Holz auch, es sah aus wie ein aufgeschnittenes Schwein, wie die Innenseiten der Hälften oder auch die verletzliche Unterseite einer Katze, der Rücken war wie von einem Panzer „geschützt".

Dann stand sie nochmal auf und stellte den „Vogel" aufrecht, lehnte ihn in einer Fensterecke an, sogleich schien es ihr damit besser zu gehen, als es liegend zu sehen, was sie an den Tod erinnerte, den aufgebahrten Leichnam.

Sie dachte an die junge Frau im Haus, die ihren Vater verloren hatte, sie mochte ihn, sie war überhaupt ein Familienkind. Deshalb schrieb sie ihr eine Beileidskarte, die sie am nächsten Morgen in ihren Briefkasten warf.

Das Fundstück, das durch das Wasser geformte Stück Holz, verkörperte auch die Ruine, die die Beziehung mit Nikolaj hinterließ, die Ruine einer Leidenschaft, die Ruine einer Liebe, die Ruine einer gescheiterten Beziehung, in der die Ansprüche aneinander auseinanderliefen statt aufeinander zu, sich deckten.

Endlich hatte sie den entscheidenden Impuls, die Macht, die das Holz über sie gewonnenen hatte, zurückzuweisen. Es müsste umgekehrt sein, sie müsste sich des Stück Holzes, das bedrohliche, sie verschlingende Phantasien auslöste, bemächtigen, es sich Untertan machen, es sich unterlegen machen, mit ihm machen, was sie wollte und nicht umgekehrt. Sie glaubte zumindest, dass es sich so verhielt. Warum das Holz nicht anmalen? Ihre Scheu überwinden, dass es unangetastet bleiben müsste, nein, musste es nicht, sie konnte es mit ihren Lieblingsfarben anmalen, diesem gequälten Holz ein „Kleid" geben, ein „Gesicht". Aus dem passiven Erleiden hinaustreten in das aktive Gestalten, auf diese Weise ihre Angst vor dem Objekt bezwingen. War es das?

Am nächsten Tag gab sie sich einen Ruck, band ihre Malerschürze um und legte das Holz auf ihre Knie. Mit der linken Hand hielt sie es fest, (das Tier, den Vogel, damit er nicht wegfliegen konnte, das missliche Objekt, das sie in Angst und Schrecken versetzen konnte mittels ihrer Phantasien, die sie daran band) und mit der rechten benutzte sie vier Pinsel, denn vorerst malte sie nur mit vier Ölfarben. Sie begann mit dem offenen Schnabel, so empfand sie das aufgesprungene Holzteil, sie malte den Schnabel rot, wie einen roten Vogel Schnabel oder eine rote Enten Schnute oder wie den Mund einer Frau. Es folgte das blaue Auge, das sie später hellblau bis türkis malte, die Umrandung wurde weiß, es kam noch gelb und grün zum Tragen, aber alles in allem bemalte sie nur den Kopf, vorerst, den oberen Teil, den sie als

142

Kopf empfand, Auslöser war dafür der Schnabel und das Auge. Das musste es fürs erste gewesen sein. Sie wusch ihre Pinsel aus, denn heute wollte sie es dabei belassen. Sie hatte begonnen und den ersten Akzent gesetzt, das war das Wichtigste, dass sie in den Prozess eingetreten war.

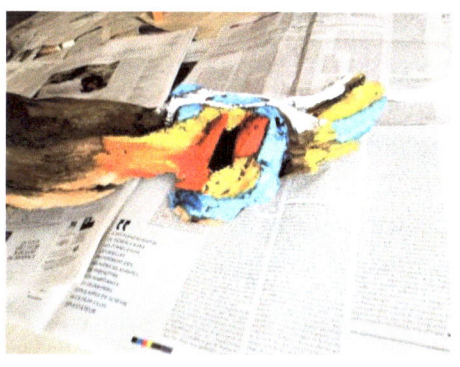

Sie fiel in einen tiefen Mittagsschlaf, konnte sich nicht dagegen wehren. Als sie wach wurde, dachte sie an die Widerstandskämpferin des 2. Weltkrieges Cato Bontjes van Beek, die in einem Traum ihren eigenen Tod vorhersah, das hatte sie gestern Nacht in der Radiosendung „Die lange Nacht" im Deutschlandfunk erfahren.

Die Gruppe nannte sich rote Kapelle. Sie druckten und verteilten illegale Schriften und Flugblätter, die zum Widerstand aufriefen. Cato wurde 1942 zusammen mit ihrem Vater verhaftet und am 18.1.1943 wegen Beihilfe zur Vorbereitung zum Hochverrat zum Tode verurteilt. Sie wurde mit 22 Jahren durch das Fallbeil mit 15 weiteren Verurteilten hingerichtet.

Sie war eines der Kinder aus den Worpsweder Familien in der Künstlerkolonie.

In der Nacht quälten sie aufs Neue Phantasien um das Stück Holz. Als sie sich vorstellte, den mittleren Teil des „Fundstücks" mit einem Hautton zu bemalen oder mit rosa, kam ihr wieder das gequälte Baby in den Sinn. Nein, sie wollte solche Phantasien nicht produzieren, wenn sie das Holz ansah, bemalt oder unbemalt. Deshalb stand sie in der Nacht auf, es war inzwischen ihr Geburtstag, es war vielleicht gegen halb zwei und band die Malerschürze erneut um, setzte sich und legte das Holz wieder in ihren Schoß, das sie mit der linken Hand festhielt und mit einem Lappen in der rechten Hand vom Öl befreite. Das war nicht so einfach, denn es war bereits in die Vertiefungen und Poren eingesickert. Wenn sie mit der Arbeit fertig wäre, würde sie es wieder in die Elbe werfen. Um das Öl an allen Stellen zu entfernen, musste sie schließlich zu einem Messer greifen. Sie hatte noch von ihren früheren Arbeiten mit Ton ein Tonmesser, dieses benutzte sie jetzt, und plötzlich war sie erstaunt, dass sie es gar nicht als schlimm empfand, in das Holz hinein zu schnitzen. Sie hatte das Gefühl, dass es gar nicht so war, dass man das nicht dürfte, doch, sie durfte und schnitt die bemalte Oberfläche Stück für Stück herunter. Schließlich ging sie auch in die Löcher und holte loses, zermürbtes Holz heraus, zuletzt schnitt sie auch am „Körper" die düsteren Oberflächen weg. Sie stutzte den Schnabel, holte Schmirgelpapier, das sie noch von ihren handwerklichen Arbeiten hatte, um die Spitzen abzustumpfen und loses Holz zu lösen. Es war eine Menge Arbeit. Sie arbeitete bis Viertel vor Fünf. Ihre Schürze war bereits voll mit den winzigen Spänen und auch auf dem Zeitungspapier auf dem Boden häuften sich die heruntergefallenen Holzabfälle.

Es war nicht fertig, aber es reichte ihr vorerst. Sie holte den Staubsauger, der jedoch einen auf dem Boden liegenden Lappen verschluckte und nicht mehr weiter saugte. Sie holte die Beschreibung, mit deren Hilfe sie den Staubsaugerbeutel auswechselte. Er war tatsächlich bis an den Rand voll. Sie legte einen neuen Beutel ein, damit ging er wieder und saugte alles auf. Bevor sie ins Bett ging, räumte sie noch so gut wie möglich auf.

Sie wusste immer noch nicht, ob sie das Holz nicht doch in die Elbe werfen würde. Wenn sie es behielte, müsste sie es noch weiter mit dem Messer bearbeiten. Aber wollte sie das?

Am nächsten Morgen, als sie sich die Bescherung besah, war ihr Eindruck, dass sie sich davon befreien wollte.

Es war ihr Geburtstag, ein kühler, regnerischer Novembertag. Sie würde ihre frühere Kollegin Han. zum Spaziergang treffen. Nikolaj würde ihr sicherlich keine Geburtstagsmail schicken, wahrscheinlich auch gar nicht daran denken.

Sie hatte das Holzstück in der Tasche, um es wegzubringen. Weil der Bürgersteig in der Straße, die sie nehmen wollte, eng war und eine Schulklasse sich drängte, nahm sie eine andere Route, auf der sie an einem Künstler vorbeikam, der Spielzeug aus Holz herstellte. Sie hatte vergessen, welches seine Nationalität war, aber er war für sie etwas schwierig zu verstehen. Er war ein fleißiger Typ, der unentwegt arbeitete und wie er ihr gesagt hatte, wahrscheinlich schließen müsste wegen Corona, aber dann ging es mit den staatlichen Hilfen doch weiter. Er war gerade hinter seinem Schaufenster und sie bedeutete ihm, dass sie ihn etwas fragen wollte. Er kam heraus, sie fragte ihn, ob er das Holz haben möchte, das sie aus ihrer Tasche herausholte. Er sagte, dass es ein schönes Holz sei, er würde es gerne nehmen, denn er stelle auch Bilder her und zeigte ins Innere des Ladens auf einen Rahmen an der Wand, in dem ein Holz Objekt zur Schau gestellt war.

Sie sagte, ja, er könne das „Fundstück" gerne haben und reichte es ihm, das er lächelnd und liebevoll an seine Brust drückte und sagte, er habe es gerne. Sie erschrak leicht, denn es war ihr als drückte er das misshandelte Baby liebevoll an sich. Sie war beglückt, dass die Geschichte mit dem Holz so geendet war.

Nachmittags erzählte sie dem Bildhauer die Geschichte und gab ihm das weiche Schmirgelpapier zurück, das er aufgerollt hatte, weil man dann damit in die Öffnungen komme. Er arbeitete an einer privaten Figur, weil er jetzt dazu viel Zeit habe, dennoch ließ er während ihres Gesprächs die Türklinke der Werkstatt Tür, die er geöffnet hatte, nicht los. Sie fühlte sich deswegen nicht wohl in ihrer Haut. Es vermittelte ihr den Eindruck, im Gegensatz zu den anderen beiden Malen, dass sie störe, nicht willkommen war. Sie sprach ihn auf seine private Arbeit an und er sagte, dass er vielleicht eine Ausstellung mache. Sie wollte ihm ihre E-Mail-Adresse geben, denn sie war interessiert, die Ausstellung zu besuchen. Er wehrte ab und sagte, dass es erst in einem Jahr sei, und alles sei noch unsicher.

Sie machte Anstalten zu gehen. Er bedankte sich dafür, dass sie ihm den Werdegang des Fundstücks erzählt hatte. Sie sagte zum Abschied „Machen Sie's gut!" In ihrem Rücken hörte sie dieses Mal nichts.

Sie holte sich einen Kaffee zum Mitnehmen und setzte sich damit auf eine Bank vor dem Bioladen, auf der ein Mädchen saß, das Schmalz Gebäck aß. Sie fragte sie, ob sie etwas von dem selbst gebackenem Knäckebrot möchte, dass ihre Kollegin, mit der sie am Vormittag einen Spaziergang unternommen hatte, ihr schenkte. Das Mädchen sagte zu ihrem Erstaunen erfreut Ja, und es schmeckte ihr und ihr. Sie fragte sie, ob sie sie fragen dürfe, wie alt sie sei, das Mädchen antwortete, 13 Jahre, aber in einem Monat würde sie 14. Sie sagte, dass sie dann genau auf den Tag einen Monat später Geburtstag hätte als sie, denn sie habe heute Geburtstag. Das Mädchen gratulierte ihr. Sie rechnete, in welchem Jahr das Mädchen 72 Jahre alt sein würde, so wie sie heute. Sie kam auf das Jahr 2078. Sie fragte sich, was das Mädchen bis dahin wohl alles erleben würde, sie selbst wäre dann unter der Erde und hätte das Licht der Welt schon lange nicht mehr erblickt. Aber diese Gedanken teilte sie dem Mädchen nicht mit, deren Mutter auch gerade aus dem Laden kam. Das Mädchen ging mit der Mutter gemeinsam fort, sie hörte, wie die Mutter sie fragte, ob sie sich nett unterhalten hätte? Die Antwort des Mädchens hörte sie nicht.

Tatsächlich rief abends ihr Sohn an, das hatte sie sich von ihm zum Geburtstag gewünscht. Sie fragte ihn, ob das wirklich er sei, der das französische Chanson für sie gesungen und eingespielt hatte und ihr als mp3 link schickte. Sie konnte es kaum glauben, denn seine Aussprache, seine Intonation, das Lied mit seiner Dynamik war so wunderbar gesungen und gespielt mit Ukulele, Gitarre und Mundharmonika, dass sie wirklich perplex war. Er sagte, dass er wochenlang immer, wenn er Zeit hatte, sich diesem Lied gewidmet hätte. Zunächst habe er es auf Deutsch übersetzt, dann wieder die französischen Wörter gelernt und die Aussprache und immer wieder aufs Neue, bis er es drauf hatte und ihr sogar im Telefongespräch in einem perfekten Französisch eine Zeile zitierte: „Mais je suis revenu ce soir pour le plaisir de chanter": Doch bin ich heute Abend für das Vergnügen des Singens zurückgekehrt.

Die Sache war die, dass er keine Liebe zum Französischen hatte, das hatte seine Französisch Lehrerin verhindert, er konzentrierte sich aufs Englische und war darin ein Profi geworden. Aber um ihr eine Geburtstagsfreude zu bereiten, hatte er sich das Lied vorgenommen. Ihr Sohn schrieb ihr in einer mail, dass er vor 35 Jahren im Radio einen französischen Sänger namens Julien Clerc hörte, der ihn interessierte. Ihr damaliger französischer Freund kaufte ihm ein Live Album, auf dem dieses Lied war. Die Melodie habe ihn begeistert, vor allem das mitsingende Publikum, aber er habe nichts verstanden. Daher hätte er den Freund und sie gebeten, ihm zu sagen, worum es ginge. Jedoch sei das wohl nicht so einfach gewesen, wenngleich der Freund ein Franzose war. Aber die Aussprache Clercs sei mit Apostrophs gespickt gewesen. z.B. „quleque chose que je peux pas faire" wurde bei ihm „quéqu'cho'j'peux pas faire". Dieses Mal hatte ihr Sohn die Übersetzung in die Hand genommen. Sie selbst konnte damals nur wenig Französisch.

Das Lied hieß « travailler c'est trop dur » :

Arbeiten, das ist zu hart und Stehlen nicht schön, die Wohlfahrt fragen, das ist eine Sache, die ich nicht machen kann, die mir nicht liegt.

Jeden Tag fragt man mich, wie ich lebe. Ich sage, ich lebe von Liebe, und ich hoffe, alt zu werden.

Ich nehme meine Violine und meinen Bogen, und ich spiele meinen alten Walzer, um meine Freunde zum Tanzen zu bringen.

Ihr wisst, liebe Freunde, das Leben ist viel, viel zu kurz.

Ich mache fast jeden Abend Musik, ich bin überall und in der Whisky Bar.

Manchmal, weißt du, würde ich gerne loslassen und weggehen, aber ich bin heute Abend zurückgekehrt, um des Vergnügens des Singens wegen.

1977 veröffentlicht von Richard Zachary, der Ursprung dieses Liedes jedoch liegt bei dem Farmer aus Louisiana mit Namen Caesar Vincent.

Was aus dem damaligen französischen Freund geworden ist, wusste sie nicht. Es lag 35 Jahre zurück. Die Spuren hatten sich verloren. Er war jemand, der unglücklich war, ein Außenseiter, der es nicht verstand, sich ein Stück Kuchen zu nehmen, er ließ stets anderen den Vortritt und war immer auf der Seite der Elenden. Er war ein begnadeter Sänger, aber er sang die Chansons, die er liebte, nur selten und leise. Er las ein Buch über den von ihm verehrten Mahatma Gandhi, das ihn begleitete, auch ein Buch von Georges Simenon, das er bei ihr zurück ließ, dem Autor der Maigret Kriminalromanen, der über sein Leben und über seine Beziehung zu seiner Tochter Marie-Jo, die sich 1978 erschoss, schrieb und ihre Aufzeichnungen mit in dem Buch veröffentlichte: „Mémoires intimes suivis du livre de Marie-Jo". Sie bedauerte, dass sie das Buch nicht mehr hatte, aus dem sie sich Marie-Jos Gedichte laut vorlas.

Sie holte die übermalten Portraits vom Balkon herein, denn draußen war es jetzt oft regnerisch, nass. Sie stellte die beiden Portraits an die Heizung und würde sie kurz über lang hinter andere Bilder stellen. Sie hatte überlegt, sie zu zerstören, aber das lag ihr fern. Sie konnte sie übermalt und hinter anderen Bildern gut ertragen.

Gratuliert hatte Nikolaj ihr nicht. Das war auch klar. Sie hatte es sicherlich insgeheim gehofft, aber es war besser so wie es war, dass es zu Ende war.

Als sie morgens erwachte, sah sie Nikolaj vor sich wie er die Arme kreuzte, um ihr, die in der Straße auf ihn zuging, das allererste Mal, zu bedeuten, dass sie ihn nicht umarmen, nicht berühren sollte. Als sie ihn später einmal darauf ansprach, war er irritiert, denn er konnte sich daran nicht mehr erinnern. Sie deutete seine Geste so, dass er Angst bekommen hatte, er wollte sein Vergnügen, aber er wollte nicht, dass man zufällig entdeckte, dass er ein solches Begehren hatte.

Sie fuhr ins Café. Joa. machte ihr ihren Kaffee zum Mitnehmen und bat sie darum, ihren Brief an die öffentliche Rechtsberatung zu korrigieren. Sie hatte Joa., die auch wenig Geld hatte, empfohlen sich an die ÖRA zu wenden, denn der Vermieter ihrer Wohnung wollte für vier Monate Geld statt für drei. Sie hatten fristgerecht 3 Monate vorher gekündigt, und sie würden natürlich noch die Miete bezahlen, aber er wollte, dass sie auch noch für einen vierten Monat bezahlten. Ein Rechtsanwalt zu bezahlen, war zu teuer, deshalb empfahl sie ihr, zur ÖRA zu gehen, wenngleich sie selbst erfolglos geblieben war, als sie sich an sie gewandt hatte, als die GEZ 700€ von ihrem blinden Sohn forderte, als er aus Dublin nach 5 Jahren zurückkehrte. Er war immer befreit gewesen von den Fernseh- und Rundfunkgebühren durch den Blindenbescheid, den die GEZ auch vorliegen hatte und den sie stets neu vorlegte bzw. an sie schickte. Sie war sich sicher, dass sie, als sie seine Wohnung in Hamburg auflöste, ihnen dieses selbstverständlich mitteilte. Sic behaupteten jedoch, dass sie einen solchen Brief nie bekommen hätten. Ein Jahr lang ging die Korrespondenz mit der verantwortlichen Stelle in Rostock, aber sie waren gnadenlos und unerbittlich, er musste zahlen, obwohl er die fünf Jahre gar nicht in Hamburg war und hier keinen Wohnsitz hatte, sondern in Dublin gemeldet war.

Auch Arbeitslosengeld wurde ihm bei seiner Rückkehr verweigert, obwohl er in Irland fünf Jahre Vollzeit gearbeitet hatte und vorher in Hamburg 10 Jahre Vollzeit. Aber in Bonn sagte man ihr, er hätte bei seiner Rückkehr sofort eine Arbeit annehmen müssen, und sei es nur für ein paar Tage, z.B. eine Arbeit hinter dem Tresen einer Kneipe. Sie raufte sich die Haare….

An der Elbe war es kalt aber sonnig, es waren viele Leute der Sonne gefolgt. Es wurde ihr zu voll, und sie ging wieder zurück. Ein Liedfetzen kam ihr in den Sinn: „nothing left to leave". Das galt wohl ihrer Geschichte mit Nikolaj, von der nichts mehr blieb, was sie noch verlassen könnte.

Dieses Mal nahm sie weder einen Stein von der Elbe mit, noch ein Stück Holz, dafür aber ein Lächeln, das ihr ein Spaziergänger schenkte. „Morgen", sagte er etwas verschämt, sie blickte lächelnd von ihm auf den Hund, weil der vor ihr stehen geblieben war und sie mit großen Augen anschaute, er hatte ein weiches Fell und lange Schlappohren, als wenn es eine Haar Frisur mit mittellangen Haaren wäre. War das überhaupt sein Hund? Es liefen so viele herum. Sie meinte, dass ihr der Mann schon begegnet war, aber mit einem anderen Hund, der mehr einem Straßenköter glich. Auch mit ihm hatte sie sich gegrüßt. Also sie wusste nicht mehr, welcher Hund zu wem gehörte und welcher Mann derselbe war oder ein anderer.

In der Nacht wachte sie auf und sah wie sie panisch in der schwarzen Erde ein Loch mit ihren Händen grub, die Erde mit ihren Händen hinauswarf. Hatte sie geträumt? Was suchte sie? Sie förderte eine Puppe zu tage, die ihr genauso rätselhaft war wie ihre Aktivität. Sie erinnerte sich daran, dass sie einmal ein Versgedicht geschrieben hatte, es ging um ein Elternpaar, dass seine Kinder in der Erde vergrub und einem Interviewer oder Interviewerin antwortete. Sie konnten es nicht ertragen, wenn die Kinder Kinder waren und lebendig herumspielten, -tollten, sprachen, sangen. "Die Ermordung von drei Töchtern" hieß der Text, den Rasha hervorragend fand und zutreffend. Hingegen würde er die Allgemeinheit wohl eher erschrecken, wenngleich man ja viele solcher abartigen Geschichten hörte, immer mal wieder erregten sie Aufsehen in den Medien und Fassungslosigkeit bei der Bevölkerung. Aber die Verzweiflung war tief bei vielen, wenn auch verdeckt und versteckt.

Sie lag wach und sinnierte über diesen Traum, als ihre Gedanken zu ihrem Elternhaus in der damaligen DDR führten bzw. noch war es ja Mecklenburg gewesen, aber schon abhängig von der sowjetischen Direktive. Sie erinnerte sich, dass sie nach der Wende mit einer damaligen Bekannten hinfuhr und bei den Bewohnern klingelte, die sehr nett waren und sie reinließen. Ein äußert dicker, noch junger Mann hatte neben der Eingangstür gesessen. Merkwürdigerweise erinnerte sie sich überhaupt nicht daran, wie es drinnen aussah, wahrscheinlich, weil sie gleich zum Hinterausgang geführt wurde, denn sie hatte die Scheune sehen wollen, die sie groß und leer vorfand. Sie erinnerte, dass sie von allen Seiten das Haus und das Grundstück fotografierte, auch die Scheune. Im Inneren hatte sie keine Aufnahmen gemacht, da es zu intim war. Jedoch erschrak sie sich, als sie zu Hause den Film rausnehmen wollte, dieser jedoch gar nicht weiter transportiert hatte. Sie hatte das Gefühl, dass es nicht hatte sein sollen, denn schon lange vorher, als sie dabei war, ihre Erfahrungen, die sie in dem Haus als Baby und Kleinkind gemacht hatte, einzutippen, brannte plötzlich ihr damals erster Atari Heim Computer, weil eine brennende Kerze, die neben oder hinter dem Atari stand, unbemerkt umgefallen war. Schon das empfand sie als Hinweis, dass sie dieses Haus in Ruhe lassen sollte, statt sich mit angeblichen Erinnerungen, die ihre Gefühle ihr suggerierten, zu beschäftigen. Tatsache war doch, dass sie sich gar nicht erinnern konnte, an jene Zeit als Kleinkind.

Wahrscheinlich hatte ihre Mutter oder ihre Schwester den Bewohnern gekündigt. Ihre Schwester, die das Haus von der Mutter geschenkt bekam, renovierte es aufwendig. Sie hatte es zufällig erfahren, als sie ihm Internet das Haus zum Verkauf angeboten fand mit der Beschreibung einer modernen Ausstattung. Weder ihre Schwester noch ihre Mutter hatten sie darüber informiert. Sie war plötzlich auf die Idee gekommen, mal im Internet nachzusehen, denn sie wusste ja, dass ihre Schwester das Haus bekommen hatte, weil diese einen Mann hätte und sie nicht, wie ihre Mutter gesagt hatte. Da sie sich nicht vorstellen konnte, dass diese dorthin zöge, vermutete sie den Verkauf.

Sie war nicht lebenstüchtig, da hatte die Mutter vielleicht recht.

Sie war nochmal nach Schwerin gefahren mit dem Zug, dann nach Parchim und wollte von da aus mit dem Bus in das Dorf. Aber es fuhr kein Bus! Denn das Dorf war so klein, dass sich ein Busverkehr nicht lohnte. Jedenfalls nicht in der Ferienzeit. Es waren ungefähr 30 Kilometer hin und zurück. Unter den gegebenen Umständen fuhr sie mit dem Zug wieder zurück. Ihre Annäherung an das Haus war zum dritten Mal gescheitert.

Sie hätte nicht gedacht, dass all das noch einmal in ihr hochkäme, zumal der Künstler, der

Kinderspielzeug herstellte, das „misshandelte" Baby an sein Herz gedrückt hatte und sagte, dass er es gern hätte, aber natürlich meinte er das Holz, er wusste ja nichts von dem Baby. In ihrer Phantasie lagerte vieles über-, unter- und durcheinander.

Eins führte offenbar zum anderen. Aber ob sie die richtigen Knotenpunkte verbunden hatte, wusste sie nicht, sie konnte auch falsche Zusammenhänge hergestellt haben. Deshalb begann es ja immer wieder von vorne, verknüpften sich bei jedem weiteren Mal andere Ereignisse miteinander.

Bei jedem ihrer Elbspaziergänge wie auch dem von heute Morgen traf sie auf Hunde, die ein Loch buddelten, sie waren mit Feuer und Flamme dabei, der Sand spritzte nur so aus dem Loch heraus, so dass man ihnen ausweichen musste. Vielleicht hatte sie dieses Bild mit in den Traum genommen. Nur, dass sie im Traum nicht im hellen Sand gebuddelt hatte, sondern in rabenschwarzer Erde und eine große Puppe zu Tage gefördert hatte.

Am Café, wo sie sich ihren Kaffee zum Mitnehmen holte, bevor sie zur Elbe fuhr, sprach sie mit einem Mann, der auch Kaffee geholt hatte. Eine bettelnde Frau hielt mit ihrem Fahrrad an und bat um Kaffeegeld, er gab ihr einen fünf Euro Schein, obwohl er wegen Corona in Kurzarbeit war. Er sagte, dass er in der Veranstaltungsbranche tätig sei und nicht leiden müsste, denn er hätte schon gut Geld bekommen, und sie würden im November nochmals viel Geld bekommen.

In der Nacht war ihr eingefallen, dass es in dem Song nicht „leave" (ver/lassen) sondern „lose" (verlieren) heißen musste, denn sie sang lautlos den Song von Janis Joplin „Me and Bobby McGee", die mit rauer, kratziger, anschwellender Stimme schreit und kreischt, aber auch leise und traurige Töne anschlägt: „…freeddom's just another word for nothin' left to lose….." Freiheit ist nur ein anderes Wort dafür, dass nichts mehr bleibt, um es zu verlieren.

Zwischen Bobby und Janis kommt es zur Trennung, sie lässt ihn gehen, denn er möchte ein normales Zuhause. Dann ist sie alleine und sagt, …"Nothin' that's all that Bobby left me,…" Nichts, das ist alles, was Bobby mir gelassen hat."

In der Nacht konnte sie nicht schlafen und hörte wie meistens, wenn sie nicht schlafen konnte, die 3 stündige Radionacht im Deutschlandfunk. Es ging um die Nürnberger Kriegsverbrecher Prozesse, die am 20. November 1945 begannen. Zum ersten Mal hörte sie die faszinierende und engagierte, klare Stimme von Erika Mann, der Schwester von Klaus Mann, der sich 1949 in Cannes an der Côte d'Azur das Leben nahm und auch dort begraben liegt. Erika Mann wohnte als

Journalistin dem Prozess bei und berichtete von dort. Ihr Vater, der Nobelpreisträger Thomas Mann, erhielt den Preis 1929 für „Die Buddenbrooks", erschienen 1901.

Lion Feuchtwanger, Franz Werfel, Thomas Mann, Herman Kesten, Stefan Zweig, Alma Mahler-Werfel, Bertold Brecht und viele andere lebten befristet im Exil in Sanary-sur-Mer im Dèpartement Var, Region Provence-Alpes-Côte d'Azur, die Hauptstadt der deutschen Literatur wie der jüdisch-deutsche Philosoph und Schriftsteller Ludwig Marcuse bemerkte. Ein Zuhause auf Zeit, Thomas Mann etwa blieb von Juni bis September 1939 bevor er in die Schweiz ging, von dort in die USA und wieder zurück in die Schweiz.

Sie wusste nicht, warum sie einen dunklen Trog sah, eine Krippe, einen Schweinetrog, eine Wiege. Es war Wasser darin. Ein Baby wurde von einer dunklen Hand und dunklen Gestalt im dunklen Gewand ertränkt. Sie sah mehrere von diesen schrecklichen Bildern und schämte sich dieser fürchterlichen Phantasien. (Leichenberge aus dem Dokumentarfilm, der bei den Nürnberger Prozessen gezeigt wurde?)

Auch Freuds Tochter Anna, bekam ein Handtuch und wurde zur „Badeanstalt" (Gaskammer) geschickt, bevor sie mit dem Zug zurückfahren dürfe…..

Sie sah jedoch heute Morgen auch ihre Mutter, die sie als Baby windelte. Sie machte es schnell und (s)h(m)erzlos, sie war überlastet, es war eine Pflichterfüllung. Sie sah auch sich selbst, die ihren Sohn wickelte und auch ihre Mutter, die ihn wickelte und mit ihm, dem Baby, scherzte.

Im Radio sprachen sie mit Eltern eines mehrfach behinderten Kindes, mit dem sie nur über Blickkontakt kommunizieren konnten und über ein Tablet des Kindes, das vorgefertigte Antworten zu seinen Stimmungslagen geben konnte.

Sie war auf dem Rückweg vom Café, in dem sie Joa. getroffen hatte und ihr sagen konnte, dass ihre Übersetzung ins Deutsche mittels deepL perfekt war. Joa. wollte es ausdrucken und mit zur Rechtsberatung nehmen. Sie hatte in dem Brief ihr Problem mit dem Vermieter geschildert.

In ihrer Straße sah sie einen neu eröffneten Laden, sie ging näher heran, obwohl die Werbung „Frisches Wildfleisch" sie bereits abschreckte. Aber wie schrecklich war das denn, im Schaufenster hing doch tatsächlich ein Gemälde mit einem liegendem (erlegten?) Tier, dessen Auge sie anblickte, das Gewehr stand aufrecht gestellt daneben. Waren die Leute verrückt geworden? Sie hatten geschrieben, dass es besser sei als Bio. Direkt vom Jäger, der das Reh erschossen hatte, den Hirsch, das Wildschwein. Eine Frau mit zwei Männern, die spazieren gingen, waren auch stehen geblieben und sahen das anders, einer der Männer jedoch war ihrer Meinung.

Im Bus las sie in der le Monde vom 20.11.20 über den in Polen geborenen, französischen, jüdischen Schriftsteller und Filmemacher Robert Bober, der inzwischen 89 Jahre alt war und ein Buch herausgegeben hatte mit dem Titel „Par Instants, la vie n'est pas sûre": Es gibt Augenblicke, in denen das Leben nicht sicher ist.

Er hatte auch 1993 das Preis gekrönte Buch" Quoi de neuf sur la guerre": Was gibt's Neues vom Krieg? herausgegeben, das ihr Sohn ihr damals zum Geburtstag schenkte, denn er hatte eine Rezension im Radio gehört. Es ging um eine Schneiderwerkstatt, in der sich 1946 nach dem Krieg die dort Beschäftigten „von geretteten Leben" in einem ja fast humorvollen Ton erzählten.

Auf ihrem Rückweg kam sie wieder an dem Spielzeugladen vorbei. Sie fragte sich, ob der Künstler, der ehemals ein Goldschmied war, schon ein Spielzeug aus ihrem Holz-Fundstück gewerkelt hatte oder ein Bild hergestellt und gerahmt hatte. Sie trat aber nicht an das Schaufenster heran, um ins Innere des Ladens hineinzusehen.

Sie war müde, sehr müde. Sie fragte sich, ob ihre Nächte jemals wieder anders würden, sie durchschlafen ließen und sie nicht auf Tauchstation ins Unbewusste schickten. Und die zu Tage geförderten Fundstücke sie dann tagsüber und länger verfolgten. Ihr Unbewusstes meldete sich inzwischen auch tagsüber, ließ sie einfach nicht zur Ruhe kommen, floss einfach ohne zu fragen in ihr Bewusstsein mit Fundstücken aller Art. Auch dass es sich vielfach bedrohlich anfühlte, müsste sie wohl so hinnehmen.

Sie dachte an die Melodica, die sie heute gehört hatte, als sie sich in Ottensen einen Kaffee zum Mitnehmen geholt hatte. Wer spielte noch so ein Instrument?, das eigentlich kein „echtes" war, sondern wohl eher ein Übungsinstrument für Kinder. Zunächst erkannte sie es gar nicht als Melodica, sah auch den Spieler nicht, war aber angezogen von der Melodie, die er darauf spielte. Ihr Sohn sagte, dass er eine Melodica langweilig fände. Das mochte sein, aber sie war dennoch angezogen von dem seltsamen Klang, dem sehnsüchtigen Lied, das zu der Stimmung in der Fußgängerzone passte, die normalerweise voll war, doch an diesem Tag mit den geschlossenen Geschäften und geschlossenen Cafés war sie nur wenig belebt. Manche setzten sich mit ihrem Kaffee zum Mitnehmen auf Steinklötze, aber die meisten gingen langsam und doch rastlos hin und her oder ziellos irgendwohin. Diese Ziellosigkeit passte zur Corona Zeit, die manche Menschen mürbe machte, traurig, hilflos, aber doch waren alle froh, dass sie noch einen Kaffee zum Mitnehmen bekamen, Musik hörten, auch wenn es nur eine Melodica war, die gespielt wurde.

Der in weiten Hosen gekleidete Spieler blies in einen Schlauch und hatte die Melodica, deren Tasten er mit seinen Fingern bediente, auf den Knien. Neben ihm stand ein Rucksack. Er bekam einiges Geld, sie gab auch. Sie wusste nicht zu sagen, was die Melodie, auf der Melodica gespielt, transportierte, aber sie passte zu der Leere, zu den kreischenden Möwen, dem zwittrigen Licht, denn der Tag nahm ab, das Tageslicht. Es konnte nur von einer zerstörten Liebe erzählen, einer verlorenen, von einem Krieg, der Zerstörung hinterließ, eine Wüste, eine Leere, die verlorene Liebe, die wie ein Kleidungsstück ohne Körper auf dem Boden lag oder wie ein lebloser Körper, aus dem das Leben ausgehaucht war.

Sie war deprimiert, dass sie am nächsten Morgen schon wieder mit einem Bild aufwachte, das sie entsetzte, denn es war eine erhängte Person. Sie überlegte, aber sie fand zunächst keine unmittelbaren Erfahrungen. In ihrer Jugend hatte sich ein Nachbar erhängt, in seiner Familie gab es ständig Streit, die Stimmen drangen durch das

Gemäuer. Eines Tages hing der Familienvater im Schweinestall, der an den ihrer Eltern grenzte, in dem auch die Hühner untergebracht waren, weshalb sie oft frische Eier herausholte. Der Streit mit der Mutter ging weiter. Die mit ihrem erwachsenen Sohn fortan alleine lebte, denn er zog nicht aus, so alt er auch wurde.

Es gab eine jüngere, ihr unbekannte Person auf der anderen Straßenseite ihrer jetzigen Wohnung, die sich vor vielen Jahren auf dem Dachboden erhängt hatte.

Und ja, es fiel ihr nach ein paar Stunden ein, dass es in ihrer Jugend jemanden gab, den sie gerne zum Freund gehabt hätte, aber es klappte mit ihnen nicht. Er ging nach Berlin, wo er eine Freundin fand, die ihn jedoch verließ. Daraufhin erhängte er sich. Als sie ihn kennen lernte, hatte er bereits einen Suizidversuch hinter sich. Natürlich gab es eine lange Vorgeschichte.

Vielleicht hatte sich das Bild des erhängten, verlassenen Menschen eingestellt, weil sie auch eine Verlassene war und die Wunden noch nicht geheilt. Sie wollte sich jedoch keinesfalls erhängen, sie wollte durchhalten, bis sie darüber hinweg war. Sie zog es deshalb vor, diese Bilder der Verzweiflung auszuhalten.

Es folgte ein schwarzer, lebensmüder Tag. Aber in der Nacht, als sie aufwachte und das Bild mit der erhängten Person wieder vor ihr stand, löste sich nach geraumer Zeit ihre Schockstarre auf, und sie bemächtigte sich der Person in dem Bild. So wie sie es schon mit dem Holzstück, dem „Fundstück", getan hatte, nahm sie an ihm Veränderungen vor, die sie auf eine weite Gedankenreise führten. Sie begann mit einem großen, einfachen, dunklen Schlüssel, den sie in der Jackentasche der Person, die sich erhängt hatte, fand. Zunächst war sie ratlos, aber dann wusste sie, dass es der Schlüssel für die Tür zum Schweinestall war, in der auch die Werkbank ihres Vaters gegenüber den Schweinen stand. Sie sah ihren Vater in einer tiefblauen Arbeitsjacke. Er sah sie mit seinem schiefen Mund an, sie hatte nie herausgefunden, woher er den schiefen Mund hatte. Sie glaubte sich zu erinnern, dass ihre Mutter, als sie nachfragte, von einer Kriegsverletzung sprach, sie hatte jedoch eine Fotografie gesehen, da war er noch ein Junge, zwischen 12 und 15 Jahren maximal, und konnte noch keinen Krieg erfahren haben. Da ihr Vater einmal erzählte, dass er von zuhause geflohen sei, weil er das „Donnerwetter" seiner Mutter nicht mehr aushielt, nahm sie an, dass es eine gewaltsame Auseinandersetzung gegeben haben musste. Außerdem sah er auf dem Foto aus wie jemand der resigniert hatte, sich untergeordnet hatte, weil er keine andere Wahl sah.

Sein Haar war grau, ausnahmsweise sah sie ihn ohne Hut. Er war nicht gerade erfreut, dass sie sich von ihm einen Lampenständer gewünscht hatte, aber tatsächlich nahm er die Arbeit auf sich und drehte für sie den Stahl zu einem dreifüßigen Fuß, in dessen Mitte ein Bambusrohr kam, durch das das Kabel geführt wurde, darauf wiederum kam das Lampenschirm Gestell, auch das hatte der Vater, so meinte sie zumindest, hergestellt, welches sie mit einem selbst bedruckten Stoff bezog. Sie hatte dafür ein Muster in Linoleum geschnitten, auf das sie die Druckerfarbe mit einer Walze verrieb, um es dann auf den Stoff zu pressen. Den Vorgang wiederholte sie so oft, bis der ganze Lampenschirm Stoff bedruckt war. Sie erinnerte sich nicht, ob sie ihrem Vater gegenüber genügend Dankbarkeit gezeigt hatte, hinderlich war, dass er es ungern getan hatte, weil er nicht gerne Zeit für sie verschwendete, für etwas Sinnloses. Aber es musste noch vor ihrer Entzweiung mit ihm gewesen sein und sie glaubte deshalb, dass sie ihm ihre Freude gezeigt hatte.

Es erinnerte sie an die Bastelarbeit, die sie gerade für ihren Sohn und seine Freundin herstellte, eine große Pappe, auf der sie verschiedene, fühlbare Weihnachtssymbole klebte wie einen Hirsch, Weihnachtsbäume, Sterne, an den Rändern klebte sie eine kuschelige Borte, die Schnee suggerieren könnte. Auf einer zweiten Pappe klebte sie Knöpfe, die die Punkte des Blindenschrift Alphabets repräsentieren sollten. Wenn sie fertig wäre, hieße es: Frohe Weihnachten und viel Glück im neuen Jahr. In das Paket kämen dann natürlich noch Geschenke wie zum Beispiel Körperbutter, die sie mochten. Natürlich war ihre Bastelei nicht vergleichbar mit der Arbeit ihres Vaters.

Sie hatte ihrer Schwester geschrieben, dass es kalt geworden war. Ihre Schwester schrieb in ihrer Antwort, dass sie und ihr Mann es sich am Kamin gemütlich machten. Sie fragte, ob er mit Holz gefüttert würde und ob er im Wohnzimmer stehe, aber das beantwortete sie nicht.

Ihre Schwester hatte immer einen sicheren Platz im Elternhaus und wurde unterstützt, hingegen hatte sie das Gefühl, dass sie herumgeschubst wurde und letztlich vertrieben. Aber vielleicht war es gar nicht so, obwohl sie diese Gefühle hatte. Insbesondere, dass ihre Mutter in den drei Wochen im Krankenhaus vor ihrem Tod nicht ein einziges Mal nach ihr gefragt hatte oder einen Gruß ausgesprochen hatte, bestärkte in ihr das Gefühl von ihr verlassen worden zu sein, von ihr tot geschwiegen worden zu sein. Ihre arme Mutter, sie wusste und konnte nicht anders, trotzdem war es deprimierend, dass ihre Mutter nicht an sie dachte, gedachte hatte, aber vielleicht würde sie sagen wie Nikolaj, auch wenn ich dir nicht schreibe oder mit dir spreche, bedeutet das nicht, dass ich nicht an dich denke.

In Paris hatten 300 junge Leute an einem versteckten Ort gefeiert, die meisten ohne Abstand zu halten und ohne Masken zu tragen.

In Deutschland hielten sich die Infektionszahlen auf hohem Niveau. Aber die allermeisten Leute kümmerte es nicht. Im ersten strikten lock down hielten sie tatsächlich Abstand, aber jetzt im lock down light war es, als gäbe es Corona nicht. In den Bussen wie in den Straßen. Es gab Jogger, die rotzten neben einem aus und pusteten ihren Atem frei heraus, wenn sie dicht an einem vorbeiliefen. Die Spaziergänger waren nicht anders, sie gingen ohne Abstand zu halten und plauderten, was das Zeug hielt ohne daran zu denken auszuweichen. Deshalb wich sie aus und ging auf den Straßen, was nicht ungefährlich war, denn da schnellten die Autos wie vor der Pandemie. Sie hatte sogar den Eindruck, dass es immer mehr wurden, sie bekamen ja jetzt auch 9.000€ für ein neues E-Auto.

Im Haus begegnete sie ihrer Nachbarin, die ihre Wohnung vis-a-vis hatte. Sie trug einen Pullover mit einer großen, lächelnden, aufgenähten Katze. In ihrem aufgesteckten, schwarz gefärbten Haar hatte sie weiße Perlen verteilt. Sie kam vom

Dachboden, wo sie die Weihnachtsdekoration geholt hatte. Sie war 85 Jahre, ihr Mann ging auf die 90 zu. Sie sagte, sie wollten es sich schon in der Adventszeit schön machen. Weihnachten würden sie bei der Familie ihres Sohnes sein. In der Hand hielt sie eine transparente Plastiktüte mit einem großen Weihnachtsbaum, einen halben Meter groß, wenn nicht mehr, der dicht mit glänzenden, bunten Weihnachtskugeln bespickt war.

Sie stellte das Bild der nackten Frau weg, das Kapitel war nun auch vorbei. Sie stellte es hinter eine große, abstrakte Malerei, sie war der Weg, auf dem sie weitergehen würde.

Sie besuchte C. in ihrer neuen Wohnung. Die Wohnung lag parterre, also unter ihr der kalte Keller. Sie lag an einer sehr lauten Straße, aber die Fenster ließen keinen Laut hindurch. C. hatte die Gardinen einiger Fenster zugezogenen, damit von draußen die Einsicht versperrt war. Sie wusste nicht warum, aber sie spürte eine große Beklemmung. Als sie schon wieder gegangen war, ließ sie das erdrückende Gefühl zu, so stellte sie fest, dass sie Angst vor einer Vergewaltigung hatte. Dass C. vielleicht in dieser Erdgeschosswohnung, die ihr wenig geschützt vorkam, vergewaltigt würde oder dass die Vormieterin vielleicht ausgezogen war, weil sie dort vergewaltigt worden war. Es schien ihr eine Übertragung ihrer eigenen Ängste vorzuliegen, die Wohnung zu ebener Erde löste in ihr diese Ängste aus. C., würde dort noch alleine wohnen, bis sie eine Untermieterin für das möblierte Zimmer gefunden hätte. Sie verband ihre Situation mit Schutzlosigkeit, als wenn sie permanent bedroht würde und beobachtet in dieser von allen Seiten einsehbaren ErdgeschossWohnung.

Es erinnerte sie später an Nikolaj, der sie nicht vergewaltigt hatte, aber sie fühlte sich in seiner Gewalt. Zufällig hatte sie in einer E-Mail das Bild seines Portraits wiedergefunden. Sie sah nur die Augenpartie und klickte es sofort weg, später löschte sie es. Sie sah es sich nicht an, aber was sie gesehen hatte, war dieser überhebliche Blick, der triumphierte und siegesgewiss auf sie herabsah, sich diebisch daran erfreute, dass sie in seiner Hand war, von ihm abhängig, er hatte Macht über sie und konnte alles mit ihr machen. Die Tür war abgeschlossen. Sie war gefesselt. Er hatte sie an einen Stuhl gefesselt und vielleicht hatte sie sogar noch einen Knebel im Mund. Natürlich war davon nichts wahr, aber so fühlte sie sich ihm gegenüber, das kleine Mädchen.

Eine Welle der Empörung durchströmte sie und setzte so viel Aggressionen frei, dass sie wieder aus dem Bett aufstand und die übermalten

Portraits, die sie hinter andere Bilder gestellt hatte, hervorzog und zerstörte.

Zuerst seinen skizzierten, überheblichen Kopf auf der Pappe, sie knickte sie mehrmals und schnitt sie dann an den gefalteten Stellen durch. Die Leinwand löste sie vom Rahmen und schnitt diese auch mehrmals durch. Morgen würde sie alles wegbringen. Sie wollte den Kerl nicht mehr in ihrer Wohnung haben, kein Stück von ihm, noch nicht einmal seine übermalten Portraits. Sie war froh, dass sie es geschafft hatte, sich auch von dem schwarzen Rest zu befreien, loszulösen.

Es erinnerte sie an damals, als sie von Knut verlassen wurde und auch alles zerstörte, die Zeichnungen und Köpfe, die sie von ihm gemacht hatte. Doch nahm damals das bedrückende Gefühl noch weitere Ausmaße an, denn sie entledigte sich zur selben Zeit auch aller Fotos ihrer Herkunftsfamilie, fast aller Fotos von sich und ihrem Sohn, von Freunden. Vorher nahm sie in einer Art Zeremonie „Abschied". Es war wie eine Beerdigung, denn sie stellte zwischen den auf dem Fußboden ausgebreiteten Fotos Teelichter auf, die sie auch anzündete. Es war schon verrückt, was sie sich hatte einfallen lassen, um mit ihren familiären und partnerschaftlichen Beziehungsproblemen klar zu kommen.

Sie war der Meinung, dass ihr Handeln richtig gewesen war, denn die Last war zu erdrückend. Andere Menschen befreiten sich auf andere Weise der Lasten, die auf ihnen lagen, die sie erdrückten, sie hatte diesen Weg gefunden. So ergab es einen Sinn, dass sie von zu Hause weggegangen war, weg aus der Stadt, weg, weit weg, obgleich sie auch in der Ferne noch die Erdrückung, den Würgegriff spürte, die „Vergewaltigung". Sie entledigte sich des Materiellen. Gewiss, es blieben Erinnerungen an die Fotos, aber das war weniger schlimm.

Vielleicht müsste es nicht so sein, dass sie sich in einer Beziehung gefangen fühlte, es schien ihr, als wäre das gekoppelt an die Tatsache, dass der andere von ihr zu viel Anpassung verlangte, dass sie zu wenig bekam, was ihr guttat, was für sie wichtig gewesen wäre.

Nun begleitete sie M., die gerade jemanden auf einem Dating Portal kennen gelernt hatte, sie sagte, die ersten Begegnungen fühlten sich gut an. Er habe sie, als sie sich bei ihm zum Kaffee trafen und um den See spazieren gingen, zu Hause mit seinem Auto abgeholt und auch wieder zurückgebracht. Das nächste Mal waren sie bei ihr zum Essen verabredet, er kam mit einem dicken Rosenstrauß. Ein anderes Mal lud er sie nach

Blankenese in ein Restaurant der gehobenen Klasse ein. Sie sagte, sie stehe auf „old school".

Mi. schickte ihr aus Berlin aus der Bleibtreustraße Fotos zu der Ausstellung, die sie mit aufgebaut hatte. Es stellten acht verschiedene und wie sie schrieb, sehr unterschiedliche, japanische KünstlerInnen aus. Sie dankte ihr für die interessanten Fotos und schrieb ihr, dass in der Bleibtreustraße einst die Redaktion der Frauenzeitschrift „Courage" ansässig war, für die sie 1983 mit mehreren Frauen ein Interview zum Thema ‚Namensänderung aus unterschiedlichen Motiven' geführt hatte. Jetzt, antwortete Mi., sei dort eine Zahnärztin.

Abends juckte ihre Kopfhaut dermaßen, dass sie Kokosöl auf die Kopfhaut auftrug und fuhr deshalb am nächsten Morgen mit Mütze auf dem Kopf an die Elbe, wo es sowieso bitterlich kalt war. Sie hatte das Gefühl, als wenn sie gar keine Haare mehr auf dem Kopf hätte, es war ein schreckliches Gefühl. Ohnmächtig gegenüber einem Phänomen, das sie entkleidete, den Kopf leer zeigte, es war nichts mehr da, was sie schützte und fraulich erscheinen ließ. Sie dachte an die Männer, an ihre Kahlköpfe, da fand niemand etwas dabei, obwohl auch manche Männer darunter litten.

Als wenn die Beziehung mit Nikolaj sie aller Schönheit beraubt hätte, ihr alle Haare genommen hätte, den Haarausfall bewirkte, den sie jetzt sogar als Demütigung empfand.

Sie sagte zu der ihr entgegenkommenden Frau, dass sie ja heute gar nicht barfuß ginge wie sonst. Sie meinte, doch, das war schon, denn sie war schon dreiviertel des Rückweges gegangen. Sie sind abgehärtet, sagte sie, die Frau nickte und sagte, dass sie früher als Kinder durch das Tauziehen im Schnee abgehärtet wurden. Ob das im Internat gewesen sei. Nach einem Zögern sagte sie, nein, das Kindermädchen hätte diese Methode angewandt. Sie dachte an die Ertüchtigungs- und Abhärtungsmaßnahmen in der Nazizeit. Die Frau sagte, dass es sie beglückt hätte, auch wenn es hart gewesen sei, dasselbe Glück würde sie empfinden, wenn sie hier tagtäglich barfuß im Wasser laufe. Sie erzählte ihr von ihrer juckenden Kopfhaut, und die Frau, deren Alter sie nicht schätzen konnte, vielleicht lag es zwischen 55 und 60, meinte, dass sie selbst sich die Haare nur selten wasche, damit die Kopfhaut nicht austrockne. Und dass sie super aussähe, denn sie hatte gemeint, dass es bei ihr wegen des Alters vielleicht ein Hormonabfall sei. Sie fand auch, dass die Mütze ihr stehe und dass sie super aussehe, wie sie wiederholte. Sie sprachen dann noch über ihre Hunde, der eine war gestorben nach 15 Jahren und der kleine gehöre ihrem Sohn, der am Wochenende käme und ihn mitbrächte.

Es waren wenig Menschen unterwegs an der Elbe. Sie fragte sich, wie alt die Frau wohl war, als sie diese Erziehung „genoss", ob das Kindermädchen vielleicht eine ältere Dame war, die aus einer Nazi Familie stammte, selbst noch die Ertüchtigung jener Zeit am eigenen Leib erfahren hatte und in diesem Geist fortlebte.

Sie schrieb an Lei., dass sie die übermalten Portraits zerkleinert hätte und mit anderen Ölsachen zum Recyclinghof gebracht habe. Lei. kommentierte: „tabula rasa" und fügte das Smiley mit der Hand, deren Daumen nach oben zeigte, an.

„Du sagst es!" schrieb sie ihr. Und in einer weiteren Message:

„Weißt du noch, wie du mich vor Glück strahlend an der Binnenalster fotografiert hast, als ich dir zum ersten Mal von ihm erzählte?"

Sie sah das Bild vor sich, sie war extra vom Tisch aufgestanden, hatte sich hingestellt, damit er ihren schönen, leichten, blumigen, taubenblauen Hosenanzug sähe. Sie breitete die Arme aus, als würde sie ihn darin empfangen wollen und vor allem, sie strahlte über das ganze Gesicht. Nikolaj hatte geschrieben, als er das Bild bekommen hatte: „Du strahlst!" Worüber er sich sehr freute. Sie dachte, zum ersten Mal strahlte sie und nicht ihre Schwester, die das Strahlen gepachtet hatte. Was natürlich nicht stimmte, aber sie hatte immer das Gefühl, dass ihre Schwester alles überstrahlte und hatte es deshalb selbst eingestellt. War zum Mauer Blümchen geworden, begnügte sich mit der Rolle der grauen Maus. Um ihrer Schwester nicht den Triumph zu stehlen. Aber für einmal war ein Lächeln und Strahlen aus ihr herausgekommen, ganz spontan, weil sie sich geliebt fühlte.

Doch dann entwickelte sich die Beziehung anders als gedacht.

Lei. schrieb, „Dein Glück sollte nicht von ihm abhängen!" Natürlich, da hatte sie recht, was das allgemeine Glück betraf. Aber sie meinte das Glück, das sie in jener Situation an der Binnenalster verspürte, als sie Lei. von ihrem Austausch mit Nikolaj erzählte, der genau wie sie im Liebesrausch war. Dass sie damals vor Glück strahlte, war dieses spezielle Glück gewesen. Gewesen.

Wenn Nikolaj ihre Schwester kennen gelernt hätte, hätte er sie gewiss bevorzugt, denn er fühlte sich von gut gelaunten, strahlenden, hübschen Frauen angezogen. Wahrscheinlich hätte er sich genauso verhalten wie der Ehemann ihrer Schwester, der, als er sie zum Tanzen aufforderte, zu ihr sagte, dass er sie nur aufgefordert hätte, um ihre

177

Schwester eifersüchtig zu machen. Damit sie richtig verstehe, er liebe ihre Schwester. Sowieso hatte ihre 17jährige Schwester sie, die 13-jährige, auch nur zum Tanzen mitgenommen, damit sie nicht alleine in dem Tanzlokal wäre. Sie erinnerte sich, dass ihre Schwester ihre Mutter inständig bat, dass sie sie mitgehen ließ. Sie ging dann immer allein und früher nach Hause als ihre Schwester, denn sie war traurig, weil sie keine Freude empfand wie ihre Schwester, die dauernd zum Tanzen aufgefordert wurde.

Sie konnte sich nicht vorstellen, dass sie jemals gemeint wäre, nur sie und keine andere.

Ihre Schwester schrieb, dass die Ärzte mit ihr zufrieden seien (Smiley Daumen hoch), dass sie Samstag einen Corona Test machen würde und Montag würden zur Sicherheit ein paar Untersuchungen folgen.

In der Wohnung von ihrem Sohn war einiges zu tun, das Rollo war ihr runtergefallen, bei der Gelegenheit putzte sie das Fenster, das schon ziemlich schmutzig aussah. Außerdem probierte sie seine perkins brailler Maschine aus, denn sie wollte ihm in Blindenschrift schreiben, aber der Papier Einzug klappte nicht. Sie sah sich den Vorgang nochmals auf youtube an. Sie hatte alles richtig gemacht. Es waren die seitlichen Dreher, winder, die sich in die falsche Richtung bewegten und in die andere blockierten. Sie würde ihren Sohn am Telefon fragen.

Auf dem Rückweg traf sie eine alte Bekannte. Sie sagte, dass ihr Mann an einem Sauerstoffgerät hänge, er habe die Lungenkrankheit COPD und bereits Kontakt mit der Sterbehilfe aufgenommen, aber das sei auch nicht so einfach. Es kommen Pfleger und Pflegerinnen ins Haus. Ihre Freundin sei im Sommer an Hautkrebs und Lungenkrebs nach 12 Jahren Krankheit gestorben. Sie war auf dem Weg in den Schrebergarten. Da könne sie sich ablenken, in der Erde wühlen und in dem Laub, das jetzt zu Hauf lag.

Sie erinnerte sich an ihren Mann, damals noch jung, vielleicht 40, jetzt war er 70. Er hatte ein Buch über das erste Fahrrad geschrieben, es mit Zeichnungen versehen und war auf der Suche nach einem Verlag. Er jobbte im Renovierungsbereich, wenn es Aufträge gab und seine Frau, die fest angestellt war, machte ihm Druck, dass er wegen der Rente ebenfalls nach einer Festanstellung suchen sollte. Das war jedoch nicht sein Ding. Sie hatten auch noch ein Haus im Ausland. Er hatte auf seine Weise sein Einkommen. Aber dann bekam er eine Krankheit, die nicht verschwand und wurde mit Kortison vollgestopft, sie sah ihn immer seltener, das lag jedoch schon mindestens 20 Jahre zurück. Sie sah ihn noch mit seinem Anliegen, das

Fahrradbuch zu veröffentlichen vor sich. Es tat ihr leid, dass es nicht geklappt hatte, denn es war sein größter Wunsch gewesen.

Auf der anderen Straßenseite sah sie ihre Nachbarin ohne Maske, die Mitte 80 war, über ihr wohnte und in schweren Schritten in ihren vier Wänden umherging. Sie wich auf die andere Straßenseite aus, denn sie hatte immer eine latente Angst vor der großen Frau, die einen in die Flucht schlagen konnte.

Im „Zeitzeichen" erinnerten sie an Hannah Arendt, die am 4. Dezember 1975 mit 69 Jahren gestorben war. Sie hatte Gäste, sie saß im Sessel, musste plötzlich husten, dann war sie tot. Aktiv und plötzlich tot. Sie sah sich nicht als Philosophin, sondern als politische Theoretikerin. Als Heidegger sich den Nazis zuwandte, unterbrach sie den Kontakt, denn sie war Jüdin. Sie unterhielt mit Karl Jaspers, der wie Heidegger Existenzphilosoph war, einen lebenslänglichen Austausch, jenem Philosophen, der auch sie angesprochen hatte und über den sie eine Seminararbeit geschrieben hatte. Die Mutter von Hannah Arendt, Martha Cohn, verehrte Rosa Luxemburg. Der Vater starb früh. Hannah Arendt wurde in einem freien Geist erzogen.

Sie wachte morgens mit einem Traum auf, in dem sie in den Schnee hineinging. Der Schnee wurde schnell immer höher, erreichte ihre Knie, erreichte ihren Hals, verschluckte sie. In dem Moment war sie in einer zugefrorenen unterirdischen Welt, die sie in einen Tunnel führte, in dem sie die aufgeschnittenen Schweine Leiber sah, die rötlich-weißliche Innenseite und auf dem Rücken die Haut, die Schweineschwarte, sie sah auch die Beine und Füße, an denen die aufgeschnittenen Schweine hingen.

Sie lief, der Tunnel war lang, dann war sie draußen, sie hatte das Fell eines Tieres an und tapste im Wald herum. Sie sah Licht, ein Haus, das erleuchtet war, dort wollte sie hin. Sie suchte ihre Kleidung. Sie musste sie doch irgendwo abgelegt haben.

Sie wunderte sich, als sie die Gardinen zurückzog, dass kein Schnee lag. Aber es war seltsam still. Auf der Straße kein Mensch. Wo waren sie geblieben? Als wenn Schnee über ihnen läge.

Es war doch ganz einfach, es war früh am Morgen, die Leute schliefen an einem Samstagmorgen erst einmal aus, bevor sie nach draußen zum Einkaufen gingen, überdies waren es Corona Zeiten.

Dennoch, vielleicht würde der Schnee bald kommen.

Als sie am nächsten Tag aufwachte, dachte sie wieder an den Schnee. Würde heute draußen Schnee liegen?

Wieder hatte sie von Schnee geträumt. Sie stand in einem Loch mit festgefrorenen Schneewänden. Zu ihren Füßen begann der Schnee zu tauen, sie würde ertrinken. Just da nahm sie die Leiter wahr, eine einfache Holzleiter lehnte gegen die Schneewand. Sie kletterte hoch und befand sich auf einer spiegelglatten Fläche. Weit und breit niemand, jedoch nahm sie Bäume wahr, die aus den Schnee Massen herauswuchsen. Sie wanderte weiter. In der Ferne sah sie ein erleuchtetes Haus. Als sie näher kam, sah sie, wie Leute aus dem Haus kamen, die sich laut und lachend verabschiedeten, bevor sie in ihre Autos und auf ihre Fahrräder stiegen. Sie wurde sich bewusst, dass es Straßen gab, dass das Haus inmitten von anderen Häusern stand und dass kein Schnee lag.

Sie war heilfroh wieder an Ort und Stelle zu sein, bei sich zu Hause, in ihrer Wohnung. Sie atmete tief ein und aus, bereitete sich einen Tee, den sie in die Thermoskanne goss, die ihr Sohn und seine Freundin ihr geschenkt hatten. Ihnen würde sie besser nichts von ihrem Ausflug in den Schnee erzählen, sonst machten sie sich womöglich noch Sorgen. Das sollte nicht sein. Am nächsten Tag stellte sie ein unfertiges Bild auf die Staffelei. Das war ihr nächstes Projekt.

Mit dem Bus fuhr sie nach Ottensen, um sich einen Kaffee zum Mitnehmen zu holen. My. arbeitete, sie fragte sie, was sie vorher gemacht hätte. Sie war Zahnarzthelferin, aber es gab Probleme wegen des Kopftuchs. Daher habe sie aufgehört. Es sei ihr auch lieber so, eine Umschulung lohne sich nicht, denn sie hätte dann wieder dasselbe Problem, sowieso wolle sie Kinder, für die Kinder da sein und nebenbei einen Job wie diesen machen. Das Kopftuch trug sie seit sie mit ihrer Ausbildung fertig war und anschließend mit der Moschee nach Mekka fuhr, denn jeder Moslem sollte einmal im Leben dort gewesen sein. In Mekka musste sie ein Kopftuch tragen, nach ihrer Rückkehr habe sie es beibehalten. Zuvor in der Schule in Wilhelmsburg und in der Ausbildung hatte sie keins getragen. Die Dinge haben sich so entwickelt.

Sie sagte, dass sie doch auch die Leute akzeptieren würde, die Weihnachten feiern, obwohl sie selbst nicht feiern würde. So sei es für sie auch, auch wenn andere ihren Glauben und die dazugehörigen Zeichen nicht teilten. Ja, sie verstand sie und sagte, eigentlich sei nur wichtig, ob einer ein guter Mensch sei, das Herz auf dem rechten Fleck habe. My. pflichtete ihr bei.

Sie war aus der Kirche ausgetreten, schon sicherlich vor mindestens dreißig Jahren. Sie konnte sich nicht an die biblischen Geschichten einschließlich Weihnachtsgeschichte gewöhnen. Ihr war das fremd, ein Märchen unter vielen. Und was, wenn der unsichtbare Gott tatsächlich sein

183

Wort in den ein und anderen Menschen gesetzt hätte und diese seine Propheten wurden, die sein Wort verkündeten? Sie mochte an solches nicht denken. Sie hatte nicht die Gabe, an etwas Überirdisches zu glauben, dennoch betete sie um Frieden, insbesondere immer wieder um Frieden auf der Erde, unter den Menschen, und dass sie in ihrem Elend Momente des Glücks erleben könnten, vielleicht sogar glücklich sein könnten, sie dachte dabei an ihre Mutter, die behauptet hatte, dass sie im Flüchtlingslager am glücklichsten war, weil dort alle gleich gewesen seien.

Nun hatte sie doch dem Wunsch nachgegeben und war an die Elbe gefahren. Auf dem Weg zum zweiten Bus hörte sie wieder den Akkordeon Spieler, der anders in die Tasten griff als seine Kollegen, seine Rhythmen waren nicht die von einem Leierkastenmann, sondern aufrüttelnd, dynamisch und dann wieder ganz still. Sie gab ihm heute schon das zweite Mal und fragte ihn, ob er einen Kaffee möchte. Kaffee mit Milch und Zucker. Als sie ihm den Kaffee hinstellte, sagte er, danke für Ihre Akzeptanz. Sie lächelte unter ihrer Maske und lief schnell zum Bus, der sie zur Elbe runterfahren würde. Dort traf sie den Mann mit dem blauen Stein an der Halskette und den zwei Hunden, aber heute in Gesellschaft mit der jungen Frau, deren Hund er neulich aus Gefälligkeit mit ausgeführt hatte. Sie selbst nahm für ihren Sohn und seine Freundin wieder die Elbe auf, die stürmisch bewegt und dann wieder still dahinfloss. Es mischten sich in die Aufnahme auch Kinderstimmen, Hundegebell und Erwachsene, die einzelne Wörter riefen, das Stimmungsbild würde ihnen sicherlich gefallen. Sie ging diesmal nicht so weit wie sonst, denn es war ihr zu voll.

Es war der 100. Geburtstag des Jazz Pianisten Dave Brubeck, weshalb sie sein weltberühmtes Stück „Take Five" spielten, das einen wirklich mitnahm. Durch die Radiosendung erfuhr sie, was sie bislang nicht gewusst hatte, nämlich dass er 1950 mehrere Konzerte in den amerikanischen Südstaaten absagte, weil er nicht bereit war, wie von ihm gefordert, seinen afroamerikanischen Bassisten Eugene Wright gegen einen weißen Bassisten auszutauschen. Das war auch der Grund, warum er mehrere Fernsehauftritte absagte, als er erfuhr, dass man seinen farbigen Bassisten aus dem Bild heraushalten wollte.

Einen Tag später, aber auch interessant, hörte sie dem polnischen Jazz Pianisten Vladyslav Sendecki zu, auf dessen Töne in seinen Solos eine Melancholie lag wie Tau auf einem Blatt.

Bevor sie heute Morgen aus dem Haus ging, telefonierte sie mit ihrem Telefon Anbieter. Das Gespräch verlief unerfreulich, sie blieb mit offenen Fragen zurück. Sie probierte deshalb ein zweites Mal und hatte eine andere Person am anderen Ende. Mit ihr klappte der Austausch besser, und sie ging zufrieden aus dem Gespräch heraus.

Sie brachte als erstes das große Weihnachtspaket zur Post, denn sie hatte gehört, dass die Menschen wegen Corona weniger zu Weihnachten in andere Städte reisen würden, um ihre Angehörigen zu besuchen, stattdessen würden sie Pakete verschicken, dass es deswegen einen Ansturm geben könnte. Also lieber früher als später das Paket auf Reisen schicken. Es könnte dann ja, wenn es angekommen war, bis zum 24. warten bis es geöffnet würde.

Danach redete sie eine Weile mit Joa., was wegen der Masken zuweilen schwierig war.

Sie erledigte ihre Einkäufe und rastete einen Moment an der Binnenalster, sie hatte sich auf einen Karton gesetzt und löffelte Jogurt mit Walnüssen und Feigen, der auf die Hälfte herab gesetzt war. Sie dachte, dass sie glücklich sei, sie dachte es nicht nur, sondern sie fühlte es auch.

Nach dem Essen sah sie einen Film, einen ruhigen Krimi, der in Genua spielte und Beziehungen beleuchtete, in denen gehofft worden war, in denen Enttäuschungen erlebt wurden. Wie meistens.

Sie ging dann nochmals raus einen Kaffee trinken und fühlte immer noch, dass sie glücklich war. Seltsam.

Sie sagte der Bedienung, dass ihr der Milch Schaum hervorragend gelungen sei, die sich über das Lob freute und ihr einen schönen Abend wünschte.

Sie kaufte einen kleinen Weihnachtsbaum im Topf für den Balkon, der ihr morgen Abend gebracht würde, sie hatte auch schon vormittags einen weißen Papierstern gekauft, für den sie morgen eine Leuchte kaufen wollte.

Bei ihrer Rückkehr traf sie im Hausflur auf die junge Frau, die ihren Vater verloren hatte. Sie erzählte, dass die Sache jetzt beim Staatsanwalt läge, denn im Krankenhaus hatten sie versäumt, ihn adäquat zu versorgen. Noch einen Tag vor seinem Tod war sie bei ihm, um ihn zu waschen, ihm die Fingernägel zu schneiden, seine Haare... , als wenn sie es gewusst hätte, sagte sie. Sie hatte ein sehr inniges Verhältnis zu ihrem Vater.

Sie wünschte ihrer Schwester, dass die morgigen Untersuchungen genauso gut verlaufen würden wie heute, denn danach hatte sie gefragt und ihre Schwester hatte geschrieben: Alles gut.

Schließlich schrieb sie noch eine E-Mail an den Chefredakteur der le Monde, ob er ihr ein zweites

Mal behilflich sein könnte, einen Artikel zu finden. Es ging um den fehlenden Text zu einem Foto, dass sie vor vielen Jahren aus der le Monde ausgeschnitten hatte. Ein Ehepaar, das den gelben Judenstern am Mantel trägt, ist auf dem Weg zum Deportationsplatz. Jemand hatte die Beiden fotografiert, die immer wieder ihr Herz anrührten und Erschütterung in ihr hervorriefen.

In den Medien erinnerte man an den Kniefall von Willy Brandt vor dem Warschauer Getto Denkmal am 7.12. 1970. Seine Bitte um Verzeihung und Versöhnung.

Sie führte sich so ausführlich ihren Tag vor Augen, um zu entdecken, was der Auslöser dafür war, dass sie sich heute glücklich gefühlt hatte. Sie konnte es nicht mit Bestimmtheit sagen.

Natürlich, am nächsten Tag war alles anders. Sie kannte dieses Phänomen, an einem Tag schien die Sonne, am nächsten regnete es. Schade. Sie ging sogar in die Kirche, aber es wurde ein flüchtiger Besuch, denn sie mochte es nicht, dass es auch hier Leute gab, die sich ohne Maske hinsetzten.

Immer dieser Wechsel, und sie wusste nicht, warum. In der Nacht, in der sie nicht schlafen konnte, hörte sie Take Five von Dave Brubeck, die Originalfassung. Aber über ihr ging das Trampeltier auf Toilette, so dass sie sich die Ohren zuhielt. Als das Stöhnen, Ächzen und Krächzen des Bettes, in das die Nachbarin wieder zurückgekehrt war, aufhörte, hörte sie Take Five noch einmal. Der Rhythmus hatte es ihr angetan, berührte sie. Es lief etwas Untergründiges mit, etwas Schwcres, wenngleich der Rhythmus beschwingt war, aber auch immer gestoppt wurde und doch weiterging ins Endlose.

Sie hatte viel auf dem Zettel, doch sie strich Etliches, denn sie fühlte sich nicht in der Lage, alles zu erledigen. Joa. freute sich sehr über den Engel aus Filz, den sie an den Weihnachtsbaum auf Mallorca anhängen möchte, sie würde ihr ein Foto schicken. Sie fuhr an die Elbe, was nicht auf ihrem Zettel stand, aber sie erhoffte sich davon Besserung. Sie traf den Mann mit der Hündin, die stets Löcher buddelte und immer einen Stock trug. Sie redeten über sie und über Corona. Sie freute sich über die Begegnung, aber es wurde ihr nicht leichter ums Herz. Natürlich, es lag ihr auch auf dem Herzen, dass ihre Schwester im Krankenhaus war und Untersuchungen durchgeführt wurden. Sie schrieb ihr, dass ihre Daumen gedrückt seien und Glück. Alles gut, antwortete sie und morgen käme das Pet-CT, eine ganz genaue Analyse.

Sie dachte auch viel an Nikolaj, das ließ sich nicht verhindern, er war jeden Tag da. Sie tätigte einige Einkäufe und Besorgungen, kaufte kleine Geschenke für die Bedienungen in den drei Cafés, in denen sie hauptsächlich ihren Kaffee abholte, telefonierte zuhause mit o2, beim ersten Anruf knallte der Typ den Hörer auf, mit dem zweiten Anruf und Typen ging es besser, alles konnte geklärt werden. Dann ging ihr Drucker nicht, sie telefonierte mit demjenigen, von dem sie einen gebrauchten Router gekauft hatte, aber er konnte ihr auch nicht weiterhelfen. Sie verdaddelte ziemlich viel Zeit, doch der Drucker kam nicht ans Laufen. Sie wollte das Problem vertagen, probierte jedoch aufs Neue. Jetzt druckte er ihre Emails aus und das in einer sehr guten Qualität, aber er druckte keine Dokumente aus, unter Drucker Status stand „Leerlauf". Nun ließ sie es wirklich auf sich beruhen und empfing den Blumenhändler, der freundlicherweise den schweren Topf mit dem kleinen Weihnachtsbaum von 50cm Höhe vorbeibrachte. Sie wusste noch nicht, ob sie eine kleine Lichterkette für den Baum kaufen würde.

Sie fühlte sich verlassen und einsam, obwohl es nicht so schlimm war wie befürchtet. Sie stufte den Tag unter normal ein, nicht glücklich, aber normal. Sie war Scholle. Hoffentlich könnte sie schlafen.

Sie hatte an Nice gedacht, dass sie, wenn sie zu nichts anderem in der Lage wäre, und der Urlaub stattfand, könnte sie jeden Tag zum Schloss hinaufwandern, dort einen Café trinken und wieder hinunter. Das war langweilig, aber vergleichbar damit, dass sie hier ja auch fast jeden Tag an die Elbe fuhr. Natürlich musste ihr für die Vormittage noch ein bisschen mehr einfallen, sie hatte ja auch genug auf dem Zettel, aber wenn sie so aufgebraucht war wie heute, hatte sie das Gefühl, sie würde gar nichts mehr auf die Reihe kriegen. Wahrscheinlich würde sie Nikolaj schreiben, wenn sie vor Ort wäre und ihn auf einen Café einladen. Er würde ablehnen, sollte er überhaupt antworten, sie konnte dann ihre Kränkung verarbeiten und danach nie wieder einen Flug nach Nice buchen. Sie hatte einfach Pech gehabt. Sie hätte sich nicht einlassen dürfen. Die Verführung war zu groß. Für sie und für ihn war die Verführung auch zu groß. Sie sollte jetzt verführungsresistent werden. Das bekäme ihr besser. Damit ginge es ihr besser. Sie wäre nicht glücklich, vielleicht manchmal und meistens normal. Wenn sie nicht tiefer rutschte, wäre das doch schon viel. Aber wer wusste, was kam, was ging, was verging, was sich aufbaute, erneuerte. Sie hoffte, dass sie es schaffen würde, ihre Tage zu meistern. Schließlich war sie doch schon mal verlassen worden, Knut hatte sie mit ihrem Kind sitzen lassen und sagte, dass eine andere jetzt ihren Platz eingenommen hätte. Und auch der Vater des Kindes hatte sich aus dem Staub gemacht, als sie schwanger war. Zwischen beiden gab es jemanden, der zwar mit ihr, aber nicht mit ihr und dem Kind leben wollte und mit ihr auch nur eventuell. Ein Kind konnte offenbar ein Problem darstellen, wenn es nicht das eigene war.

Nikolaj erzählte, dass er bewusst keine Kinder gewollt hätte. Von den beiden Kindern seiner Lebensgefährtin hatte eine Tochter bei ihnen gelebt für zwei Jahre, das musste wohl während ihrer Pubertät gewesen sein. Vielleicht war das andere Kind beim Vater. Er habe auch nie heiraten wollen. Sie bezahlte in seiner Eigentumswohnung keine Miete, jedoch einen Großteil der Lebensmittel. Er sagte, wer mehr habe, solle auch mehr übernehmen. Ihre Rente war entschieden schmäler als seine. Vielleicht hatte er zudem noch Eigentum, denn sie lebten in einem Villenviertel oder er wollte in der Nähe seiner Mutter leben, die dort auch ein Haus besaß, in dem sie nach dem Tod ihres Mannes weiterlebte.

Ihre Schwester schickte ihr eine Sprachnachricht, in der sie darstellte, warum der Termin für die Pet-CT Untersuchung verschoben wurde, einfach nur weil sie morgens eine Cola getrunken hatte, denn man hatte ihr gesagt, dass sie nichts essen dürfe, aber nicht, dass sie nicht trinken dürfe am Morgen vor der Untersuchung.
Sie war überrascht wie streng ihre Schwester klang. Sofort spürte sie eine leichte Angst. Sie hatte ja gar nichts zu befürchten und doch

transportierte die Stimme ihrer Schwester eine Autorität, die Gehorsam verlangte. Oder war das schon wieder eine Übertragung? Bestimmte Personen lösten in ihr nicht nur etwas Unangenehmes aus, sondern sogar Angst. Die ihr oft so irreal vorkam, dass sie froh war, das der oder die andere davon nichts merkte, aber sie selbst verhielt sich entsprechend distanziert, um nicht hineingezogen zu werden in die Welt des anderen und sich darin zu verstricken, weil es mitunter eine angeblich schauderhafte Welt war, wie sie meinte.

„Du bist doch noch ein junger Hüpfer", schrieb ihre Schwester später, obwohl sie nur zwei Jahre jünger war. Es fühlte sich für sie so an, wie wenn sie sie sogar in dieser Aussage zum kleinen Mädchen machte.

Die Zitterpartie nahm ein Ende, denn ihr Sohn hatte die Nachricht erhalten, dass sein Arbeitsvertrag um drei Jahre verlängert worden war.

Fu. freute sich über die Perlenhaarnadeln. Sie würde sie für ihre Video Auftritte ins Haar stecken, das mache sich gut, denn es ging um make up.

Wieder hatte sie viel erledigt und ging am späteren Nachmittag mit einem Kaffee zum Mitnehmen durch die Straßen. Sie dachte sich, da sie schon in der Nähe war, mal bei Ma. vorbeizuschauen. Tatsächlich war ihre Galerie erleuchtet, sie saß an ihrem Schreibtisch, auch eine Assistentin, die sie nicht kannte. Ma. freute sich, dass sie hereinschaute und kam mit ihr nach draußen. Vor der Tür sagte sie, dass ihr Mann vor zwei Jahren an Bauchspeicheldrüsenkrebs gestorben sei, der schon so weit fortgeschritten war, dass er nicht mehr operiert wurde. Sie erinnerte sich, wie verbunden die beiden waren, ein Herz und eine Seele seit fast zwanzig Jahren. Ma., die als Kind selbst Krebs hatte, wurde der Boden unter den Füßen weggezogen. Sie suchte Kontakt zu einem Medium, das ihr sagte, seine Zeit - er war 68 Jahre -, sei um gewesen, es hätte nicht an den Ärzten gelegen. Jetzt glaube sie an das Jenseits und unterhalte sich mit ihrem Mann, damit gehe es ihr gut. Sie besuche neben ihrer Arbeit als Galeristin eine Schule, in der sie zur Heilpraktikerin für Psychotherapie ausgebildet werde. Sie habe im Frühjahr gute finanzielle Hilfe wegen Corona bekommen und demnächst nochmal. Die Ausbildung sei nicht so teuer wie man denken könnte. Sie wolle mit acht Frauen eine Praxis eröffnen, wenn es soweit sei, aber vielleicht auch die Galerie weiterführen. Sie wolle demnächst ein Fotobuch herausgeben in Gedenken an ihren Mann. Außerdem sei auch noch ihre Mutter vor einem Jahr gestorben. Sie entschuldigte sich, nie auf ihre Emails geantwortet zu haben, aber sie beruhigte sie und sagte, das sei überhaupt kein

Problem. Sie freue sich, dass sie Wege aus der Krise gefunden habe. Ihre Assistentin kam nun auch nach draußen, denn sie wollte sich verabschieden und noch mit Ma. etwas besprechen. Sie ließ die beiden alleine und Ma. sagte, jetzt würde sie wieder antworten. Nicht zuletzt betonte sie mehrmals, wie gut sie ihr letztes, großen Ölbild gefunden hätte, das auf dem Buchdeckel des Buches *Antoine und seine Geschwister* zu sehen war.

Am nächsten Tag fuhr sie in die Innenstadt und lieh in der Zentralbibliothek fünf französische Bücher aus, im Untergeschoss auf dem Bücherflohmarkt kaufte sie einen Reiseführer „Nice und Umgebung".

Es sah so aus, als wenn ein harter lock down erneut bevorstünde, die Geschäfte bis auf die Lebensmittelgeschäfte und Drogerien schließen müssten, denn die Fallzahlen blieben zu hoch. Auch in Frankreich blieben die Kinos, Theater und Museen geschlossen. Überdies wurde dort eine Ausgangssperre von abends 20.00 Uhr bis morgens 7.00 Uhr verhängt.

Das Pet-CT ihrer Schwester hatte ergeben, dass zwei Stellen nochmals genauer untersucht werden müssten, daher würde sie Montag einen Termin für eine Lungen Spiegelung bekommen, es würde bei

Bedarf Gewebe entnommen. Sie fühlte sich davon abgesehen sehr gut.

Ihre Schwester nannte sie in der Sprachnachricht „Mäuschen", wahrscheinlich war ihr das herausgerutscht, vermutlich nannte sie ihre Kinder so, auch wenn sie schon erwachsen waren. Sie fühlte sich gar nicht wohl in der Mäuschenrolle. Es erinnerte sie zudem an ihren früheren Freund J., mit dem sie deswegen vor Jahrzehnten in Streit geriet, denn sie wollte so nicht genannt werden. Auch er hatte die Angewohnheit, sie so zu verkleinern, zu verniedlichen und erwartete von ihr nur ein Piepsen.

In der le Monde vom 11.12. stolperte sie über einen kleinen Artikel „Trintignant intime". Es ging um die Besprechung eines Buches über den Schauspieler Trintignant: „Jean-Louis Trintignant. „Dialogue entre amis", Dialog unter Freunden. Trintignant feierte am 11.12.20 seinen 90. Geburtstag. Sie erinnerte sich an seine Tochter Marie, die von ihrem Geliebten aus Eifersucht getötet wurde. Eine sehr aufwühlende Geschichte. Ein entsetzliches Eifersuchtsdrama, das zu körperlicher Gewalt führte. Sie las das Buch, das die Mutter von Marie in ihrem Schmerz geschrieben hatte. Marie war verheiratet und auch ihr Geliebter, der Sänger Bertrand Cantat. Beide waren Stars in Frankreich. Marie hielt sich in

Begleitung von Bertrand zu Dreharbeiten in Litauen auf. Bertrand geriet in Rage, war fürchterlich eifersüchtig und verprügelte Marie, die eine sms von ihrem Exmann, Noch-Ehemann, erhalten hatte, so sehr, dass sie ins Koma fiel. Er rief erst gegen morgen den Notarzt. Zwei Operationen konnten ihr Leben nicht retten. Cantat unternahm einen Suizidversuch, wurde aber rechtzeitig gefunden.

Sie konnte von Eifersucht ein Lied singen, hatte aber festgestellt, dass es daran lag, dass Nikolaj ihr kein Vertrauen einflößte, seiner Liebe keine Taten folgen ließ, es waren nur leere Worte geblieben. Sie glaubte, wenn sich jemand geliebt fühlte, dann gäbe es keinen Anlass zur Eifersucht. Eifersucht schien ihr eine Vertrauenskrise zu sein, die sich aus einem Mangel an Liebe und Zuwendung entwickelte, ein großes Unsicherheitsgefühl entstehen ließ.

Es war der 12.12. Sie kaufte den wunderbar mild strahlenden Herrnhuter Stern. Denn sie hatte tatsächlich in der Straße um die Ecke, in der Wohnung am Fenster die Nachbarin gesehen, in deren Fenster der wunderbar orange-gelb strahlende Stern hing, den sie jedes Mal, wenn sie zum Bus ging, bewunderte. Sie winkte sie heran, die Nachbarin kam heraus. Sie hatte den Stern geschenkt bekommen und hatte denselben nochmal in der Küche. Sie nannte ihr den Namen des Sterns, so dass sie im Internet nachschauen konnte, wo es ihn gab. Die nette Nachbarin wollte ihrerseits schauen. Sie bewunderte auch die vielen Bilder an der Wand, die Nachbarin sagte, dass sie und ihr Mann sogar mit einem Glas Sekt auf ihre Bildergalerie angestoßen hätten.

Sie fuhr gleich los, reihte sich in die Schlange, die meisten Wartenden wollten auch ebendiesen Stern, der so mild und unaufdringlich und doch präsent und anwesend strahlte, als wenn er einen behütete.

In ihrer Habgier kaufte sie gleich drei und bekam dann zu Hause Bauchschmerzen. In der Nacht konnte sie mehrere Stunden nicht schlafen, wälzte die Frage, ob die Sterne nötig seien. Gewiss, es ging um den erleuchteten Stern, das Licht, das er ausstrahlte.

Gewiss, Es war Gottes Licht und das Licht im Herzen der Menschen, das der erleuchtete Stern spiegelte. Aber bedurfte es denn dieser Äußerlichkeit, um das Licht Gottes und das eigene zu erkennen? Es war doch nur eine Led Leuchte im Stern, die ihn zum Strahlen brachte. Offenbar war das egal, nicht ausschlaggebend, sondern dass er die Menschen wärmend belebte durch dieses sinnbildliche Licht Gottes, dass sie jetzt im eigenen Herzen fühlten. Sie argumentierte, dass die Flamme einer Kerze genauso das Göttliche im Menschen beleben könnte, sie gerührt wären und eine göttliche, lichtvolle Verbindung spürten. Auch, wenn das den meisten Menschen wahrscheinlich nicht wirklich bewusst zu sein schien, aber doch war es so, sonst würde das Fest der Liebe in sich zusammenfallen. Sie packte die Sterne wieder ein, um sie zurückzubringen. Dann stand sie abermals aus dem Bett auf, packte sie wieder aus und schloss sie wieder an, das Ganze dann noch einmal. Sie einigte sich darauf, die beiden Varianten - Led Leuchte, Kerzenlicht - nicht gegeneinander auszuspielen, aber sie würde dennoch das Geschäft „Erzgebirge" nochmals aufsuchen, um den weißen Stern in einen gelb-roten umzutauschen, den roten müsste sie reklamieren, denn da fehlte die Birne.

Im Café shop bediente der Inder Nel.. Er war immer sehr nett, deshalb brachte sie ihm ein kleines Weihnachtsgeschenk mit. Er erzählte vom Kurzarbeitergeld und davon, dass er sich hin und wieder Aktien kaufe. Er gewinne bei Amazon und Google monatlich etwa 300€, manchmal auch 800€, und manchmal gar nichts, aber für gewöhnlich so um die 300€. Sie hatte davon gehört, dass die jungen Leute vermehrt ihr Geld in Aktien anlegten. Ja, die Welt drehte sich weiter.

Bei Ma., der Galeristin, warf sie eine Weihnachtskarte ein.

Dem alten Mann, der auch regelmäßig in das Café kam, um seinen Espresso abzuholen, winkte sie von der anderen Straßenseite zu. Er nickte unter seiner Mund-Nasenschutzmaske. Vielleicht war er auch beim Bäcker gewesen, denn er hatte eine Tüte in der Hand. Sie hatten noch nie miteinander gesprochen. Das war auch nicht nötig. Es reichte, zu grüßen und den anderen in Ruhe zu lassen. Vielleicht war er 80 Jahre? Und hatte immer einen Stock bei sich.

Bei ihrem Sohn war ein Weihnachtsbrief des Blindenvereins in der Post. Er war sowohl in Schwarzschrift als auch in Blindenschrift geschrieben. Sie schickte ihm eine Sprachnachricht, in der sie ihm diesen vorlas und ihm einen schönen 3. Advent wünschte.

Sie sah den schön geschnitzten Holzstern an ihrem Weihnachtsbaum hängen und dachte, dass es nicht nötig war, dass ein Stern leuchtete mittels elektrischem Licht. Der geschnitzte Holzstern konnte dieselben Gefühle auslösen, wahrscheinlich jeder Stern, denn es war ein Symbol, und dieses Symbol war in allen Menschen eingeschrieben, tief eingelassen, ein Sinnbild göttlicher Liebe, an die sich die Menschen an

Weihnachten erinnerten oder sogar von ihr berührt wurden.

Es bedurfte jedoch nicht einmal dieses Holzsterns oder überhaupt irgendeines Sterns, um „religiöse" Gefühle auszuleben, auszulösen, denn die Flamme war ja in einem jeden so oder so, solange er oder sie lebte, brannte sie. Solange die Menschen atmeten, waren sie mit beidem verbunden, mit dem Diesseits und dem Jenseits, in die Welt geboren und in „Gott".

Nikolaj war nicht religiös. Dennoch stellten sie zu Weihnachten eine Krippe auf.

In der Nacht hörte sie Musik von Robert Schumann und bevor sie einschlief, den Radiomoderator sagen, dass der 1810 geborene Schumann 1833 in eine Krise mit Wahn- und Suizidvorstellungen geriet, die Schumann selbst als „fürchterlichste Melancholie" beschrieb. Im Februar 1854 sprang er von einer Brücke, streifte zuvor seinen Ehering ab und warf ihn ins Wasser, bevor er selbst hineinsprang, aber gerettet wurde. Im März 1854 kam er auf eigenen Wunsch in eine Anstalt für Gemütskranke und Irre. Tod 1856.

Sie wachte auf und hatte das Gefühl, dass Nikolaj aus ihrem Leben verschwunden war, dass er sich aufgelöst hatte, dass er nicht mehr in ihrem Körper anwesend war, sie war für sich, alleine, was gut war, denn er, seine Anwesenheit, die Beziehung hatte sie gequält, weil er nicht wirklich für sie da war, sie nicht endgültig liebte, sondern seine Lebensgefährtin, mit der er jede Nacht im gemeinsamen Bett schlief, Nacht für Nacht und sie alleine ließ, schon am frühen Abend den Smiley mit Reißverschluss im Mund schickte, damit sie keinen Mucks mehr sagte. Er ließ sie leiden, machte sie zu einem psychischen Krüppel. Sie wimmerte nackt und zusammengekauert.

Aber nun war er fort, aus ihr hinausgegangen, weit fort. Jetzt blieb nur noch die Erinnerung. Er war eine Erinnerung geworden.

Sie hatte das Gefühl, als wenn sie sich das Gesicht zerkratzen wollte. Seltsam. Wie würde es ihr mit einem zerkratzen Gesicht ergehen, wenn sie es im Spiegel sähe? Aufgekratzte Haut, Blutspuren? Sichtbare Spuren der psychischen Gewalt.

Bevor sie aufstand, sah sie plötzlich die Fülle ihrer Schamhaare vor ihrem inneren Auge, wie sie sie einst besessen hatte, weich und voll. Wenig war davon geblieben, ausgedünnt waren sie wie ihre Kopfhaare.

Dann war da der Tag, an dem sie viel erledigte und darauf wartete, dass Joa.s Corona Test negativ war, damit sie nach la Palma zu ihrer Mutter fliegen könnte.

Joa. schreibt, dass der Test negativ sei und: „Flight departs at 20.30"

Was sie nicht verstand, war, dass sie immer noch an ihn dachte, nicht nur flüchtig, sondern mitlaufend, dabei hatte sie doch gerade erst geschrieben, dass sie ihn ausgeschieden hätte. Die Widersprüchlichkeit blieb rätselhaft und schier unauflösbar.

Es konnte nicht an dem um 40% reduzierten, grünen Wintermantel gelegen haben, den sie sich heute kaufte, denn sie hatte schon lange gesucht. Es war ein schönes Grün, aber es war vorne sichtbar das Logo der Marke aufgenäht, deshalb überlegte sie eine Weile, da das nicht ihr Stil war im Gegensatz zu Nikolaj, außerdem war es seine Marke, daher zögerte sie noch einmal mehr. Aber schließlich meinte sie, so ein guter Mantel, der ihr Gefallen gefunden hatte, würde ihr so schnell nicht noch einmal über den Weg laufen, damit hatte sie sich entschieden, abgesehen davon, dass die nette Verkäuferin fand, dass ihr die Farbe sehr gut stehe. Zuhause trennte sie das zweifache Logo ab, das ging unproblematisch und darunter war der Stoff auch nicht heller, was manchmal der Fall war. Am Ärmel aber war das Logo so sehr eingefräst, dass sie es gar nicht erst probierte, es war jedoch viel kleiner und an der Seite des Ärmels, damit hatte sie dann kein Problem.

Von Han. bekam sie zu Weihnachten eine Mund-Nasenschutzmaske mit Weihnachtsmotiven, ein Einmalprodukt aus einem Material, auf dem Weihnachtsmänner, Tannenbäumchen, Schlitten, Teddys und Geschenke zu sehen waren. Es war sicherlich lieb gemeint, aber die konnte sie unmöglich tragen. Han. sagte, dass sie damit machen solle, was sie wolle. Sie war überrascht, sie dachte, dass Han. sie besser kennen würde. Außerdem war sie 72 Jahre und keine 6. Sie fragte, ob Han. sie nicht selbst tragen wolle, nein, wollte sie nicht.

Han. war in der Lektüre ihres Buches „Der Himmel über mir" weit vorangeschritten. Es sei zuweilen sehr anstrengend gewesen, obwohl sie ihre Sprache phantastisch fand. Aber sie hätte sich verrannt. Sie hätte sein Nein respektieren müssen. Womit sie natürlich recht hatte. Außerdem fand sie, dass Nikolaj und sie gar nicht zusammen passen würden. Womit sie wahrscheinlich auch recht hatte. Aber welches Paar passte schon zusammen? Es war doch immer noch ein Rätsel, was manche Paare zusammen geführt hatte, was manche zusammenhielt. Passten sie und Han. denn besser zusammen? Das fragte sie sich, wenn sie an die Mund-Nasenschutzmaske dachte, die Han. für sie als Weihnachtsgeschenk ausgesucht hatte.

Joa. schickte ihr zwei Fotos von La Palma, der Stadt, in der ihre Mutter auf Mallorca wohnte. Man sah Touristen mit Masken in einer Gasse, aber wenige und sie trugen Herbstkleidung. Joa. schrieb, dass sie den Weihnachtsbaum geschmückt habe. Sie schickte ein Foto und eines, dass den Engel am Weihnachtsbaum zeigte, den sie ihr zum Abschied geschenkt hatte, ein lächelnder Engel aus weißem, weichen Filz. Sie schrieb: „thanks to you for the Cute angel. Looks super nice." Smileys: Engel und Freude. Joa. war wirklich bezaubernd, irgendwie ein Engel.

In ihrer schlaflosen Nacht hörte sie ein feature im Deutschlandfunk, in dem es um umstrittene Methoden einer psychosomatischen Klinik für Kinder und Jugendliche in Gelsenkirchen ging, die im Herbst 2020 geschlossen wurde. Sie war besonders entsetzt von der Überzeugung der Klinik, die Babys von den Eltern zu trennen, und sich „tot" schreien zu lassen, damit sie gegenüber weiteren Trennungen immun würden und durch diese Abstumpfung ihr Trennungstrauma verlören. Wie grausam!! Spontan dachte sie daran, dass sie selbst schon als Kleinkind auf sich selbst gestellt war und schon als Baby im Kinderwagen abgestellt und alleine gelassen wurde, um sie schlichtweg zu vergessen und sich dann zu ekeln, als sie am Ende des Tages von oben bis unten vollgeschissen war, weil sie vergessen worden war, worüber man sich auch noch lächerlich gemacht hatte, wie sie später erfuhr. Der Grund war die viele Arbeit, die die Eltern und die Großmutter mit dem Bauernhof hatten. Es ist wahr, auch sie hatte ein frühes Trennungstrauma, niemand wollte die Aufgabe einer fürsorglichen, liebevollen Bezugsperson übernehmen, die Zeit konnte man sich nicht leisten, nur eine oberflächliche Versorgung gewährleisten, die nach außen Sauberkeit demonstrierte.

Sie dachte an Nikolaj, der Tag und Nacht bei seiner Lebensgefährtin war, seit 40 Jahren in der gemeinsamen Wohnung, in dem gemeinsamen Bett, und wenn seine Lebensgefährtin bei ihrer Tochter für eine Woche weilte, so telefonierten sie morgens, mittags und abends. Aber ihr warf er vor, dass sie zu viel Nähe suchte, was absurd war. Er hatte schichtweg Angst, seine Nestwärme zu verlieren, wenn sein „außereheliches" Verhältnis entdeckt würde. Ihrer Meinung nach war er es, der abhängig war von einer intensiven, symbiotischen Nähe zu seiner Lebensgefährtin.

In den Nachrichten berichteten sie von dem finnisch-kanadischen Mode Unternehmer Nygard, der mehr als 20 Mädchen und Frauen aus armen Verhältnissen, zum Teil mit Missbrauchs Erfahrungen betäubt haben soll, vergewaltigt und missbraucht. Dabei sollen ihm Mitarbeiter seines

Unternehmens geholfen haben. Er ist nun wegen Sexhandel festgenommen worden. Erinnert wird an das System Jeffrey Epsteins.

Als sie morgens aufwachte, hatte sie das Bedürfnis, den Weihnachtsbaum wieder abzuschmücken. Es fühlte sich an wie eine Depression. Sie wollte alles wieder rückgängig machen, was sie an Selbstliebe aufgeboten hatte, um es sich weihnachtlich zu schmücken, es feierlich werden zu lassen. Aber als sie tatsächlich aufstand und den Weihnachtbaum sah, entschied sie sich dagegen, die hübschen Kugeln abzunehmen und an öffentliche Weihnachtsbäume zu hängen. Sie erkannte, dass ihr Vorhaben einer Depression entsprang. Wahrscheinlich hatte es sie abermals sehr deprimiert, dass Frauen ausgebeutet und versklavt wurden und als benutzte Sexualobjekte nicht selten auf dem Müll landeten.

Sie dachte an Nikolaj, der, als sie das Ford in Antibes besuchten und die Führung mitmachten, die Bestätigung von zwei Frauen suchte. Obwohl er ja mit ihr zusammen war und eigentlich glücklich ihre Nähe gesucht haben müsste, separierte er sich von ihr und blickte immer wieder zu den beiden Frauen, die seine Blicke erwiderten, was ihn wahrscheinlich darin bestätigte, dass er ein attraktiver Typ sei, so wie er mal sagte, wie sie nur auf die Idee kommen könne, dass ein Typ wie er alleine leben würde.

Sie dachte an das Meer der Côte d'Azur, das früher Sehnsüchte auslöste und jetzt, wenn sie es jetzt erblickte, wurde sie deprimiert und depressiv, denn sie dachte an die Kreuzfahrschiffe, die den Lebensraum der Wale zerstörten, die sich über das Hören verständigten, durch die Kreuzfahrschiffe können sie sich untereinander nicht mehr hören. Überhaupt war das Meer einer unerträglichen, einer mörderischen Belastung ausgesetzt, dachte sie an den horrenden Plastikmüll, an die gravierende Verschmutzung durch Chemie und Schwermetalle, durch Radioaktivität, Munition und Öl, durch Nitrate und Phosphate, Lärm und Schall,… generell an die Zerstörung des Meeres und auch der Erde, auf der es ja nicht besser aussah.

Ihre Schwester schickte eine Sprachnachricht. Sie war guter Laune, denn der Arzt hatte bei der Lungen Spiegelung nichts Bösartiges festgestellt und sie selbst, so sagte sie, war sowieso auch davon ausgegangen.

In den schlaflosen Stunden ihrer Nacht dachte sie über das Cover des Buches nach. Sie hatte die bisherigen Titel und Bilder immer wieder verworfen. Doch heute Nacht fiel ihr ein Gemälde ein, dass sie vorletztes Jahr malte und sich als Cover für dieses Buch vorstellen konnte.

Während sie mit einem gezackten Gummispachtel durch die schon aufgetragene Farbe fuhr, hatte sie plötzlich das Gefühl - ohne das je getan zu haben - sie würde sanft und leicht Nikolajs Rücken kratzen, auch wenn sie sich noch nicht als Liebespaar begegnet waren, jedoch gab es zwischen ihnen schon seit drei Monaten einen intensiven und erotischen Mailaustausch.

Sie teilte ihm ihr Erlebnis mit, er antwortete, dass er den sinnlichen und lustvollen Kurven ihres Streichelns, ihrer Zärtlichkeit folge.

Sie hatte immer noch mit Juckreiz auf ihrem ganzen Körper, ihrer Haut zu kämpfen. Sie könnte sich unentwegt überall kratzen. Es half kein Duschen und alle Produkte, die sie auftrug, waren erfolglos. Vielleicht müsste sie Antidepressiva nehmen? Das klang verrückt, aber inzwischen nahm sie an, dass die Gründe seelischer Natur waren. Als würden auf ihrem Körper unzählige winzige Tiere, vielleicht winzige Fliegen? herumkrabbeln und sie wahnsinnig machen. War es eine Stauballergie? Milben?

Der nächste Tag begann mit Fensterputzen. Danach rief sie beim Verlag an, denn sie wollte vielleicht als nächstes einen Fotoband herausbringen, Bilder von ihrer Malerei, den Radierungen und Zeichnungen, den modellierten Köpfen, eine Werkschau. Schließlich telefonierte sie noch mit der Rentenversicherung, sie musste die fehlenden Papiere für ihren Sohn zusammensuchen, kopieren und abschicken. Weiter ging es damit, dass sie drei Weihnachtskugeln an einen öffentlich aufgestellten Weihnachtsbaum hängte. Ihre kleinen Figuren, die sie vor ein paar Tagen angehängt hatte, hingen noch. Bevor sie das Haus verlassen hatte, stellte sie eine Weihnachtstüte vor die Tür von Ae.. Das war früh, aber sie wusste nicht, wann sie zu ihrem Freund ging, der auf St.Pauli lebte, bei ihm würde sie Weihnachten verbringen. Hoffentlich mochte sie die Cranberry-Mandel-Nussmischung aus dem Bioladen. Den Engel und die Weihnachtskugel. Sie hatte keinen leichten Job bei den Jugendlichen, den sie neben ihrem Studium angenommen hatte.

Bei Nel., der gestern an seinem freien Tag für eine English Prüfung gelernt hatte, denn er wollte sich für ein Studium bewerben, obgleich er schon eines abgeschlossen hatte, aber noch nicht in Deutschland, bekam sie endlich ihren Kaffee zum Mitnehmen. Sie stellten fest, dass er aus Kochi in Kerala in Indien kam, dort wo ihr Sohn eine Ausbildung bei braille without borders vor über 10 Jahren begonnen hatte, aber nach einem halben Jahr gegangen wurde, weil er sich für eine Südafrikanerin einsetzte, die das Camp verlassen musste. Morgen würde sie Nel. ein Foto von ihrem Sohn in dem traditionellen indischen Rock zeigen, dieser Rock hieß Sarong.

Sie hatte es nicht geplant, denn die Wetteraussicht war nicht dementsprechend, aber dann kam die Sonne doch noch raus, und sie fuhr an die Elbe. Luft schnappen. Es war unglaublich schön, aber sehr voll, doch sie ging dort entlang, wo andere nicht gingen. Als sie auf einer Treppe einen Sitzplatz gefunden hatte und Jogurt löffelte, beobachtete sie zwei Kleinkinder, die mit ihrem Vater da waren. Der kleinere der beiden Jungen, vielleicht zwei Jahre alt, hatte ein trichterförmiges Behältnis mit Sand gefüllt und wollte es zu seinem Bruder bringen, der mit dem Stapeln von Zweigen beschäftigt war. Doch da stolperte er und der Sand fiel aus dem Trichter. Der kleine Junge war ganz verdutzt und fühlte nach, ob er wirklich leer war. Statt ihn neu zu füllen, war er frustriert, steckte den leeren Trichter in den Sand und wandte sich ab.

Zuhause holte sie eine Weihnachtskarte von ihrer Schwester aus dem Briefkasten. Ein merkwürdiges Motiv, denn man sah am rechten Rand abgeschnittene Geschenkpakete und am linken Rand, etwas, das sie beim besten Willen nicht erkennen konnte. Dazwischen war über die ganze Karte eine Schnur gespannt. Merkwürdige Weihnachtskarte. Ihre Schwester schrieb, dass sie sicherlich mit ihrem Sohn ein tolles Fest feiern würde. Dabei hatte sie ihr doch geschrieben, dass er bei seiner Freundin sei.

Ihre frühere Schulfreundin Ri. schrieb ihr eine Weihnachts-Mail. Sie und ihr Mann waren in ihr Haus eingezogen. Der Abschied von ihrer alten Bleibe, wo sie quasi ihr Leben lang seit dem Studium gewohnt hatte, kam einer Erschütterung gleich, wie sie schrieb und leider hatte sich das Verhältnis zu ihrer Freundin, die genauso lange in dem Haus wohnte, seit dem Auszug verschlechtert, das Verhältnis sei seitdem „etwas beschädigt und distanzierter", aber so sei das eben.

Es war Zeit für ihren Nachmittagskaffee zum Mitnehmen. Von der Bank in der Nähe stand gerade eine Frau auf, so dass sie sich niederlassen konnte und an den Baum, der auch an der Bank stand, hängte sie zwei Kugeln. Plötzlich stand Io. vor ihr, die jetzt 78jährig nochmal auf alte Zeiten zu sprechen kam, dass sie noch von der Büste, die sie damals von ihr gemacht hatte, die Vorderseite hätte, aber dass sie unansehnlich geworden sei, denn sie habe lange Zeit auf dem Balkon gestanden. Ja, sie erinnerte sich auch an die Zeit, und dass ihr Mann gar nicht begeistert war von der ihr sehr ähnelnden Büste, denn, wie er meinte, sei eine Skulptur etwas Totes. Io. trug wie schon 1980 hellblauen Lidschatten und ein schwarzer Strich umrandete ihre Augen. Io. erinnere sich an ihre „schwarze Phase", wie sie sagte, dass sie damals ihren Namen geändert hatte und sie sich geweigert hätte, sie mit diesem Namen anzureden. Sie sagte das so, als wenn sie darauf stolz sei. Sie hatte ihr seinerzeit auch vorgeworfen, dass sie sie mit ihrem Lebenslauf erpressen würde, denn Io. hatte ihr, als sie wenig Geld hatte und Vieles verkaufte, eine Tasche und einen Becher abgekauft, die sie, als sie

213

wieder genügend Geld hatte, zurückkaufen wollte. Sie hatte aber nur leise angefragt, doch Io. reagierte äußerst aggressiv. Damit war der Kontakt vorbei. Sie hatte inzwischen mehrere Operationen hinter sich, war aber sehr stolz darauf, dass sie nie Schmerzen gehabt hätte. Sie meinte, dass könne man selbst bestimmen, ob man Schmerzen fühlen würde, wollte oder nicht, aber dann machte sie die Einschränkung, dass es vielleicht vom Charakter abhinge und sie hätte eben diesen willensstarken Charakter. Sie erinnerte sich daran, dass sie, als ihr Mann erkrankte, sagte, dass er sie mit seiner Krankheit erpressen wolle. All das war lange her. Ihren Sohn habe sie schon Jahre nicht gesehen, denn der arbeite in der großen, weiten Welt.

Auf dem Rückweg dachte sie an den kurzen Moment an der Elbe heute Vormittag, da hatte sie sich hinreißen lassen und war in ein Gefühl, ein Bedürfnis eingetaucht: Sie sah wie sie ihren Kopf an die Schulter von Nikolaj lehnte, der mit ihr am Strand lag. Das war ein unrealistischer Wunschtraum.

Sie erinnerte sich, dass er sagte "wir (er und seine Lebensgefährtin) das ist der Strand".

Sie sah zufällig Il. mit ihrem Mann, die sie seit Jahrzehnten nicht gesehen hatte. Sie waren einmal für kurze Zeit Kolleginnen gewesen. Sie ging von der Schule weg und wurde in der

Lehrergewerkschaft aktiv. Als sie sich damals wieder begegneten, erzählte sie ihr von ihrem Beziehungsdrama, denn sie hatte sich in einen verheirateten Mann verliebt, der sich über einen längeren Zeitraum nicht zwischen seiner Frau und ihr entscheiden konnte. Sie kämpfte wie eine Löwin, verbissen sogar, wie ihr schien, denn er war die Liebe ihres Lebens. Das Gute war, dass er von Anfang an im Gegensatz zu Nikolaj beiden Frauen gegenüber mit offenen Karten spielte. Er hatte Il. nie versteckt, ihr demütigende Heimlichtuerei zugemutet wie Nikolaj es mit ihr getan hatte. Il. hatte ihn endlich für sich gewonnen. Er trennte sich ein für alle Mal von seiner Frau. Und wie sie sah, waren sie immer noch ein Paar.

Sie seufzte und dachte, wenn man der Liebe nachgab, konnte sie so oder so ausgehen, das hing ganz von den Beteiligten ab.

Im Hause angelangt - sie zog gerade ihren Mantel aus - hörte sie ihre Nachbarin von oben, die bei der Nachbarin ihr gegenüber eine Etage tiefer klingelte, sagen, sie müsse unbedingt kommen und sich ansehen, was sie Tolles vom Vermieter bekommen hätte. Es stimmte, sie hatte bei ihm ein Stein im Brett, das wusste man. Obwohl er jünger war als sie, war er wie ein stellvertretender Papa, der sie offenbar „liebte" und verwöhnte. Ein hellhöriges Haus.

Sie hatte in der letzten Nacht abermals schlecht geschlafen und fühlte sich schon den ganzen Tag miserabel, sie hatte das Gefühl, sie könne sich nicht mehr auf den Beinen halten und kroch ins Bett, wo sie tatsächlich in den Schlaf hinüberglitt. Sie konnte sich beim Aufwachen noch an ihre Gedanken erinnern, die darum kreisten, dass ihre Schwester ihr nie etwas geschenkt hatte, bis auf einen Abreißkalender zu Weihnachten, von dem man jeden Tag ein kleines, dünnes Blatt von ca. 4 mal 4 Zentimeter abriss, auf dessen Rückseite ein Witz stand, der zum Lachen bringen sollte. Sie selbst hatte ihr einen Silberring geschenkt, der aber keine Wertschätzung erfuhr. Sie erinnerte sich an ein gerahmtes Gemälde von Lionel Feininger, dass sie ihr und ihrem Mann zur Hochzeit geschenkt hatte. Sie ärgerte sich, dass sie schon wieder bei diesen alten, aber offenbar langlebigen Kamellen gelandet war, sie dachte sogar daran, dass ihre Schwester ihr noch nicht einmal ein Eau de Cologne schenkte, nicht ein einziges Mal, obwohl sie ihr Leben lang in einem Friseursalon mit Parfümerie arbeitete, wenn auch nur zwei Tage die Woche. Sie schickte ihr die Rechnung mit, als sie einmal eines bei ihr „bestellte". Sie dachte daran, dass ihre Schwester mehr von der Welt gesehen hatte als sie, viel mehr. Sie kam zu dem betrüblichen Schluss, dass sie ein großes Eifersuchts- und Neidproblem mit der

„Erstgeborenen" hatte, weil auch diese sie nicht liebte. Vielleicht auch generell. Wie enttäuschend und frustrierend, was sie da über sich herausgefunden hatte.

Der nächste Morgen war grau, neblig, regenschwanger. Sie fuhr trotzdem mit dem Bus und holte bei F. ihren Kaffee zum Mitnehmen. F. war nicht gut drauf. Sie fühlte sich schlapp und ihr sei den ganzen Tag über gestern schlecht gewesen. Ihre Mutter, die selbstständige Intensivpflegerin war, würde nicht zu Weihnachten aus Süddeutschland anreisen wie sonst, denn sie verdiene wegen Corona 50% mehr als üblich. F. konnte es verstehen, denn sie seien Muslime, wenn auch keine gläubigen, und würden sowieso kein Weihnachten feiern. Sie war heute neben der Spur wie sie sagte und so fiel auch der Kaffee aus.

Draußen lief sie durch die Nebel verhangenen, feuchten Straßen an Menschen vorbei, die zu allermeist Masken trugen, sie wusste nicht, wohin sie irrten, vielleicht einen Tag vor Heiligabend noch Lebensmittel einkaufen.

Während sie durch die nebeldunstigen, engen Gassen in Ottensen lief, spürte sie eine tiefe Sehnsucht nach Nikolaj, es war, als würde sie ihm mit ihrer tiefen Sehnsucht im Bauch entgegeneilen, ihm, der auch ihr entgegeneilte, denn sie spürte zugleich auch seine Sehnsucht aus glücklichen Tagen von damals, als er zu ihr sagte, dass er jede Sekunde an sie denke, mehr als 24 Stunden am Tag, mehr als der Tag Stunden habe, dass er sie immer lieben würde, für immer begehren, dass das niemals aufhören würde…..

Die glücklichen Tage endeten dennoch….

Sie begegnete der Rollstuhlfahrerin mit ihrer Begleitperson, ihrer Betreuerin. Sie hatte als Studentin plötzlich die Diagnose Multiples Sklerose (MS) bekommen. Anfangs hielt sie sich noch auf Krücken. Davor ging sie schwankend, weshalb sie die Unbekannte gefragt hatte, ob sie behilflich sein könnte. So lernten sie sich kennen. In dem Gespräch damals hatte sie geklagt, dass die meisten Leute schimpften, weil sie dächten, sie sei betrunken und torkelte deswegen. Neben der Begleitung ging auch der Hund an der Seite ihres Rollstuhls. Sie erinnerte sich noch an ihren langen Kampf mit der Krankenkasse, denn sie wollte damals für den Winter einen komfortablen Rollstuhl. Sie klagte über die ständig defekten Fahrstühle an den U-und S-Bahnstationen. Besonders in schlechten Phasen half ihr die Psychotherapie.

Sie grüßten sich und plötzlich fiel ihr ein, dass sie eine Weihnachtskugel mit einem Band zum Anhängen in ihrer Tasche hatte. Sie drehte sich um und rief, dass sie etwas für sie habe. Sie überreichte ihr die Weihnachtskugel und die Frau, die inzwischen ihren Doktor gemacht hatte, freute sich sehr und wünschte ihr schöne Weihnachten.

Und dann glaubte sie es nicht, aber sie nahm Heiligabend von der blinden Freundin ihres Sohnes ein Brief Päckchen aus dem Briefkasten und darinnen befand sich der Ring!!! Sie freute sich unglaublich und sandte ihr eine Sprachnachricht, in der sie ihrer großen Freude Ausdruck verlieh und versprach, wenn sie wieder in Nice sei, vielleicht in einem Jahr, würde sie den Ring extra für sie noch einmal kaufen, dann könnte sie sich auch die Steine aussuchen. Aber diesen Ring mit seiner Geschichte (die sie im Buch „Der Himmel…." ausführlich erzählte) konnte nur sie tragen. Sie hatte ihn auch allerliebst verpackt, auf eine Zimtstange gesteckt, die sie auf eine mit schönem Papier bezogene Karte geklebt hatte, mit hervorstehenden, fühlbaren Nelken drum herum, die sie in das Papier gesteckt hatte, so dass es aussah wie ein Tannenbaum. Darüber in Blindenschrift schrieb sie „Frohes Fest!"

Später schickten ihr die beiden eine Sprachnachricht, denn sie hatten das Paket ausgepackt. Sie freuten sich insbesondere über die gebastelte Karte, die sie aufhängen wollten. Der Stern stehe jetzt auf der Fensterbank und die Wünsche in Blindenschrift, mit Knöpfen aufgeklebt, hatten sie dieses Mal lesen können, sie zählten die Geschenke auf, über die sie sich gefreut hatten. Sie würden am ersten Weihnachtstag mit den erwachsenen Kindern der Freundin feiern, für die sie auch etwas ins Paket gelegt hatte, sie freute sich auf den Anruf, den sie verabredet hatten.

Vorher traf sie zufällig die Frau aus der Nachbarschaft mit dem schönen leuchtenden Herrnhuter Stern im Fenster, der sie ein Weihnachtskärtchen auf den Briefkasten gestellt hatte. Die Nachbarin sagte, dass sie gerade zu ihr wollte, und gab ihr eine Tüte mit Keksen und einem Weihnachtsmann sowie einer Karte, die vorne eine rote Krake zeigte, die unter jedem ihrer Arme ein Geschenk eingeheimst hatte, es war ihr Lieblingstier, über das sie schon viele Dokumentationen gesehen hatte. Im neuen Jahr wollte sie sie einmal einladen. „Versprochen!", fügte sie hinzu. Ihr Mann kam auch noch heraus und wünschte schöne Weihnachten. War sie aufdringlich gewesen? Denn warum sagte die Nachbarin „Versprochen!" Hatte sie den Eindruck hinterlassen, dass sie Anschluss suchte? Das wäre schrecklich. Es war doch nur der mild gelb leuchtende Stern, der sie fasziniert hatte.

Damit nicht genug, die junge Studentin aus dem Haus, die mit Jugendlichen arbeitete, hatte für sie eine Karte gebastelt und zusammen mit

Weihnachtspralinen in ihren Briefkasten gesteckt, auch C. aus dem Haus hatte ihr ein nettes Kärtchen geschrieben und zwei Teebeutel angehängt. Sogar aus dem Haus, in dem ihr Sohn wohnte, kam eine liebe Karte von dem Ehepaar M., sie zeigte die roten Holly-Beeren einer Stechpalme.

Die meisten ihrer Bekannten hatten ihre Weihnachtswünsche nicht erwidert. Darunter auch M. und Mi., … Es war nicht jedermanns Sache.

Am nächsten Tag, der erste Weihnachtstag, öffnete sie ihren Briefkasten bevor sie zur Elbe fuhr. Sie fand einen Weihnachtsmann mit guten Wünschen und lieben Grüßen von Jun., dem neuen Hausbewohner. Der Weihnachtsmann war aus After Eight Minz Schokolade. Das erinnerte sie an früher, als sie so alt war wie er, und gerne die dünnen Schokoladen Täfelchen von After Eight gegessen hatte, die mit Minze gefüllt waren.

An der Elbe war schon recht viel los, verständlich, denn es war der pure Sonnenschein. Sie genoss ihre Wanderung, nur bedrückte sie jedes Mal nach wie vor die enge Passage vom Bus bis zum Strand, wo die Leute einfach keinen Abstand hielten, sondern dicht an dicht, in Paaren oder Familien, den Platz für sich beanspruchten. Warum gab es hier keine Maskenpflicht? Als sie dann an der Bushaltestelle stand, nicht an der ersten, sondern weiter gegangen war zur zweiten, weil der Bus erst in 18 Minuten angekündigt war, kamen zwei Jogger, der erste wich aus, denn es war ein ganz schmaler Gehweg. Die zweite Person war eine sehr junge Joggerin, der sie zurief, dass der Bus komme, in den sie ja einsteigen wollte, aber die Joggerin stieß sie gebieterisch und brutal zur Seite, lief keuchend an ihr vorbei und weiter.

Am Strand selbst hatte sie ein nettes Erlebnis, denn sie hatte sich einen Espresso und ein Croissant vom Strand Kiosk geholt und sich abseits gestellt, sah in die Sonne, während sie „frühstückte". In fünf oder mehr Metern hörte sie Menschen Französisch sprechen, da rief sie der Familie auf Französisch zu, dass sie ihr Frühstück einnehme. Die Familie lachte. Der Mann hatte in zwei bis drei Meter Entfernung eine Eisentür besehen, und sie fragte ihn auf Französisch, ob er Künstler sei. Nein, aber er interessiere sich für Kunst. Er war mit seiner Frau 3 bis 4-Mal im Jahr in Hamburg bei seiner Tochter, die bei Airbus arbeitete und Familie hatte. Er fand auch die Graffitis an den Mauern am Strand entlang interessant. Sie fragte ihn, ob er schon die Malereien an der Berliner Mauer gesehen hätte. Ja natürlich. Sie waren mit dem Neugeborenen in Berlin, weil nur dort im Konsulat konnte der Kleine, der in Hamburg geboren wurde, Franzose werden. In Frankreich wohnten sie in einem kleinen Dorf. Hamburg gefiel ihm sehr. Sein Schwiegersohn arbeitete bei einer Fluggesellschaft, er selbst habe auch mit Flugzeugen gearbeitet, und der Kleine habe schon sein erstes Flugzeug gezeichnet. Er fühlte sich wie zu Hause im Stadtteil, es war zufällig der, in dem auch sie wohnte und sogar wohnten sie in der Straße, in der ihr Sohn wohnte. Er sagte, die Leute aus den Geschäften der unmittelbaren Umgebung würden ihn schon kennen und ihn beim Vornamen nennen. Die Familie rief nach ihm, denn sie waren auf dem Heimweg. Er wünschte ihr noch „Joyeux Noel".

Bevor sie zur Elbe ging, stellte sie eine Tüte mit ihrem schwarzen Wintermantel auf die Straße, denn das war jetzt üblich geworden, dass die Leute ihre gebrauchten Sachen auf die Straße stellten, damit andere, die Gefallen daran fanden, sie mitnahmen, egal ob Kleidungsstücke, Möbel, Geschirr oder Bücher. Sie hatte lange gezögert, denn der Mantel hatte seine Vorteile, u.a. konnte sie ihn anziehen, wenn sie sich verkriechen, verbergen, verstecken wollte, sich unsichtbar machen wollte, es gab solche Tage, aber sie hatte unsäglich unter dem Schwarz gelitten, mehr und mehr, also gab sie sich einen Ruck.

Es kam die nächste Überraschung, denn als sie mit ihrem Sohn am ersten Weihnachtstag abends telefonierte, sie begeistert davon erzählte, wie wunderbar seine Freundin den Ring verpackt hatte, sagte er, dass es nicht seine Freundin war, sondern er, der das bewerkstelligt hätte. Er sei auf die Idee mit der duftenden Zimtstange gekommen, darauf, den Wickelring darüber zu streifen, seitlich der Zimtstange die Nelken in die in Geschenkpapier eingebundene Pappe, zu stecken, sie so anzuordnen, dass sie wie Zweige von dem Stamm, der Zimtstange, abgingen. Auf das Kunstwerk hatte er frische Tannenzweige gelegt und dann in die Verpackung geschoben …. Sie war baff und war mehr als gerührt!!!

Bevor sie an Heiligabend das Päckchen in ihrem Briefkasten erstaunen ließ, kam sie ein paar Häuser zuvor an der Bäckerei vorbei, die gerade ihre Pforten schloss. Die Verkäuferin hinter der Theke, die sie seit, sie wusste nicht wieviel, Jahren kannte, formte mit ihren Fingern ein Herz, um ihr zu sagen „Alles Liebe zu Weihnachten". Sie erschrak kurz, denn genau so mit Fingern war das Herz geformt, das Nikolaj ihr, auf einer Klappkarte dargestellt, sandte, in die er seinen Geldanteil für den Ring gelegt hatte und ihr diese vor über einem Jahr schickte. Seitdem war viel passiert, die Beziehung lag in Scherben, weshalb sie seinen Geldanteil an die SOS-Kinderdörfer überwies. Materiell gesehen war es jetzt ihr alleiniger Ring, sie war frei und allein, doch sie dachte immer noch unentwegt an ihn, nicht nur in ihren schlaflosen Nächten.

Das erstaunte sie dann doch, als sie sich letzte Nacht daran erinnerte, dass sie einmal zu ihm sagte, sie sähe ihn oft in Hamburg aus dem Flugzeug steigen und er antwortete, das würde nicht passieren.

Auch letzte Nacht stellte sie sich die Situation vor Augen, sie sah ihn aus dem Flugzeug steigen und empfing ihn freudestrahlend, auch er strahlte. Normalerweise fuhr sie immer mit dem Bus, aber dieses Mal ging sie auf den Taxistand zu. Sie stiegen ein, und sie nannte dem Fahrer oder der Fahrerin den Straßennamen. Was hatte sie gesagt? Sie hatte die Straße genannt, in der ihr Elternhaus lag. Was sollte das bedeuten? Hatte sie ihren geliebten Papa abgeholt? Hatte sie sich ihr Leben lang gewünscht, dass ihr Papa sie geliebt hätte? Das Verhältnis zwischen ihr und ihrem Vater war zerrüttet. Aber wer weiß, vielleicht war eine kindliche Sehnsucht nach einem liebenden Vater geblieben, einer rückhaltlosen Liebe, einer bedingungslosen Liebe. Aber in der Beziehung zu ihrem Vater gab es viele Bedingungen, hatten sich viele Bedingungen aufgebaut, die wie Barrikaden zwischen ihnen hochauf standen, hinter denen jeder in seiner eigenen Welt lebte.

Alles begann in der letzten Nacht damit, dass sie sich vorstellte, wenn es Corona zuließe, ihm eine mail zu schicken, wenn sie vor Ort wäre. Sie entwarf einen Brief, in dem sie schrieb, dass sie sich über ein Wiedersehen mit Kaffeetrinken oder Spaziergang freuen würde. Dass sie hoffe, dass er keine Angst vor Vorwürfen hätte oder Groll oder vor sonst irgendetwas, denn sie wollte ihn einfach nur wiedersehen, und sich daran erfreuen, dass er gesund und munter sei, dass es ihm gut ginge, er wohlbehalten durch die Coronakrise gekommen sei und er mit seinem Leben zufrieden sei. Ganz zu Beginn hatte sie schreiben wollen, sie würde ihn gerne treffen, um jenen Mann wiederzufinden, den sie zum allerersten Mal im Café gesehen und den sie nach dem Weg gefragt hatte. Sie würde nicht schreiben, dass sie diesen Mann nie mehr wieder getroffen hatte. Es war ein fremder, ein anderer Mann, den sie kennen gelernt hatte.

Ihre Augenschmerzen wurden unerträglich. Als hätte sie Tag und Nacht geweint, Tage und Nächte. Dabei weinte sie schon seit Jahren nicht mehr. Konnte nicht. Sie sah sich innerlich weinen, aber nach außen floss keine Träne. Sie benetzte ihre Augen mit Augentropfen, die zur Befeuchtung von Augen und harten Kontaktlinsen gedacht waren. Damit ging es ihr schon besser, und sie legte sich schlafen. Als sie erwachte, ging es ihr jedoch schlecht, denn es war noch Tag. Vielleicht hätte sie doch bis zum Abend durchhalten sollen, aber sie hatte in der Nacht kaum geschlafen und sich schlecht auf den Beinen gehalten. Sie hatte immer das Bild vom gestrigen letzten Weihnachtstag vor

Augen, als sie oben auf dem Strand an der Elbe spazierte und der Mann mit dem hellblauen Stein am Hals mit Hund unten am Wasser entlangging und ihr zurief: Frohe Weihnachten! Sie winkte ihm zu. Er war wieder in Begleitung jener Frau, deren Hund er manchmal zusammen mit seinem ausführte. Kennen gelernt hatte er sie am Strand beim Hundeausführen. Sie fragte sich, was mit seiner Frau sei. Warum ging er nie mit seiner Frau oder seiner Tochter? Vielleicht zu einer anderen Tageszeit, denn mit den Hunden musste man ja öfters am Tag raus. War ja auch egal, aber sie sah immer dieses Bild, er unten am Wasser, sie weiter oben auf dem Sand, und er rief laut trotz aller SpaziergängerInnen zu ihr herauf: Frohe Weihnachten! Sie wusste nicht, warum es ihr Anlass zum Weinen gab. Aber sie weinte… Vielleicht, weil sie doch alleine geblieben war?

Sie wachte in der Nacht mit fürchterlichen Kopfschmerzen auf. Das passierte manchmal, aber selten. Sie dachte, dass es vielleicht an der Weihnachtsschokolade läge, die sie gegessen hatte und die Zähne darunter litten. Zähne waren oft die Ursache. Sie war aber zu faul aufzustehen und sich nochmals die Zähne zu putzen, denn sie hatte es ja schon getan. Wahrscheinlich war es doch die Erinnerung, mit der sie aufgewacht war, jener, die sie wieder an den Ford in Antibes versetzte, wo Nikolaj sich von ihr distanzierte, um mit den beiden Frauen unauffällig zu flirten. Vielleicht waren es sogar die beiden Frauen aus seinem Wanderclub, mit denen er und ein Freund regelmäßig wanderten einmal die Woche und anschließend etwas trinken gingen. Vielleicht war das alles nicht wahr, aber sie fühlte die Kränkung und Demütigung sehr schmerzhaft, das wäre nicht so gewesen, wenn er ihre Nähe gesucht hätte und nicht die der beiden Frauen. Wenn er ihr seine Liebe gezeigt hätte, statt den Flirt mit den beiden Frauen zu suchen, sie sah heute noch das Gesicht der einen Frau, die ihn immer wieder lächelnd ansah und Nikolaj erwiderte ihr Lächeln, statt wegzuschauen, um damit zu zeigen, dass er zu ihr gehörte. Sie erzählte bei dem Spaziergang am Nachmittag, den sie mit So. durch die Schrebergärten unternahm, davon, er sagte, dass er auch diese demütigende Erfahrung gemacht hätte, mit Frauen, die ihn im Stich ließen, weil sie durch Flirten mit fremden Männern in seinem Beisein Befriedigung gesucht hätten, ihn auf diese Weise gedemütigt hätten. Sie hatte mit Nikolaj anschließend nicht über ihre Gefühle gesprochen im Gegensatz zu So., er sagte, dass die Frauen ihm in diesen Gesprächen stets grundlose Eifersucht vorgeworfen hätten.

Davon abgesehen, war es ein schöner Spaziergang unter einem leuchtenden Abendhimmel, der am Wasserturm vorbeiführte. Silvester würde er zeichnen und Musik hören. Er hatte an einen Freund seiner Exfreundin fünf Zeichnungen verkaufen können, das gab ihm Auftrieb. Er hatte sehr unter dem Tod seiner ihm gleichaltrigen Schwester gelitten, mit der er ein sehr enges Verhältnis hatte, sie waren wie Zwillinge. Sie hinterließ ihm ein bescheidenes Vermögen, das durch den Tod seiner Mutter, die zuletzt behauptete, sie hätte keinen Sohn, erheblich aufgestockt wurde, so dass er keine Grundsicherung beantragen musste, sondern gut über die Runden kam und im Alter abgesichert war. Auch er war froh darüber, und sie konnte erleben, dass er wieder ein bisschen aufblühte, denn die Gefahr, die Wohnung nicht mehr bezahlen zu können, hatte ihn geknickt.

Abends hörte sie Play Jazz. Es gab einen Jahresrückblick, und es ging um streaming Erlebnisse in Zeiten von Corona. Sie wunderte sich, dass die Moderatorin sagte, sie sei immer „ein überzeugter Konzertgänger" gewesen. Es kam ihr befremdlich vor, denn sie war doch eine Frau. Warum sagte sie nicht, sie sei immer eine überzeugte Konzertgängerin gewesen? Der Moderator setzte dann noch eins drauf, in dem er ein Zitat brachte, in dem es hieß, streaming (gegenüber live Konzerten) sei wie Sex mit drei Kondomen. Sie stellte das Radio aus.

Sie ging an der Elbe spazieren und hatte großes Glück, denn es war Ebbe und sie konnte kilometerweit dicht am Wasser entlanglaufen. Es war viel Betrieb, aber da der Strand durch die Ebbe fast doppelt so breit war wie sonst, verteilten sich die SpaziergängerInnen. Das war wunderbar, einmal entspannt am Wasser zu gehen. Sie sah auch den Mann mit dem Straßenköter Hund, aber er schaute in eine andere Richtung. Sie spürte eine große Dankbarkeit, während die Elbe unablässig ihre Wellenschläge abgab, die sie für ihren Sohn aufnahm, damit auch er teilhaben könnte.

Die Impfung kam nur langsam in Gang, und es hieß der lock down, der bis zum 10. Januar gelten sollte, würde verlängert. Leider kam auch die Diskussion auf, die Geimpften in Lokalen und bei Flügen zu bevorzugen, so dass Feindschaft vorprogrammiert war.

Schon wegen der schleppenden Eindämmung der Pandemie, würde Nikolaj sie nicht treffen wollen, und abgesehen davon, ja sowieso nicht. es war ja auch gar nicht abzusehen, ob sie wirklich ihren Urlaub antreten könnte.

Einen Tag vor Silvester ging sie mit Lei., die wieder einen Kräuterpunsch dabei hatte an der Sebeck spazieren, einem schmalen Flüsschen, das zu einem See führte, nicht allzu klein, aber auch nicht groß. Es waren viele Jogger unterwegs und spazierende Menschen mit Hunden. Lei. war schon dabei, ihren Sommerurlaub in Frankreich dingfest zu machen. Sie planten in der Nähe von Lyon einen Familien Urlaub mit Esel Führung und anschließend noch eine Woche in Nice. Man würde abwarten müssen, ob bis dahin ein problemloser Urlaub wieder möglich wäre. Sie sagte auch, dass über Weihnachten in Nice Schnee gefallen sei. Früher hätte ihr Nikolaj sofort dazu ein Foto geschickt, aber das war früher. Sie sagte Lei., dass sie ihm zu Weihnachten nicht geschrieben hätte. Er hätte ja auch nicht geantwortet, erwiderte sie, das sagte sie sich ja auch fortwährend. Vielleicht sei sie krank, meinte sie zu Lei., nein, sagte diese, sie habe höchstens eine Macke so wie alle ihre Macken hätten. Sie war froh, dass Lei sie nicht verurteilte, das hatte sie noch kein einziges Mal getan. Das war wichtig, um das Vertrauen zwischen ihnen zu erhalten. Und was würde sie Morgen an Silvester machen? Sie würden unter sich bleiben und gefüllte Eier essen. Lei. würde 10 Eier hart kochen, durchschneiden und das Gelbe herausheben, es würde dann mit Tunfisch, Frischkäse, Kapern, Zitronensaft und Gewürzen vermischt und wieder in die Kuhlen der weißen Eierhälften gefüllt.

Ri. und ihr Mann würden mit einem befreundeten Paar in ihrem neuen Haus anstoßen und ins neue Jahr rutschen. Die 97-jährige Mutter ihres Mannes war guter Dinge, sah in ihrem Pflegeheim auf den Fluss und war der Meinung, wenn sie 97 Jahre sei, wie sie erfragt hatte, dann könnte sie wohl auch noch 100 werden.

In den Nachrichten hörte sie von den hohen Infektionszahlen in Nice, derzeit die höchsten in Frankreich. In Hamburg und Deutschland sah es auch nicht gut aus, der lock down würde auch nach dem 10. Januar weitergehen.

Das Café am Silvestertag machte später auf als sie dachte, deshalb fuhr sie erstmal mit dem Bus runter zur Elbe. Es war noch Ebbe, und sie konnte schön am Wasser entlanggehen. Kurz bevor sie zurückgehen wollte, traf sie auf den Mann mit der Hündin L., der auch auf dem Rückweg war, so dass sie gemeinsam weitergingen. Er sei auch Lehrer gewesen und habe sich seit seiner Pensionierung noch an keinem Tag gelangweilt. Weihnachten geschah in Familie, allerdings blieb die Schwiegertochter mit dem gerade geborenen Baby vorsichtshalber bei sich. Er traf unterwegs noch andere Hunde BesitzerInnen, mit denen sich ein lockerer Kontakt angebahnt hatte, denn wenn alle in etwa um dieselbe Uhrzeit gingen, war das so. Bei einem toten Fisch blieben sie stehen. Es war der bisher größte tote Fisch, den sie am Strand gesehen hatte. Ihm fehlte das Auge. Als wenn es ihm jemand vorsichtig herausgenommen hätte, denn die Haut drumherum war unbeschädigt. Der Fisch hatte am Rücken ein Loch und der Hundebesitzer meinte, dass es vielleicht ein Schiff war. Sie hatte immer merkwürdige Gefühle, wenn sie auf tote Fische traf, was jedoch selten war. Starb demnächst jemand? Oder war schon jemand gestorben? Natürlich erzählte sie davon nichts. Der Lehrer und sie plauderten noch bis sie sich trennten und sich einen guten Rutsch wünschten, Bis zum nächsten Jahr, sagte er, wie er es schon zuvor zu anderen gesagt hatte. Er ging den Berg hoch, und sie ging zum Bus.

Sie dachte an den toten Fisch, an den Tod. Daran, dass einmal alles zu Ende war. Als sie gestern mit Lei. um den See spaziert war, erzählte ihr Lei. von dem Seidentuch, das ihre Mutter mit einer Birke bemalt hatte und welches sie beim Aufräumen wiedergefunden hatte. Sie wollte es bügeln und aufhängen, denn es hatte schon in der Wohnung ihrer Eltern gehangen. Sie bat Lei., ihr ein Foto zu schicken. Sie wusste, dass ihre Mutter früh an Krebs verstorben war, mit 38 Jahren. Drei Jahre hatte sie gekämpft und während dessen fühlte sich Lei., die zwischen ihrem 6. und 9. Lebensjahr die gesundheitlich und psychisch schlechten Phasen ihrer Mutter miterlebte, in gewisser Weise auf ihren Tod vorbereitet und war erleichtert, als ihre Mutter es geschafft hatte, das Leben loszulassen, vom Leben Abschied zu nehmen. Sie fühlte sich durch die Anwesenheit der Großeltern und des Vaters weder alleine noch alleine gelassen.

Abends bekam sie das Foto. Sie sah mit Interesse den Baum, die Birke. Sie hatte einen schmalen Stamm, fast zart, aber eine weitreichende Krone, die jedoch nicht zu schwer erschien für den zarten Stamm. Sie konnte nicht umhin ein Gesicht in der Krone zu sehen und einen zarten Körper in dem Stamm. Sie sah darin ein Gesicht, dass sich schon entfernt hatte, Abschied nahm, traurig war und schon in die Natur eingebettet, mit ihr eins geworden war.

Zurück in Altona ging sie noch kurz auf den Markt, am Anfang des Marktes war ein kleines Kleidergeschäft, das wie alle Läden geschlossen hatte. Sie mochte immer gerne in die Auslage dieses Ladens hineinblicken. Das tat sie auch jetzt und sah einen schönen Schal. Zufällig war die Inhaberin am Fenster. Sie zeigte auf den Schal. Die Inhaberin nahm ihn heraus, öffnete die Ladentür und zeigte ihn ihr, der schon 20€ herabgesetzt war, denn es war ein Winterschal. Ihr fehlten fünf €, doch die Inhaberin meinte, das sei kein Problem, gab ihr den Schal und sie gab ihr 40€. Wunderbar. Ein nettes Erlebnis. In einer anderen Schaufensterauslage fotografierte sie die Telefonnummer für click and collect, denn sie hatte für ihren Sohn einen süßen Vogel aus Filz entdeckt. Schön war, dass auch heute der Akkordeonspieler nicht fehlte, der so virtuos sein Instrument beherrschte und ihm Rhythmen und Melodien entlockte, die ihr nahe gingen, das konnte nicht unbelohnt bleiben.

Neujahr war da. Bevor sie zur Elbe fuhr, öffnete sie routinemäßig ihren Briefkasten. Heraus lugte ein „Glücks"Schwein. U. aus dem Haus hatte ihr ein Foto von einem Schwein reingeworfen, das sie, wie sie schrieb, im Sommer auf der Alp fotografierte, wo sie bei der Zubereitung von Käse half, was ihr großen Spaß bereitete. Das Ferkel erinnerte sie sogleich an ein Foto vom Bauernhof ihrer Eltern und Großeltern in Mecklenburg, auf dem die Großmutter mit einer Magd im Schweinstall zwischen den kleinen herumlaufenden Schweinchen stand. Sie würde das U. unbedingt zeigen wollen. Wieder zu Hause holte sie verbleibende Familienfotos hervor. Es fiel ihr dieses Mal insbesondere der Vater auf, der in seiner Soldatenuniform noch wie ein Junge aussah. Jungen hatten sie eingezogen, Jungen, sie waren noch Jungen. Es gab auch ein großes Portrait Foto, auf dem ihm sein junges Gesicht fremd erschien. Sie suchte nach Ähnlichkeit mit sich. Auf der Rückseite stand der Name des Fotografen und der Ort: Fr. Obst / Zamosc. Provinzhauptstadt in Polen, in der die Mehrheit der Einwohner Juden waren. Im zweiten Weltkrieg

„gehörte" die Region zum deutschen Generalgouvernement 1939-1944. Sie las auf Wikipedia: Mehrere tausend Juden wurden im Ghetto Zamosc zusammen mit deportierten Juden interniert und in den Vernichtungslagern ermordet.

Hatte ihr Vater damit etwas zu tun?

Merkwürdig, dass ihr Vater sich dort hatte porträtieren lassen, vielleicht um seiner Verlobten und Familie mit dem Foto eine Freude zu bereiten. Sie wusste, dass ihre Mutter Uniformen liebte. Das Foto zeigte ihn in Uniform mit Abzeichen, die bis unterhalb der Brust zu sehen war. Vielleicht stand er in der Not, gegenüber seiner Verlobten Eindruck machen zu müssen und auch gegenüber seiner Mutter, die einen Ortsgruppenleiter geheiratet hatte, denn seinen leiblichen Vater verlor er, als er zwei Jahre alt war. Seine Mutter konnte ein Düvel (Teufel) sein, jagte ihm so sehr Angst ein und drohte ihm so sehr, dass er von zu Hause floh. Aber dann doch zurückkehrte, denn er war ja erst 10 oder vielleicht 12. Diese Großmutter deren zweiter Mann, der Ortsgruppenleiter, sich erschloss, als die Russen kamen, lebte bis zur Flucht mit im Haushalt, beide Frauen zerrten an ihm, die eine wollte ihren Sohn, die andere wollte ihren Ehemann.

F. sagte, dass sie heute die erste Kundin sei. Niemand hole Kaffee zum Mitnehmen, aber es war ja auch erst 11.00 Uhr. Sie erzählte, dass heute ihre Mutter, die Intensivmedizinerin war, käme, und sie hoffe, dass sie etwas länger bliebe, denn sie habe sie so lieb, möchte sie am liebsten gar nicht alleine lassen, denn sie sei schon 64. Ihre Mutter wolle ein Haus in der Türkei kaufen, aber sei politisch nicht linientreu, deshalb habe sie Angst, dass sie einfach verhaftet würde, wenn sie in die Türkei einreise. F. hatte in ihrer frühen Kindheit abwechselnd in der Türkei und in Deutschland, wo sie geboren wurde, gelebt, ihr Bruder lebt mit ihrem Vater. Sie schwärmte von dem Bauernhof, neben dem Grundstück ihrer Großmutter gelegen und meinte, dass sie das geprägt habe, ihre positive Lebenseinstellung. Sie kamen darauf zu sprechen, weil sie F. das Schwein auf dem Foto von U. gezeigt hatte. F., die für ihre Zigarettenpause rausgekommen war, musste wieder reingehen,.

Sie fragte sich, warum sie solche Gedanken hatte? Sie wollte nach der Geschichte mit Nikolaj nicht mehr leben.

Der erste Alltag im neuen Jahr 2021. Sie war früh aufgewacht und hörte Radionachrichten im Bett. Trotzdem …, dessen Namen sie gar nicht aussprechen mochte, sein Veto eingelegt hatte, wurde der Verteidigungshaushalt in den USA beschlossen. Eine mehrtägige Silvester Party in der Bretagne mit 2.500 TeilnehmerInnen, die

Polizei schritt nicht ein, weil sie Gegengewalt befürchtete und viele Verletzte, die dann die Krankenhäuser zusätzlich belasteten. Doch es würde ein Nachspiel haben, Bußgelder von 135€ für die Teilnehmenden und hohe Strafzahlungen für die Organisatoren. In Deutschland wurden bislang 160.000 Menschen geimpft, davon 80.000 in Alten und Pflegeheimen., …

An der Elbe war es düster und nass. Aber sie traf die Frau, die wieder ihren gelben Mantel anhatte, denn das letzte Mal sah sie sie in Grau. Sie sagte, dass sie sich, da sie wieder den gelben Mantel trage, zuhause fühle. Sie bedankte sich dafür, dass sie die unterschiedliche Wirkung bemerkt hatte. Normalerweise ging sie mit ihrem Hund alleine oder mit ihrer Tochter, aber über die Feiertage war ihr Mann an ihrer Seite.

Als sie für die Rückfahrt an der Bushaltestelle stand, fragte sie sich, ob das nicht La. sei - der gerade ein Stadt Rad besteigen wollte, nachdem er offenbar an der Elbe gejoggt hatte -, an den sie gestern noch dachte, weil ihr aufgefallen war, dass sie ihn mindestens zwei Jahre nicht gesehen hatte. Ihre Freundschaft lag 40 Jahre zurück. Aber wie er jetzt sagte, wohne er immer noch am selben Ort und ging seiner Musik nach, lehrte Saxophon, Klarinette und Gitarre, während seine Frau Gesangsunterricht gab. Er sagte, dass er ihr französisches Buch bestellt habe, denn er habe sich für einen Französisch Kurs angemeldet, deshalb passte es. Als der Bus kam, sagte er noch schnell, weil sie unablässig schrieb, was sein Gefallen fand, auf Lateinisch: Nulla Dies Sine Linea. Keinen Tag ohne Linie. Allerdings bezog sich das wohl eher auf den Maler Appelles, der die Gewohnheit gehabt haben soll, zumindest eine Linie am Tag zu ziehen, um der Kunstausübung genüge getan zu haben.

Eingangs fragte La., ob sie in Urlaub gewesen sei, denn ihre Haut sehe gebräunt aus. Das war sie nicht. Er kam zu dem Schluss, dass sie sich vielleicht gut ernähre. Er sah auch nicht blass aus. Sie dachte, dass es die frische Luft war, die sie täglich hier an der Elbe einatmete.

Vor ihrem Café grüßte sie den über 80-jährigen Stammgast, der jedoch vorbeiging ohne sich einen Kaffee zum Mitnehmen zu holen, denn wenn er damit umherginge wie sie, würden ihm die Finger kalt. Sie nickte verständnisvoll, ihr froren auch jedes Mal die Finger fast ab. Er sagte noch: „Alles schlecht!" und ging seiner ziellosen Wege, im Kreis herum, wie viele.

Drinnen stand Me. hinter dem Tresen. Sie zeigte ihr ein Bild, das sie während ihrer 2- wöchigen Quarantäne endlich gemalt hatte. Sie war nach der Methode „pouring" vorgegangen, die sie sich auf

YouTube angesehen hatte. Es waren dunkle Farben, andere hatte sie nicht zu Hause, aber inzwischen habe sie sich Pastellfarben gekauft, denn sie wollte bald das nächste Bild malen. Das dunkle Bild mit hellen Tönen, mit Tiefen und Höhen erinnerte sie an das Ultraschall Bild eines Embryos. Sie freute sich sehr, dass Me. es angegangen war, ihr Bild zu malen.

Zuhause wartete der 6. Korrekturdurchlauf, sie fand jedes Mal etwas, was nicht stimmte, aber es ermüdete sie auch, immer wieder dasselbe zu lesen, weshalb sie danach einen Schlusspunkt setzten würde, auch wenn einiges an Korrekturbedürftigem und Korrekturfähigem dabei auf der Strecke bliebe.

Es wartete auch das Ausfüllen der Lücken des Versicherungskontos ihres Sohnes bei der Rentenversicherung, mit der sie inzwischen telefoniert hatte. Da müsste sie sich reinknien, Gott sei Dank hatte er drei Ordner mit allen? Unterlagen, die sie in seinem Wohnzimmertisch in der Etage unter der Glasplatte finden würde, wie er sagte.

Sie druckte in der Drogerie das Schweinestall Foto für U. aus, die ihr das Foto mit dem „Glücksschwein" in den Briefkasten gesteckt hatte. Es war ein registriertes Ferkel, denn man sah die Registrierungsplakette im Ohr, außerdem war es ein Ferkel, das sich in einem Gitter befand, während auf dem Foto vom Schweinestall ihrer Großeltern und Eltern, die Ferkel frei herumliefen und keine Plaketten im Ohr trugen. Auf dem Foto zählte sie 9 im Mist herumlaufende Ferkel, ob das alle waren, wusste sie nicht, es war ja nur ein Bildausschnitt. Die Großmutter und die Magd, die auf dem Foto auch zu sehen waren, trugen bodenlange Kleider mit weißem Kragen. Die beiden Frauen schauten beide nicht ins Bild, sondern auf den Boden. Sehr merkwürdig, sie schauten auch nicht die Ferkel an, sondern wie betreten zu Boden. Doch dann fiel ihr bei genauerem und nochmaligem Hinsehen auf, dass vor ihnen zu Füssen eine Schweinetrog stand, der wie ein langer Blumenkasten aussah und da hinein sahen die beiden Frauen einigen Ferkeln bei der Nahrungsaufnahme zu. So war es. Jetzt hatte sie es erfasst. Es war ein Futtertrog, der durch den ihn umgebenden Mist schwer zu erkennen war. Im Westen wohnten sie am Stadtrand und hielten u.a. zwei Schweine. Diese jedoch hatten keinen Auslauf, sondern mussten auf engem Raum ihre Tage bis zur Schlachtung verbringen. Die liebevolle Ansprache ihres Vaters, der sie „Möpper" nannte, bedeutete nicht, dass er sie nicht töten würde.

Im Café hatte Me. Schicht, die sie nach ihrem Alter fragte. Sie war 23 Jahre. Sie hatte sich heute mit einem schwarzen Henna-Stift ihre Handrücken mit Herzen und Kreuzen bemalt und an die Seite des Handrückens geschrieben: „just keep swimming". Sie meinte, das zu schreiben, sei jetzt angesagt. Vielleicht war es wie: „keep smiling". Oder „take it easy"?

Mit ihrem Elbspaziergang hatte sie viel Glück an diesem Sonntag, dem 3.1.2021, denn es war wieder Ebbe, und sie lief die ganze Strecke hin und zurück am Wasser entlang. Die Massen verteilten sich. Die meisten gingen oben, während sie auf den Steinen ging, die die Ebbe frei gelegt hatte, sie dachte dabei an den Strand von Nice, der auch ein Steinstrand war, mit größeren Kieseln bedeckt, keine kleinen Kiesel, deshalb war es etwas beschwerlich gewesen, als sie bis zum Musée des beaux arts in der Avenue des Beaumettes die weite Strecke auf den Kieseln lief. Hier an der Elbe, waren es immer nur kleine Abschnitte und nur wenn Ebbe war. Sie fand zwei interessante Steine und eine sehr große, leere Austernschale, die durch ihren Wasser Aufenthalt, viele Strukturen trug.

Während sie durch das feuchte Watt lief, was die meisten BesucherInnen wegen der Feuchtigkeit mieden, denn es lief immer ein bisschen Wasser zwischen den Sandgebilden mit, zog sie den Vergleich mit dem eigenen Inneren. Wenn man es leer glaubte, kam die Flut und brachte Fundstücke mit sich, (ob aus der Nacht, dem Tag, dem Urlaub, dem Strand, den Erinnerungen…). Die dauerhafte, vollkommene Leere war also eine Illusion. Sie brauchte daher nicht krampfhaft versuchen, nicht mehr an Nikolaj zu denken, ihre Erinnerungen an ihn krampfhaft zu vergessen. Es war sinnlos, es zu tun.

Die Elbe war ihr zum Sinnbild geworden. Und überdies, wollte sie denn ohne Erinnerungen an ihn leben?

Zurück in ihrem Stadtteil holte sie sich ein Stück Kuchen, Himbeer-Apfel-Streusel. Sie begegnete dem Mann, den sie aus einem Café kannte, das sie schon Jahre nicht mehr aufgesucht hatte. Sie war dort auch sowieso nur hin und wieder eingekehrt. Aber sie bekam mit, dass ein Stammgast vor 6 Jahren plötzlich nicht mehr gehen konnte. Er habe einen Schlaganfall gehabt, sagte er ihr damals. Jetzt lief er wieder flink wie ein Wiesel, was übertrieben war. Er hatte komplett sein Leben geändert. Die Arbeit von heute auf Morgen beendet, die Beziehung aufgegeben. Ein Jahr später hatte er eine neue Frau an seiner Seite gefunden, eine neue Wohnung.

Als sie die Straße weiter entlang ging, sah sie wie ein Mann einen großen Weihnachtsbaum auf die Straße trug und zu anderen schon abgelegten Bäumen stellte. „Die Zeit ist schnell vergangen!"

sagte sie zu ihm. Er nickte lachend und sagte etwas, was sie nicht verstand wegen der Maske und weil sie im Weitergehen gesprochen hatte. Die Weihnachtsbäume waren schon vor vielen Häusern abgestellt, jedoch leuchtete noch in etlichen Wohnungen der Weihnachtsstern.

Sie hatte zwei sehr schlechte Tage hinter sich. Sie fragte sich, ob sie die beiden übermalten Portraits aus dem Buch rausnehmen sollte, denn sie zeigten, wie brutal die Beziehung sie angefasst hatte und mit welcher Kraft sie darauf reagiert hatte. Aber dann entschied sie sich dafür, sie im Buch zu lassen, aus genau dem Grund.

Als sie das Fenster schloss, sah sie ihre hochbetagten Nachbarn, die in ein Taxi stiegen, er mit viel Schwierigkeiten. Vielleicht fuhren sie in das heute eröffnete Impfzentrum?

Sie fuhr an die Elbe, obwohl das Wetter sehr schlecht war, ein tief hängender, dunkler Himmel mit Nässe im Gepäck, sie erhoffte sich trotzdem eine Verbesserung ihres Zustands und wurde nicht enttäuscht, nur dass sie auf dem Rückweg unterwegs ihre Maske verlor, für die sie noch vor kurzem ein Lob bekommen hatte. Sie hielt sich im Bus ein Tuch vor Mund und Nase und steuerte die Drogerie an, aber dort hatten sie nur buntes Zeug, sie ging in eine Apotheke und bekam dort eine FFP2 Maske.

An der Elbe hatte sie nochmals mit Empörung daran denken müssen, dass Nikolaj es durchsetzte, während ihres ersten Aufenthalts von wenigen Tagen, trotzdem am Dienstag wandern zu gehen. An diesen Wanderungen nahm seine Frau nicht teil. Als sie das zweite Mal hinfuhr, weil er gesagt hatte, wenn seine Frau verreist sei, würde alles anders sein, weil er frei wäre, war er jedoch abermals nicht bereit, obwohl sie nur ein paar Tage in der Stadt war, auf seine Dienstag Wanderung zu verzichten, die er an allen anderen Dienstagnachmittagen im Jahr durchführen konnte, denn sie wurden das ganze Jahr über jeden Dienstag angeboten. Sie war gekränkt, er blieb hart, um dann den Vorschlag zu machen, dass er verzichte, dafür aber müsse sie darauf verzichten mit ihm am Dienstagvormittag spazieren zu gehen. Er hätte abends (nach 22.00 Uhr) zuvor mit seiner Führerin telefoniert und erfahren, dass die Wanderung wegen des für den Nachmittag angesagten Regens nicht stattfinden würde. Ok. Sie verabredeten sich für 13.00 Uhr, um ins Kino zu gehen. Sie war schockiert, als er ihr erzählte, dass er dafür am Vormittag auf dem Mont Boron gewandert sei. Sie verstand nicht, warum er nicht mit ihr zusammen diese Wanderung gemacht hatte, denn sie hätte den Mont Boron auch gerne kennen gelernt. Und jetzt fiel es ihr wie Schuppen von den Augen. Natürlich, er war mit dieser besagten Führerin spazieren, weil er sie am Nachmittag nicht sehen würde. denn er hatte mal einfließen lassen, dass sie sich für ihn interessiert hätte.

Sie sah im Internet die an einem Hügel im Nordosten Brasiliens gelegene, 33 Meter lange, also riesige, gelb-rote Vulva-Skulptur der brasilianischen Künstlerin Juliana Notari, die damit die männerdominierende Gesellschaft in Frage stellen will. Das Kunstwerk hat hitzige Diskussionen in den sozialen Netzwerken entfacht, über 25.000 Menschen hinterließen Kommentare.

In der Sendung Fazit auf Deutschlandradio Kultur hörte sie die Kulturwissenschatlerin Mithu Sanyal lebhaft darüber sprechen. Sie hatte schon 2009 das Buch „Vulva. Die Enthüllung des unsichtbaren Geschlechts" (Verlag Wagenbach) veröffentlicht. Auch: „Vergewaltigung. Aspekte eines Verbrechens" (Edition Nautilus)

Im Briefkasten, ein Brief von einer neuen Hausverwaltung. Stimmte das? Morgen würde sie sich erstmal bei der alten erkundigen. Sie bekam schon wieder Angst, die Wohnung zu verlieren. Dass der Vermieter verkaufen wollte.

Sie holte bei ihrem Sohn weitere Ordner aus der Wohnung, weil sie sie bei sich gründlich durchsehen wollte, um die fehlenden Papiere zu finden. Bevor sie jedoch endgültig in ihrer Wohnung bis morgen verschwand, holte sie sich einen Kaffee zum Mitnehmen und traf auf die Musikerin im Stadtviertel, die sich auch gerade mit einem Kaffee versorgt hatte und die erzählte, wie gut der lock down für die Förderkinder sei, um die sie sich jetzt einzeln mit viel Zuwendung kümmern könnten. Sie sang auch via Internet mit den Kindern aus der Klasse, die plötzlich in ihren Kinderzimmern mit Kuscheltieren auftauchten und freudevoll mitsangen, während sie in der Schule vor Ort oft nur cool taten.

Auch sie musste noch in Papieren wühlen, denn ihr Vater, mit dem sie nie zusammen gelebt hatte und vor noch nicht allzu langer Zeit überhaupt erst kennen gelernt hatte, verschlampte seine Papiere, jetzt war es eh zu spät, da er im Rollstuhl saß und ins Pflegeheim umsiedelte und sie seine Wohnung Mitte des Monats auflösen müsste. Als sie sich verabschiedeten, bestärkten sie sich gegenseitig darin, sich durch den Papierkram durchzuarbeiten.

Ihre Schwester schrieb, denn sie hatte sich Sorgen gemacht, weil sie nichts von ihr hörte, dass sie zwischenzeitlich kein Internet hatte wegen eines Kurzschlusses im Verteiler. Sie komme gerade vom Einkaufen mit dem Auto zurück und dass es bei ihnen anfange zu schneien.

Die Fortsetzung des lock downs bis zum 31. 1. 21 wurde beschlossene Sache.

Sie konnte unmöglich über den scheidenden Präsidenten schreiben, es tat ihr zu weh, der Mann war ein kaltblütiger Egoist, der seine Anhänger unablässig aufstachelte bis sie schließlich ins Capitol stürmten…es gab sechs Todesopfer….

Noch immer geisterte Nikolaj in ihr herum, ob Tag ob Nacht, er hatte Gewalt über sie, die sie ihm immer noch gab, das war doch ihre Schuld, selbst wenn sie sich von einer bösen Erinnerung davon urplötzlich überfallen fühlte und nicht begriff, dass sie Schuld an dem Überfall hatte und wie sie diesen verhindern könnte. Sie erinnerte sich mit Empörung daran, wie brutal er sie hatte fallen lassen von eben auf jetzt, weil sie ihm an jenem Abend zu oft geschrieben hatte. Oder sie erinnerte sich um das Feilschen einer halben Stunde, wenn er abends um 20.00 Uhr kam und meinte, er sei immer um 21.00 Uhr wieder gegangen, während sie meinte, dass er in den ersten Tagen bis 21.30 geblieben sei.

Ihr fiel Frankreichs ehemaliger Staatspräsident Francois Hollande und seine Geliebte Julie Gayet ein, die Hollande inkognito behelmt mit seinem Motorroller besuchte. Er trennte sich für sie von seiner Lebensgefährtin Valerie Trierweiler, die darüber ein Buch schrieb.

Ihre Schwester schrieb, es gäbe nichts Auffälliges. Nächste Kontrolle im Februar.

An der Elbe war wirklich fieses Wetter. Sie lief mit Regenschirm,

Sie hatte zuvor die Bank Geschichte erledigt und dankte Gott, denn sie meinte, dass er ihr unterstützender Begleiter sei, dass sie ohne ihn aufgeschmissen wäre, ihre Stärke, wenn sie sie an den Tag legte, kam durch ihn, so hatte sie zumindest das Gefühl. Natürlich war das alles ein fragliches Universum, in das sie da eingetreten war, doch es stimmte, dass sie oft eine große Dankbarkeit fühlte, denn wer sonst sollte ihr die Stärke verliehen haben. Gewiss sie kam aus ihr, aber ihr schien, als wenn das zu kurz griff, als wenn die Stärke von Tiefenschichten kam, die sie nicht analysieren konnte und die sich nicht analysieren ließen, das schien ihr in jedem geborenem Wesen eingeschrieben. Jetzt kam die Frage, warum der Holocaust, die Millionen Ermordeten? Warum ging es dem einem schlecht und dem anderen gut? Das fragte sie sich ja auch. Jedoch ohne eine Antwort zu wissen.

Die Radiosendung „Schabbat Shalom" vom 8.1.21 um 20.30 Uhr im NDRinfo brachte ein erschütterndes Interview mit dem jüdischen Studenten Eliyhu Mätzschker, der von den täglichen und schlimmen Angriffen während seiner Schulzeit auf ihn an seiner Schule berichtete, so dass er nach einem gewaltsamen Übergriff auf ihn ein eigenes Pausenzimmer bekam. Viele Lehrerinnen behaupteten, dass man da nichts machen könne, weil den SchülerInnen in den Moscheen Antisemitismus beigebracht würde.

Ke. aus dem Haus klingelte bei ihr, um sich für ihre Weihnachtskarte zu bedanken. Sie war gerade erst zurückgekehrt. Sie war eine sehr nette Person, deshalb betrübte es sie, als sie erzählte, dass sie ausziehen würde, zu ihrem Freund nach B., mit dem sie seit vier Jahren zusammen war. Sie wollten Kontakt halten, und wenn es wärmer würde einen Kaffee trinken, denn sie würde immer noch einmal im Monat nach Hamburg kommen, weil ihre 76 jährige Mutter hier wohnte, die jetzt auch viel spazieren ging, weil ihre Gymnastik Gruppe nicht stattfand. Sie hatte Gott sei Dank eine gute Freundin im Haus. Heiraten wollten sie nicht wie gerade U., die ihr das Schweine Foto in den Briefkasten gesteckt hatte und stolz zu dem 85-jährigen Nachbarn sagte, dass sie jetzt einen Ring am Finger trage und auch heute mal ein Kleid angezogen hätte. Warum sie das sagte, wusste sie nicht, denn er sah es doch. Vielleicht brauchte sie Bestätigung.

Sie dachte an Dom., die an den Brustkrebs eine Brust verloren hatte und sich für einen

Brustaufbau mit ihrem Bauchfett vor drei Jahren entschied. Das fiel ihr ein, weil sie ihren Freund gestern getroffen hatte, der von dem Konkurrenzkampf zwischen ihm und dem Exfreund von Dom. erzählte, denn sie wohnten alle drei zusammen und sogar noch die Tochter, die aber demnächst ausziehen würde.

Nikolaj wollte eine anpassungsfähige Geliebte, die im Verborgenen blieb, die keine Ansprüche stellte, sich stumm verhielt, seinem Willen folgte. (Es erinnerte sie an Fr..)

Wo wollte sie (Nikolajs Lebensgefährtin) denn hin? Wo würde sie denn hinkönnen? Wenn sie ihr Verhältnis entdeckte? Es klang, als habe er Angst, dass sie ihn verlassen würde/könnte, wenn sie sein Verhältnis entdeckte. Er stellte es so dar, als sei sie in ein einem Gefängnis, ihm ausgeliefert, könne sich gar nicht befreien, aus den Fesseln, die er gelegt hatte, die Abhängigkeiten, die er aufgebaut hatte, um sich selbst vor dem Verlassen werden zu schützcn.

Endlich, endlich hatte auch Twitter den scheidenden Präsidenten gesperrt wie schon Facebook zuvor. Doch Pence, der Vizepräsident hält immer noch an ihm fest, obwohl der Mann eine Gefahr ist. Er würde auf andere Plattformen ausweichen, um seinen Größenwahn auszuleben, brachte sogar ins Spiel, eine eigene zu gründen.

Vielleicht schlief sie in der Nacht besser, weil der scheidende Präsident, dessen Namen sie nicht in den Mund nehmen mochte, „entschärft" worden war, obwohl er noch 11 Tage hatte, um die Welt zu zerstören, da sein Vizepräsident, der vielleicht an seine eigene Kandidatur in vier Jahren dachte, nichts gegen ihn unternahm.

Sie fuhr an die Elbe und traf beim Umsteigen auf M., die ihr erzählte, dass der Mann mit dem großen Rosenstrauß nicht mehr erreichbar war. Weder auf dem Festnetz, noch auf dem Handy, noch per E-Mail. Er antwortete nicht mehr. Schon seit drei Wochen. Jetzt wolle sie seinen Sohn, an den er die Firma übergeben hatte, anrufen, denn die Telefonnummer stand im Internet, um zu erfahren, ob sie sich Sorgen machen müsse, weil er plötzlich erkrankt sei oder ob er sie einfach (für eine andere) sitzen ließ.

M. ging weiter zum Einkaufen, sie selbst holte sich, bevor sie weiterfuhr, ihren Kaffee zum Mitnehmen bei Me., die heute Schicht hatte. Sie erzählte, dass „just keep swimming" aus dem Kinderfilm von 2003 „Findet Nemo" zitiert sei. Ein Fisch wird von einem Taucher eingefangen. Sein Vater begibt sich mit anderen Meeresbewohnern auf die Suche.

Davon abgesehen hatte Me. in dieser Nacht besser geschlafen wie sie selbst ja auch. Sie erzählte Me., dass ihre Mutter, als sie noch lebte, oft sagte: „Ich habe schön (genussvoll) geschlafen!" Und das konnte sie von sich selbst über die vergangene Nacht auch sagen. Sie sagte es nochmal für Me: "Ich habe heute Nacht schön (genussvoll) geschlafen!"

Der nächste Tag sah schon wieder anders auf. Sie schlief wieder schlechter. Mike Pence schwieg, damit unterstützte er im Grunde den gefährlichen Präsidenten, den Nancy Pelosi, die Sprecherin des Repräsentantenhauses, als „gestört, verwirrt und gefährlich" bezeichnete.

Außerdem fühlte sie sich schlecht, weil ihr nochmals eine Situation mit Nikolaj hochgekommen war, in der sie sich betrogen und verraten gefühlt hatte, obwohl sie geschwiegen hatte, denn es war in den ersten Tagen ihres ersten Aufenthalts, als er sagte, er müsse seine Wanderung dingfest machen und anschließend der Person, mit der er wandern wollte, Bescheid geben. Er suchte dann nach einem Smiley. Warum ein Smiley? Sie hatte es gesehen, denn sie saßen nebeneinander, als er sich darum kümmerte. Warum hatte er die Verabredung mit seiner „Wander"freundin nicht von zu Hause aus bewerkstelligt? Seine Lebensgefährtin sollte das nicht mitkriegen. Denn er tat ja alles heimlich. Und sie war gerade erst angekommen und würde es schlucken. Er war ein versierter Lügner. Sie schämte sich, dass sie das alles mitgemacht hatte und auch für ihn, der nicht bereit war, auf seine Wanderung zu verzichten, die er in allen anderen Wochen des Jahres sowieso machen konnte und machte. Warum war sie nicht klüger gewesen, wenn er sie wirklich geliebt hätte wie er damals noch behauptete, dann hätte er alles darum gegeben, die Zeit mit ihr zu verbringen, seiner Liebe. Sie hatte sich in einem Gemisch von Sehnsucht und Naivität an die Hoffnung geklammert, dass alles mit rechten Dingen zuging, dass er nicht so war wie viele andere Männer, dass sie ihm vertrauen könnte. Sich wie ein liebendes Kind vertrauensvoll in seine Arme begeben könnte. Das war ein großer Fehler. Denn auch als Liebende durfte sie nicht zu einem bedingungslos liebenden Kind werden.

F. machte ihr einen großen Cappuccino zum Mitnehmen und sagte, dass es abgesehen davon, dass er ein A….sei, an ihrem Selbstwertgefühl läge, dass sie aufs Neue den Schmerz gespürt habe, als diese Betrugssituation hochgekommen war, die ja schon ein gutes Jahr zurücklag. Sie sagte, dass sie mit jemandem sprechen müsse. Sie habe sich von einer Freundin getrennt, die ihren Freund betrog, denn sie könne das auch nicht ertragen.

Ihr Sohn hatte demnächst Geburtstag, deshalb holte sie aus seiner Wohnung die schwere Blindenschrift Maschine aus Metall, die brailler perkins, die die Blindenschriftpunkte ins Papier stanzte. Sie wollte ihm diesmal einen Geburtstagsbrief in Braille schreiben und nicht wieder Knöpfe aufkleben wie sie es noch zu Weihnachten getan hatte.

Es war ihr schwer ums Herz, daran hatte heute auch ihr Elbspaziergang nichts ändern können.

Sie war enttäuscht, dass sie immer wieder in Gefühle aus der Kindheit zurückfiel, Gefühle, dass sie nichts wert sei.

Da es ihr so schlecht ging, legte sie sich einen Moment hin, es war erst 14.00 Uhr. Sie träumte, sie stünde an einer Bushaltestelle, der Bus kam, aber sie wusste nicht, ob sie einsteigen sollte oder nicht, sie wusste nicht, ob es der richtige Bus sei und die richtige Zeit.

Verzweifelt beeilte sie sich aufzuwachen, denn sie hatte Angst, was passieren würde. Sie stand schnell auf, zog sich an und ging raus, um sich einen Kaffee zum Mitnehmen zu holen und auf andere Gedanken zu kommen, wenn möglich. Vorher streifte sie noch den Ring, der in der schönen großen Austernschale lag, über den linken Finger. Sie dachte, dass es ihr vielleicht helfen würde, sich stärker zu fühlen.

Die Bedienung, die schon letztes Mal aggressiv war, sagte, dass sie doch jetzt immer einen Cappuccino nähme. Nein, erwiderte sie, wie immer würde sie einen Espresso macciato decaf mit Hafermilch nehmen. Gott sei Dank war noch eine andere, sehr nette, da, die wusste wie sie ihren Kaffee trank und schon dabei war, ihn wunderbar zuzubereiten. Sie schlenderte durch die Straßen, tatsächlich ging sie hauptsächlich auf der Straße, denn auf den Bürgersteigen machten die Paare und Familien keinen Platz, als sähen sie einen nicht. aber diese Erfahrung machte nicht nur sie, auch andere klagten.

Kurz vor dem Eingang ihres Hauses traf sie einen Hausbewohner, der sagte, dass er zwei Wochen in Quarantäne war, weil er Kontakt mit einem positiv Getesteten hatte. Er war Pfleger und würde morgen im Krankenhaus geimpft, außerdem könnten sie sich zweimal in der Woche selbst testen. Seine Station wurde geschlossen, er sei jetzt auf einer Station, wo nur Covid19 Patienten lägen.
Er schwang sich auf sein Fahrrad, denn er wollte seine neu gewonnene Freiheit genießen und ein bisschen rumfahren, bevor der Regen ihm einen Strich durch die Rechnung machen würde.

In der Wohnung zog sie den Ring von der linken Hand ab und streifte ihn über den Finger der rechten Hand, dort saß er fester und sah schöner aus.

Später musste sie den Ring jedoch wieder abziehen, denn gen Abend waren ihre Finger etwas geschwollen.

Sie schrieb an Han., dass sie glaube, wohl nie darüber hinweg zu kommen.

Wenn sie darüber nachdachte, konnte das viel bedeuten. Auch, dass der Mensch wohl nie darüber hinwegkommen konnte, dass sein Leben begrenzt war, dass es eines Tages vom Tod „geklaut", hinweggerafft würde.

Morgens streifte sie den Ring wieder über. Das Leben ging weiter.

Auch der Alltag. Sie hatte von ihrer Bank einen Brief erhalten, dass sie die Miete nicht überweisen konnte, die IBAN wäre falsch. Sie ging zur Bank der neuen Hausverwaltung, die nur wussten, dass die IBAN des Kontos der Hausverwaltung richtig sei. Anruf bei der Hausverwaltung, die ihr sagte, dass die angegebene IBAN stimme, aber das Konto noch nicht aktiv sei. Sie möge nochmals Ende der Woche überweisen.

Bevor sie für diese Erledigungen ihre Wohnung verlassen hatte, streifte sie noch einen zweiten Ring für die linke Hand über. Sie probierte einige Ringe, aber zu dem Wickelring mit den

Rosenquarzen passte am besten der unauffällig eingefasste, ziemlich große Brilliant, den ihre Mutter ihr geschenkt hatte, als dieser noch üppig eingefasst war. Sie ließ die Fassung umarbeiten, denn sie mochte Protz nicht. Aber jetzt in seiner Schlichtheit passten die beiden Ringe gut zusammen. Ihre Mutter hatte ihn von ihrem Ehemann, ihrem Vater, bekommen, nachdem sie die Flucht in den Westen geschafft hatten. Als ihre Mutter ihr den Ring vermachte, sagte sie, dass sie ihn schon lange nicht mehr getragen habe. Vielleicht seit dem Tod des Vaters?

Nun trug sie an der einen Hand den Ring der ihren Vater und ihre Mutter verbunden hatte und auf der anderen Hand den, der sie und Nikolaj verbunden hatte. Und immer noch verband?

Abends hörte sie das wunderbare Konzert der Jazz Pianistin und Komponistin Maria Baptiste, die 1971 in Ostberlin geboren wurde, die all ihre Stücke selbst schreibt und ihres Kollegen, dem Saxophonisten Jan von Klewitz, der 1964 in Zagreb, Kroatien geboren wurde. Als sie Maria spielen hörte, wurde sie an den Welt berühmten Pianisten Keith Jarrett, geb. 1945, erinnert, an sein Kölner Konzert von 1975 und an das Budapest Konzert 2016, der 2018 zwei Schlaganfälle erlitt und nur noch mit der rechten Hand spielen kann, was ihn nicht überzeuge, wie er sagte.

Die Stücke von Maria Baptiste waren aus ihrem neuen Album „facing duality". Am Ende war sie sehr aufgewühlt, hauptsächlich von dem Spiel der Pianistin, wenngleich auch Jan von Klewitz super war. Dass eine Pianistin sie so aufwühlen konnte, hatte sie lange nicht erlebt. Ihr Spiel war voller Energie, Esprit, schöpfte aus tiefen Gründen und ragte hoch hinaus in den Himmel - phantastisch.

Sie stellte sich vor, zusammen mit Nikolaj auf dem Bett zu liegen, er hatte sich an sie geschmiegt und hielt in einer Hand ihre Brust, um die Fülle zu spüren, wie er mal sagte. Sie waren beiden vereint in der Wirkung, die die Musik auslöste. Doch dann stieß sie Nikolaj plötzlich von sich, weil sich in das gute Gefühl Bilder mischten von Situationen, in denen er sie nicht akzeptierte, sich von ihr distanzierte, sie alleine ließ ohne mit ihr zu sprechen, sie wegstieß wie sie es jetzt tat, mitten in dem schönen Gefühl, dicht an dicht auf dem Bett zu liegen und in die Jazzmusik von „facing duality" einzutauchen. Sie fühlte plötzlich den Stich, dass er sich niemals als Liebender erwiesen hatte, er konnte sie nur unter Bedingungen lieben, Bedingungen, die sie zur Hure degradierten, zur Sex Lieferantin, wenn sie mehr wollte, stieß er sie weg. Deshalb war die Situation so falsch, die sie imaginiert hatte.

Sie saß am nächsten Tag im Bus zur Elbe und dachte, wie oft sie doch schon glücklich war, zur Elbe fahren zu dürfen.

Der Mann mit der Hündin L. war auch unterwegs. Er ging oben, obwohl Ebbe war. Sie war froh, dass er nicht zur ihr, die nah am Wasser ging, runter kam, denn gesehen hatte er sie in ihrem grünen Mantel auf alle Fälle. Es behagte ihr nicht, dass sie mit einem verheirateten Mann an der Elbe spazieren ging, auch wenn es sich zufällig ergeben hatte. Vielleicht war ihm das auch bewusst geworden. Als er sie überholt hatte und schon weit vor ihr war, ging auch er runter zur Elbe, es war ja immer noch Ebbe. Doch dann sah sie, dass er zurückkehrte, und sie müssten sich deshalb unweigerlich begegnen. Sie fragte ihn, ob man nicht durchkäme, er antwortete, das sei nicht sicher. Sie meinte, dass sie es versuchen wolle. Er nickte und so gingen sie aneinander vorbei, jeder in eine andere Richtung, sie war froh darüber. Wenn er gleich zu ihr runter gekommen wäre, hätte sie es vermieden, etwas Privates auszutauschen, sondern sie hätte ihm von den Rechten erzählt, die sich nun in ganz Amerika auf Gewalt vorbereiteten für den Tag der Amtsübernahme von Joe Biden. Dass Twitter erst unter Druck gesetzt wurde, kritisiert wurde, dass der scheidende und aufwiegelnde Präsident sich alles erlauben konnte auf der Plattform und als

Twitter ihn nach dem Sturm auf das Capitol, wie schon Facebook zuvor, sperrte, wurde das Portal sofort für die Sperrung heftig kritisiert. Es war doch eine verrückte Welt.

Sie las drei glatte Steine auf, dann glaubte sie eine runde Armbanduhr (ohne Band) zu sehen, als sie sich bückte, um sie aufzuheben, sah sie, dass es ein Flaschenverschluss war. War das ein Hinweis? Sollte sie daran denken, dass die Zeit ablief?

Joa., kochte auf Mallorca Gerichte und fotografierte sie für ihr online Unternehmen, ausgeliefert wurde noch nicht.

An der Elbe, wo es heute stürmisch, regnerisch und kalt war, erinnerte sie sich an die Vergewaltigung, die plötzlich vor ihren Augen stand, und nicht zum ersten Mal nach über einem halben Jahrhundert. Daran konnte sie erkennen, dass es nie vorbei sein würde mit den Erinnerungen, mit den schönen wie auch mit denen, die an traumatische Erlebnisse rührten. Sie musste das nur akzeptieren, es war doch ihr Leben. Wenn sie das nicht täte, hätte sie keines. Und Nikolaj mit seinen schlechten und guten Seiten gehörte nun einmal auch dazu.

Sie hob einen schönen Stein auf, glatt, hell und an bestimmten Stellen sehr dunkel, aber das Dunkle war nicht betrüblich, sondern interessant.

Sie zeigte den Stein einer Frau, sie sagte, es sei ein sehr schöner Stein, und dass man hier an der Elbe Schätze finden könne. Sie haben ja auch einen Schatz, sagte sie zu ihr, denn sie führte einen kleinen Hund mit sich, der warm eingepackt war. auf seinem Schutzmantel viele bunte Püschel trug. Sie lachte bejahend.

Etwas später zeigte sie einem Mann den Stein, anders als die Frau, die sich auf den Stein in ihrer Hand bezog, sagte er, dass es viele schöne Steine gäbe, so als sei ihr Stein nichts Besonderes, schon gar kein Schatz, wie die Frau meinte. Er selbst suche Steine mit Löchern, aber die gäbe es hier nicht. Doch, sagte sie, sie habe schon mehrere gefunden und sich dafür Lederbänder gekauft, um diese durch die Löcher der Steine zu ziehen und sie als Anhänger zu tragen. Der Mann meinte, die gäbe es nur an der Ostsee.

Sie brachte Me., die heute Schicht im Café hatte, Kekse und Marzipan mit, damit sie und ihre Freundin in der sturmfreien Bude der verreisten Großeltern, wenn sie ihre Kinderfilme schauten, etwas zum Naschen hätten. Sie fand, dass Me. um den Augen herum schlecht aussah. Auch sahen ihre Augen glasig aus. Sie hoffte nicht, dass sie etwas nahm.

Sie sah sich die 3. Staffel der Serie „Charité" an. Die ersten beiden Staffeln waren an ihr vorüber gegangen. Aber die 3. schaute sie sich an, weil sie zufällig ein interessantes Interview mit einem Historiker zum Film hörte, denn es ging um die Zeit kurz vor dem Bau der Berliner Mauer am 13.August 1961 und um die Zeit danach, um die Probleme, die das insbesondere für die Charité verursachte. Sie fand den Film eindrucksvoll und begriff klarer die damaligen Probleme der DDR, sowie jener zwischen DDR und BRD und jener, die durch die komplette Abriegelung, der Mauer, entstanden waren.

In der Nacht, als sich ihre beiden Füße berührten, ihre Zehen, dachte sie an Nikolaj, wie schön es wäre eine so zärtliche Geste mit ihm zu teilen. Aber sie wischte auch schnell die Vorstellung weg, denn er hatte ihr nie diese sanften und zärtlichen Liebkosungen zu Teil werden lassen, weil er die Zeit im Appartement nutzen wollte, um sein Plaisir zu erleben, da war der Austausch von Zärtlichkeiten Zeitverschwendung. Er war immer auf Profit aus. Wenn der gegeben war, war er zufrieden, wie wenn jemand von einem anderen Geld einsteckte, ein Kuvert mit Geld unter der Weste verschwinden lässt, und es ihm egal ist, dass er den anderen ruiniert hat.

Was für ein schreckliches Bild entwickelte sie mal wieder angesichts seines Portraits auf dem Ölbild, dass ihr doch im ersten Moment so überaus positiv, sogar liebend, erschienen war. Aber jetzt hatte sie wieder regelrecht Angst vor ihm. Wie kam das bloß? Hing es damit zusammen, dass sie sich zutiefst alleine gelassen gefühlt hatte, benutzt und weggeworfen? Sobald sie versuchte, etwas Positives zu erinnern, wurde es überschattet.

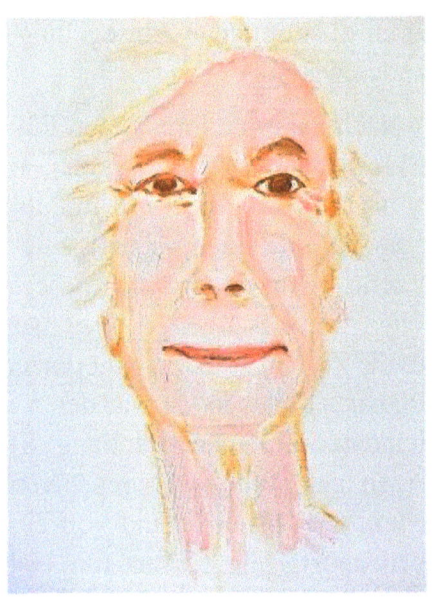

An der Elbe hatte sie wieder den Mann mit dem blauen Stein getroffen, der wieder in Begleitung der jungen Frau mit Hund war. Sie sagte zu ihm, dass sie seinen zweiten Hund vermissen würde. Der sei bei seiner Tochter, die zurzeit bei ihrem Bruder wohne. Seine Begleitung, die ihm Haare von der Schulter nahm, ging ein Stück voraus und er sagte, dass er sie an der Elbe kennen gelernt hätte, sie hätten sich zunächst nur beäugt, seien dann zusammen spazieren gegangen, und dass es wohl etwas Festes würde. Sie wünschte ihm alles Gute. Ob seine Frau davon wusste? Vielleicht war er schon ausgezogen?

Der Mann mit dem großen Rosenstrauß, der sich bei M. nicht mehr gemeldet hatte, war verzweifelt. Sie hatte ihn drei Wochen lang von zu Hause aus nicht erreichen können und rief ihn deshalb von der Arbeit aus an, diese Nummer kannte er nicht. Er erzählte, dass Mitarbeiter gefehlt hätten und er in der Firma, die er seinem Sohn übergeben hatte, einspringen musste, dass er Angst habe, dass Kunden abspringen, weil die Firma Liefertermine nicht einhalten könne. Er sorge sich um seine Altersversicherung. In dieser Krise habe er den Zeitpunkt verpasst, sie anzurufen, danach wäre es ihm peinlich gewesen, und er habe es gelassen. M. war gespannt, wie er sich weiter verhalten würde.

M. wollte sich die 3.Staffel von „Charité" noch ansehen, denn sie hatte schon die 1. oder 2. Staffel gesehen, fand sie interessant.

Sie erzählte Han. am Telefon von „Charité", doch Han. hatte keine der drei Staffeln geschaut, weil sie vermutete, es sei zu hart. Sie hatte aus diesem Grund auch „Babylon Berlin" nicht gesehen. Sie hörte dieser Tage zusammen mit ihrem Mann Konzerte aus der ARD Mediatek. Morgens walkte sie lange und ausgiebig und dann warteten nicht zuletzt die Enkel.

Sie hatte eine schlaflose Nacht hinter sich, aber dieses Mal wegen Zahnschmerzen, die in den Kopf hochzogen. Sie reinigte in der Nacht mehrmals ihre Zähne, kaute auf Nelken, trug Salbei Gelee auf, aber doch wurde es nicht besser und deshalb meldete sie sich morgens beim Zahnarzt an. Sie machten eine Panoramaaufnahme, die eine dicke Entzündung zeigte. Er gab ihr eine Cortison Spritze, die er in der nächsten Woche zweimal erneuern würde. Danach müsste er sich der Zahnfleischtasche widmen, die durch Knochen Abbau entstanden war, in der sich Bakterien gern sammelten.

An der Elbe traf sie auf den Mann mit der Hündin L.. Er hatte einen guten Zahnarzt bzw. er ließ alle halbe Jahre eine private Zahn Reinigung durchführen, die ihm viel brachte. Sie redeten noch über die Betrübnis, dass ihre Hausärzte in Pension gegangen waren, und damit ein guter Kontakt verloren war. Er kam wie sie auch nicht so gut mit den sehr jungen Ärzten zurecht. Da fehlte das gewachsene Vertrauen und dadurch der Stoff für einen kleines Gespräch am Rande.

Bevor sie heute Morgen aufstand und ihre Gedanken um ihre Zähne kreisten, stellte sie sich vor wegen Corona nach der Behandlung zur

Hintertür rauszugehen. Als sie es in ihrer Vorstellung tat, saßen dort eine Reihe von schwarzen Vögeln, Raben, es waren Patienten, die wie sie wegen Corona durch die Hintertür nach der Behandlung rausgingen und in schwarze Vögel „verzaubert" wurden, sie traf dasselbe Schicksal. Sie fragte sich, ob sie alle gestorben seien und jetzt als schwarze Vögel reinkarniert waren?

Sie wunderte sich immer wieder über ihre Phantasie. Nun, sie hoffte, dass nichts Schlimmes heute passieren würde und brachte der Praxis ihre Kunstpostkarte mit, auf der ihre große, farbige Malerei abgebildet war und wünschte allen ein frohes neues Jahr. Der Zahnarzt lächelte unter seiner Maske, aber rügte sie sogleich, dass sie zuletzt vor einem Jahr da gewesen sei.

Tagsüber waren die Kopfschmerzen, die von der Entzündung des Zahnfleischs herrührten, durch das Cortison verschwunden, doch tauchten sie abends erneut heftig auf und blieben bis morgens. Seltsamerweise zogen sie sich zurück. Würden sie am Abend wiederkommen?

Joa. würde sich heute testen lassen und würde morgen in Hamburg ankommen, sollte ihr Test Ergebnis negativ gewesen sein.

Sie fuhr zur Elbe, ging aber nicht weit, denn es war voll, klar, es war ja auch Samstag. Als sie an der Bushaltestelle stand, sah sie an der Anzeige, dass der Bus erst in 11 Minuten käme, deshalb ging sie runter zum Fähranleger, um sich derweil mal das Restaurantschiff, das geschlossen hatte, anzusehen. Aus dem Schiff klang laut ein Song von 1966 „It's all over now, Baby Blue". Ursprünglich stammt der Text und die Melodie von Bob Dylan, der ihn 1965 veröffentlichte. Spekuliert wurde, ob Bob Dylan mit dem Song seine Trauer über die vergebliche Liebe zu Joan Baez besingt. 1966 coverte die nordirische Rockband Them mit ihrem Sänger van Morrison das Lied. Wahrscheinlich kennt jeder und jede diese Melodie. Sie natürlich auch und starrte auf das Wasser, während „It's all over now, Baby blue" in seiner ganzen Tristesse aus dem Schiffsinneren drang und sich mit jeder Strophe wiederholte. It's all over now… Your lover who has just walked through the door has taken all his blankets from the floor. The carpet too is foldin`over you. It's all over now baby blue. Sie ging langsam zurück und stieg in den Bus ein während die letzte Strophe dazu aufrief, neu anzufangen: „well, strike another match. Yeah, go start new, go start new `cause it's all over now, baby blue". Die Türen schlossen sich.

Weitere Bücher

Antoine und seine Geschwister, Erzählung

Dreiklang, Kurzgeschichten

Fünfklang

Zweiklang

Einklang, nicht mehr lieferbar

Nos échanges, nicht mehr lieferbar

Der seine Stirn an den Baum legte, Gedichte

Der goldene Taler, Märchen

Stimmen, Kurzgeschichten

Zer brochen -
Innerhalb und außerhalb des Tunnels

Besuche in Dublin

Trennung, nicht mehr lieferbar

Der Himmel…. Unter Pseudonym

l.n.1 lydia november,(1980), vergriffen

l.n.2 lydia november, (1982), vergriffen